Knaur.

Im Knaur Taschenbuch Verlag ist außerdem bereits folgendes Buch der Autorin erschienen:
Ekstase – Verbotene Träume

Über die Autorin:
Vicky Flame hat als Highschool-Lehrerin und Software-Programmiererin gearbeitet, bevor sie sich entschloss, ihre Phantasien um Sex und Erotik mit anderen zu teilen. Also begann sie, erotische Romane zu schreiben – eine fabelhafte Idee, finden ihre Leserinnen und Leser.

VICKY FLAME

Abgründe der Leidenschaft

Ein erotischer Roman

Aus dem Amerikanischen
von Tine Mey

KNAUR TASCHENBUCH VERLAG

Die amerikanische Originalausgabe erschien 1995
unter dem Titel »Black Satin« bei Kensington Publishing Corp.,
New York.

Wenn Ihnen dieses Buch gefallen hat, empfehlen wir Ihnen
gerne weitere Romane aus unserem Programm.
Schreiben Sie einfach mit dem Stichwort
»Abgründe der Leidenschaft« an:
leidenschaft@droemer-knaur.de

Besuchen Sie uns im Internet:
www.knaur.de

FSC
www.fsc.org
MIX
Papier aus verantwortungsvollen Quellen
FSC® C083411

Deutsche Erstausgabe Juli 2010

Ein Unternehmen der Droemerschen Verlagsanstalt
Th. Knaur Nachf. GmbH & Co. KG, München.

Redaktion: Markus Howest
Umschlaggestaltung: ZERO Werbeagentur, München
Umschlagabbildung: Corbis / Creasource
Satz: Adobe InDesign im Verlag
Druck und Bindung: CPI – Clausen & Bosse, Leck
Printed in Germany
ISBN 978-3-426-50677-6

4 5 3

1. Kapitel

Sie haben nach mir geschickt, Miss Gilbert?«, sagte der Mann. Obwohl er aussah, als wäre er um die vierzig, mit einem Bauchansatz und einem exakt gestutzten Schnurrbart, war er mit einer traditionellen Schuluniform bekleidet: einer kurzen blauen Hose, einem weißen Hemd, einem grün-blau karierten Blazer und weißen knielangen Socken. Unpassenderweise trug er dazu Slipper von *Gucci* mit kleinen Quasten am Oberleder.

»Ja, das habe ich, Bobby«, sagte Miss Gilbert. Sie saß an einem altmodischen Schreibtisch, der zuvor in die Mitte des großen, wundervoll eingerichteten Wohnzimmers gestellt worden war. Wie besprochen, trug sie eine hochgeschlossene, langärmelige weiße Bluse mit einer Brosche am Kragen. Ihr gerade geschnittener schwarzer Rock war züchtig über die Knie gezogen und verdeckte den Großteil ihrer durchsichtigen Strumpfhose. Ihr graues Haar war zu einem strengen Knoten hochgesteckt, und ihre randlose Brille saß tief auf ihrer Nase. Sie blickte Bobby über die Gläser der Brille hinweg an. »Ich fürchte, du steckst in ernsthaften Schwierigkeiten.«

Als Bobby auf den Boden starrte, bemerkte er ihre schweren, schlichten schwarzen Schuhe mit den stabilen Absätzen. Obwohl die Geräusche durch den flauschigen Teppich gedämpft wurden, konnte er sehen, wie sie mit dem Fuß wippte. »Ja, gnädige Frau.«

»Ich habe die Ergebnisse deiner Prüfungen gesehen, und

sie sind vollkommen unbefriedigend.« Miss Gilbert nahm ein Lineal vom Schreibtisch und schlug damit in ihre Handfläche.

»Ja, gnädige Frau«, sagte Bobby. Seine Knie zitterten, und unter dem Stoff seiner Shorts zeichnete sich eine Erektion ab.

»Weißt du, was das bedeutet?« Wieder klatschte das Lineal in ihre Hand. Ihre langen, schlanken Finger umschlossen den hölzernen Stab.

»Ja, gnädige Frau.« Bobbys Hände begannen zu schwitzen, und sein Atem ging schneller.

»Sag es mir.« Sie lächelte. *Klatsch, klatsch.*

»Es bedeutet, dass Sie es entweder meinen Eltern sagen oder ...«

»Oder was, Bobby?« *Klatsch, klatsch.*

»Zwanzig?«

»Du bist in drei Fächern durchgefallen«, entgegnete Miss Gilbert. Aufreizend langsam zeichnete sie mit dem Finger die Konturen des Lineals nach.

Bobbys Augen verfolgten, wie ihre leuchtend roten Fingernägel sich unentwegt auf und ab bewegten. »Dr... dr... dreißig«, stammelte er.

»Ja, ich fürchte, so ist es.« Noch immer fuhr sie mit dem Finger von einem Ende des Lineals zum anderen. »Dreißig.« *Klatsch.* »Es ist deine Entscheidung.«

»Sie können nicht mit meinen Eltern reden«, sagte Bobby. »Mein Vater würde mich umbringen.« Ganz bei sich lächelte er darüber – sein Vater war seit beinahe fünf Jahren tot, aber das tat nichts zur Sache. Dieses Gespräch war während ihrer vielen Treffen immer weiter verfeinert worden. Schweißperlen kitzelten in seinen Achselhöhlen.

»Dann wissen wir, was jetzt kommt, nicht wahr?«

Schweigend zog Bobby seine Jacke und sein Hemd aus. Ein kleiner Bauch und eine haarlose Brust kamen zum Vorschein. Nervös fuhr er sich mit den Fingern durch sein dichtes dunkelbraunes Haar und wischte sich den Schweiß vom Gesicht. Er ließ die Hände sinken und wartete auf die Anweisungen, die, wie er wusste, nun kommen würden.

Im Plauderton sagte Miss Gilbert: »Das ist gut. Und jetzt – lass die Hose fallen.«

Seinen zitternden Fingern gelang es kaum, den Reißverschluss zu öffnen, als er nun die Uniformhose aufmachte und sie auf seine Schuhe gleiten ließ.

»Worauf wartest du?«, fragte Miss Gilbert.

Erschauernd schob er seine Finger in den elastischen Bund seiner weißen Baumwollunterhose und fing an, sie herunterzuziehen. Wie immer wurde das durch die Größe seiner Erektion erschwert. Er zog die Unterhose über seinen harten Schwanz herunter, bis sie seine Beine hinabrutschte und wie die blaue Uniformhose auf dem Boden lag.

»Also«, sagte Miss Gilbert, erhob sich von ihrem Stuhl hinter dem großen Schreibtisch aus Ahornholz und starrte auf seinen erigierten Penis. »Ich sehe, dass dieser Schwanz begierig ist zu erfahren, was als Nächstes kommt.« Sie kam um den Schreibtisch herum und schlug mit dem Ende des Lineals auf Bobbys steifen Schwanz. Dann nahm sie eine elastische Binde vom Schreibtisch. Damit wickelte sie seinen Schaft ein und fixierte den Anfang der Binde mit einer Metallklammer. Fest schlang sie das elastische Material um Bobbys Hüften und seine pralle Erektion. Sorgfältig umhüllte sie seine Taille bis zu seinem Schritt mit dem dehnbaren Stoff.

Bobby konnte seine Aufregung kaum noch zügeln. Als sie dieses Szenario die ersten Male durchgespielt hatten, war er in dem Verband gekommen, bevor sie den besten Teil erreicht hatten. Mittlerweile konnte er sich besser beherrschen. Er stützte sich mit den Armen auf dem Schreibtisch mit der leuchtend grünen Schreibtischunterlage ab und legte seine Stirn auf die gekreuzten Handgelenke. Seine goldene Uhr zeigte die genaue Zeit und das Datum an.

»Und jetzt, Bobby«, sagte Miss Gilbert, »weißt du, dass du für mich zählen und mir danken musst, dass ich deine Eltern nicht angerufen habe.« Sie schlug mit dem Lineal gegen seine Schienbeine, die noch immer in den weißen Socken steckten. Er machte einen kleinen Schritt zurück und spreizte die Beine.

Klatsch. Der erste Schlag mit dem Lineal traf die elastische Binde über seinem Po. Es tat nicht wirklich weh, aber seine Pobacken erzitterten. »Eins, Miss Gilbert, und danke.«

Neun weitere Schläge landeten auf seinem Hintern. Inzwischen prickelte der gesamte Bereich unter der Bandage. »Zehn, Miss Gilbert, und danke.« Er wusste, was als Nächstes kam, doch das machte es nicht leichter.

Ohne Vorwarnung ging der folgende Schlag auf die Hinterseite seines nackten rechten Oberschenkels. Miss Gilbert achtete darauf, dass der Hieb brannte und einen roten Abdruck hinterließ.

»Elf«, sagte Bobby. »Und danke, Miss Gilbert.« Nach dem zwanzigsten Schlag waren die Hinterseiten seiner muskulösen Schenkel rot und wund.

»Ich denke, vor den letzten zehn Schlägen machen wir eine kleine Pause«, erklärte Miss Gilbert. Sie klopfte in Bobbys Nacken, und er hob seinen Kopf. Das Lineal legte sie mitten auf den Schreibtisch, und Bobby konnte nicht anders, als es anzustarren. »Bist du sehr wund?«, fragte sie unschuldig.

»So schlimm ist es nicht«, erwiderte Bobby. Seine Beine brannten wie Feuer, doch es würde nichts nützen, es zuzugeben.

»Ich mache es dir etwas angenehmer«, sagte Miss Gilbert. Behutsam wickelte sie die elastische Bandage von seinem Körper und berührte die tiefen Einkerbungen, die sie hinterlassen hatte. »Armes Baby«, murmelte sie und strich mit dem Fingernagel über einen besonders tiefen Abdruck auf seiner Pobacke. Sie hielt das Ende der rosa Bandage, die noch immer um seinen Schwanz gewickelt war, in einer Hand und leckte mit der Zungenspitze über den Abdruck in seiner Haut. Als sie an der Binde zupfte, wurde Bobbys Penis in ihre Richtung gezogen. Sie ließ los, und der Schwanz sprang zurück. Während sie abwechselnd an der Bandage zog und sie wieder losließ, leckte sie weiter über die Striemen an seinem Hintern.

Als sie sich aufrichtete und seinen harten Penis betrachtete, sah sie, wie der Lusttropfen hervortrat. »Ist es schwierig, nicht zu kommen?«, fragte sie süß.

»O ja, Miss Gilbert«, antwortete Bobby.

»Nun, wir können nicht zulassen, dass du dich blamierst, oder?«

»Nein, Miss Gilbert.«

Sie spielte weiter mit dem Ende des Verbandes, zog an seinem Schwanz und lächelte. »Du kennst die Strafe für zu frühes Kommen, oder?«

»Ja, Miss Gilbert.« Ab und an passierte es. Bei ihrem letzten Zusammensein war er explodiert, und sein Sperma war über den Schreibtisch gespritzt. Sie hatte ihn gezwungen, das Chaos zu beseitigen, und er hatte zehn Extraschläge mit dem Lineal bekommen. Danach war er wieder gekommen, aber er war mit seiner Leistung unzufrieden gewesen, hatte sich über seine mangelnde Beherrschung geärgert. Dieses

Mal war er sich jedoch sicher, dass er sich genug im Griff hatte, um es zu Ende zu bringen.

Miss Gilbert löste die Bandage von Bobbys Schwanz, legte sie weg und nahm das Lineal. »Du warst sehr gut heute«, sagte sie. »Sollen wir die Bestrafung auf fünfundzwanzig Schläge reduzieren?«

Sosehr er auch den Schmerz verkürzen wollte, musste er auch seine Ausdauer und sein Stehvermögen austesten. »Nein, gnädige Frau«, entgegnete er. »Ich muss gründlich bestraft werden.«

Schlag Nummer einundzwanzig war heftig und brannte auf seinem nackten Hintern. »Danke, Miss Gilbert. Das war Nummer einundzwanzig.«

Nach dem achtundzwanzigsten Schlag war Bobbys Po so rot wie seine Schenkel, doch er stützte sich weiterhin auf dem Schreibtisch ab und ertrug es.

Miss Gilbert wusste, was er nun erwartete. Für Schlag Nummer neunundzwanzig hob sie den Arm so hoch, wie es ging, und schlug mit dem Holzlineal so hart zu, wie sie nur konnte.

Es tat unglaublich weh, aber Bobby rührte sich nicht. »Neunundzwanzig und danke, Miss Gilbert.«

Sie hörte, wie Bobby tief einatmete und wusste, dass er sich zusammenreißen musste, um nicht laut aufzuschreien. Ein letztes Mal hob sie den Arm und plazierte den Schlag so fest sie konnte auf seiner Pobacke.

»Dreißig und danke, Miss Gilbert.« Bobby richtete sich auf, die Arme hingen herab, die Erektion streckte sich ihr riesig und ungeduldig entgegen.

»Bist du sicher, dass du die Lektion gelernt hast?«

»O ja, Miss Gilbert, und danke. Ich bin jetzt bereit für die restliche Strafe.«

Miss Gilbert verschwand im Badezimmer und kehrte mit einem großen Handtuch zurück, das sie auf dem Schreibtisch ausbreitete. Mit dem Lineal klatschte sie auf Bobbys wunden Po, und er trat nah an den Schreibtisch, so dass seine Schenkel gegen die Kante stießen. »Ich werde dich beobachten. Das ist die restliche Strafe. Zeig mir, was für ein schlimmer Junge du bist«, sagte sie. Ihre Stimme war sanft und weich. »Zeig mir, wie du deinen Schwanz streichelst, wenn niemand zusieht. Zeig es mir.«

Bobby sah zu, wie Miss Gilbert um den Schreibtisch herumging und sich auf den Stuhl setzte. Er sah ihre eisblauen Augen, die auf seinen steifen Penis gerichtet waren, auf dem auch jetzt noch die Spuren des strammen Verbandes zu sehen waren. Er zögerte. Das war noch immer der schlimmste, aber zugleich auch der beste Part.

»Bobby«, sagte Miss Gilbert, »ich will, dass du mit dir spielst, damit ich zusehen kann. Ich will *alles* sehen. Und jetzt leg deine Hand um deinen Schwanz und massier ihn.« Als er noch immer zögerte, nahm sie das Lineal auf und zischte: »Los!«

Zitternd nahm Bobby den harten Schaft in die Hand und begann, sie vor und zurück zu bewegen.

»Warte«, unterbrach Miss Gilbert ihn. »Ich habe eine Idee.« Sie öffnete eine Schublade und holte eine Tube Gleitmittel hervor. »Streck deine Hände aus.«

Glitschig. Das ist neu, dachte Bobby, eine Abweichung vom Ritual. Doch es war wundervoll. Sie hatte erraten, was er wollte, ohne dass er ihr etwas hatte sagen müssen. Das machte sie so einzigartig. Er streckte die Arme aus, die Handflächen nach oben, und Miss Gilbert drückte etwas von dem Gleitmittel in seine Hand. »Jetzt fass ihn an«, sagte sie.

Es fühlt sich kalt an, dachte er, als seine Hände seinen

heißen Penis umschlossen. In dem Moment, als er sich selbst berührte, war es um ihn geschehen. Er schloss die Augen, und seine Finger glitten den Schaft hinauf und hinab.

»Öffne die Augen, du böser Junge«, zischte Miss Gilbert. »Du sollst zuschauen, wie ich dich beobachte. Ich will sehen, wie deine Hände mit deinem Schwanz spielen – und du sollst mich dabei beobachten.« Als er nicht sofort gehorchte, fauchte sie: »Los! Tu, was ich dir sage!«

Er schlug die Augen auf und sah ihr ins Gesicht. Ihre Augen waren auf seine Hände gerichtete, die seinen harten Penis streichelten. Es war sensationell. Es dauerte nur einen Moment, bis er kam und sein Sperma sich auf die weiße Oberfläche des Handtuches ergoss. Seine Knie gaben beinahe nach, aber er blieb stehen und genoss das Nachglühen eines der besten Orgasmen seines Lebens.

Reglos thronte Miss Gilbert auf ihrem Stuhl, bis Bobby das Handtuch nahm und im Bad verschwand. Fünfzehn Minuten später saß sie lesend am Schreibtisch, als Bobby aus dem Badezimmer kam. Er trug einen grauen Nadelstreifenanzug, ein hellblaues Hemd und eine Krawatte mit Paisleymuster. Dazu hatte er schwarze Socken an und die Slipper von *Gucci*.

Ohne ein Wort blickte er auf seine goldene Uhr, legte eine Handvoll Scheine auf die grüne Schreibtischunterlage und verließ das Zimmer.

Das knirschende Geräusch von Metall an Metall, der heftige Ruck des Gurtes an ihrer Brust und Carlas »Oh, Scheiße!« kamen fast gleichzeitig. Sie hielt den Wagen an und starrte durch die Windschutzscheibe. »Woher zur Hölle kam der denn? Vor einer Sekunde war er noch nicht da«, sagte sie laut und rutschte in ihren Sitz. Die Stoßstange ihres sechs

Jahre alten Fords hatte eine nicht zu übersehende Delle im hinteren Teil der Beifahrerseite eines noblen, glänzenden dunkelblauen Cadillacs hinterlassen. »O Gott«, stöhnte sie. »O Gott, warum ich?«

Einige Fußgänger und ein Fahrradfahrer waren stehen geblieben, um zu gaffen. Carlas Auto blockierte den Gehweg. Der vordere Teil ihres Wagens ragte aus der Ausfahrt einer Tiefgarage zwischen der First und Second Avenue auf der East 53rd Street, einer vornehmen Gegend in Manhattan. Der Cadillac, der in westlicher Richtung auf der 53rd Street unterwegs gewesen war, stand auf der Straße. Carlas Stoßstange berührte noch immer dessen Beifahrerseite.

Mit einem tiefen Seufzen erhob sich Carla aus dem Auto und sah zu, wie die Fahrerin des Cadillacs ausstieg. Als die Frau sich aufrichtete, starrte Carla sie erstaunt an. Die Fahrerin war eine große, schlanke Frau von klassischer Schönheit. Ihr dunkelblondes Haar war zu einem perfekten französischen Knoten zusammengesteckt. Als die wunderschöne Frau sie durch ihre dunkle Schildpatt-Sonnenbrille ansah, fuhr sich Carla verlegen mit den Händen über ihre ausgewaschene Jeans.

Je länger Carla die Frau betrachtete, desto unglaublicher sah sie aus. Die Frau nahm ihre Designer-Sonnenbrille ab und schirmte ihre Augen gegen die Nachmittagssonne ab. Sie hatte perfekt geschwungene Augenbrauen, tiefblaue Augen, eine lange schmale Nase und korallenrote Lippen. Sie erinnerte Carla unwillkürlich an Grace Kelly in ihren besten Tagen.

Carla strich sich durch ihr schulterlanges braunes Haar und schob sich eine widerspenstige Strähne hinters Ohr. »Es tut mir schrecklich leid«, rief sie, während die Frau die Tür des Cadillacs schloss. »Ich weiß nicht, wie das passieren konnte.« Was für eine dumme Bemerkung, dachte sie.

Carla war so glücklich gewesen, als sich bei ihrem Arzttermin herausgestellt hatte, dass sie sich ganz umsonst Sorgen gemacht hatte. Der Knoten in ihrer Brust hatte sich als eine mit Flüssigkeit gefüllte Zyste herausgestellt. Nach einer Woche voller Anspannung war sie so erleichtert gewesen, dass sie fast in die Garage gerannt war, um ihren Wagen zu holen und sich auf den Weg nach Hause zu machen. Aber warum wollte sie eigentlich nach Hause? Sie war sich nicht sicher. Die Kinder waren noch in der Schule, ihre Mutter und ihr Vater waren unterwegs. Außerdem hatte sie weder ihren Eltern noch ihren drei Söhnen von dem Knoten erzählt. Kein Grund, sie unnötig zu beunruhigen, hatte sie gedacht. Das hieß aber auch, dass sie nun niemanden hatte, mit dem sie das Ergebnis feiern konnte.

Carla sah zu, wie die blonde Frau um die beiden Autos herumging, ganz ruhig die Lage einschätzte und den Kopf schüttelte. Gott, dachte Carla, da muss ich ausgerechnet in so jemanden wie sie fahren. Die Frau trug ein klassisches dunkelrotes Kostüm von *Donna Karan*, eine passende rotweiß gemusterte Bluse und dazu abgestimmte Pumps von *Robert Clergerie*. Mit ihren langen, schlanken, perfekt manikürten Fingern zog sie den rot, weiß und golden gemusterten *Hermès*-Schal über ihrer Schulter zurecht. »Oje«, sagte sie. Ihre Stimme klang sanft und akzentuiert. »Es tut mir so leid.«

»*Ihnen* tut es leid?«, fragte Carla.

»Natürlich«, entgegnete die Frau. »Ich war ein bisschen zu schnell unterwegs und habe nicht auf den Verkehr geachtet.« Die Frau hielt inne und betrachtete Carla. »Moment. Das gibt es doch nicht.« Sie blickte sie aufmerksam an. »Carla?«

»Entschuldigen Sie?«

»Carla. Du bist Carla MacKensie.«

»Carla Barrett«, antwortete sie. »Aber ich hieß Carla MacKensie, bevor ich geheiratet habe. Kennen wir uns?«

»Ich bin Veronica. Ronnie Browning, jetzt Talmidge.«

»Ronnie? Das gibt es nicht.« Carla und Ronnie waren an der *Michigan State University* Mitbewohnerinnen gewesen und hatten vor fünfzehn Jahren ihren Abschluss gemacht. Während ihrer drei Jahre als Zimmergenossinnen hatten sie einfach alles geteilt: Feldhockey, den Debattierklub, die Theaterkurse und sogar – unabsichtlich – einige Freunde.

Ronnies Lachen klang voll und tief. »Ich würde dich überall wiedererkennen. Du hast dich überhaupt nicht verändert.« Sie sah an sich herab. »Ich hingegen sehe wohl etwas anders aus seit damals.«

Carla erinnerte sich an die recht hübsche Brünette, die eine Brille getragen und nur wenig Make-up benutzt hatte – sie hatte sie wie eine Schwester geliebt. »Das kannst du laut sagen! Du siehst großartig aus.« Sie lächelte schief. »Und du hast recht: Ich habe mich nicht verändert. Leider sehe ich immer noch so aus wie vor fünfzehn Jahren – mittelbraun und durchschnittlich, durchschnittlich, durchschnittlich.« Carla betrachtete Ronnie genauer. »Was, um alles in der Welt, hast du in den letzten Jahren gemacht?«

»Mehr als du dir vorstellen kannst.« Ronnie warf einen Blick auf die beiden Autos und winkte ab. »Das scheint mir ein geringfügiger Schaden zu sein. Wohin wolltest du gerade?«

»Geringfügig?« Der Schaden betrug bestimmt mehrere tausend Dollar. Man konnte heutzutage keinen Unfall mehr bauen, der nicht Tausende von Dollars kostete. »Ich wollte nach Hause. Bronxville. Dort lebe ich inzwischen.«

»Das ist albern. Wenn wir uns schon mal wiedergetroffen

haben, sollten wir uns nicht gleich wieder aus den Augen verlieren. Warum parken wir nicht hier und essen gemeinsam zu Mittag? Wir könnten uns erzählen, was in den vergangenen Jahren alles passiert ist. Und außerdem habe ich einen Riesenhunger.«

»Warst du nicht auch irgendwohin unterwegs?«

»Ich habe um zwei einen Termin«, erwiderte Ronnie und sah auf ihre goldene Uhr von *Cartier*. »Uns bleibt noch eine Stunde, und am Ende des Blocks kenne ich ein großartiges kleines italienisches Restaurant.«

Als Carla zögerte, wurde Ronnie eindringlicher: »Bitte. Ich würde mich über die Gesellschaft freuen, und es gibt so viel zu erzählen.«

Der Parkwächter kam angerannt und fuchtelte mit den Armen in der Luft herum. Er wollte die Ausfahrt räumen. »Sie müssen die Fahrzeuge wegstellen«, rief der uniformierte Mann schon von weitem.

Ronnies Stimme klang sanft, aber dennoch entschieden. »Wenn Sie noch einen Moment warten, Tom, sind wir weg.« Sie wandte sich Carla zu. »Ich bin oft hier in der Gegend. Ich habe immer hier geparkt, aber inzwischen habe ich einen günstigeren Parkplatz um die Ecke gefunden.«

Während Ronnie zu ihrem Wagen zurückkehrte, stieg Carla in ihren Ford und fuhr zurück. Die Autos trennten sich, und Carla bemerkte, dass der Schaden am Cadillac kleiner war, als sie befürchtet hatte. Nur eine hässliche Delle und ein wenig aufgeplatzter Lack. Sie würde ihren Wagen untersuchen müssen, aber da sie den Cadillac mit der Stoßstange gerammt hatte, war vermutlich alles in Ordnung.

»Hier entlang!«, rief Tom. »Setzen Sie ihn hier hinein.« Er winkte Carla in eine Parklücke, und Ronnie fuhr auf den nächsten freien Platz.

Ronnie stieg aus. »Wir sind in ein paar Stunden wieder da, Tom.« Sie beugte sich über den Beifahrersitz, schnappte sich ihre modische Tasche, die, wie Carla vermutete, entweder von *Fendi* oder aber eine sehr gute Fälschung war, und schlang den Träger aus Kette über ihre Schulter. Carla griff durch das offene Beifahrerfenster des Fords nach ihrer Kunstledertasche und ihrer kamelfarbenen Wolljacke. Sie schob die Arme durch die Ärmel des Blazers und knöpfte ihn über ihrer jeansblau und weiß gestreiften Hemdbluse zu.

»Oh, Carla, das ist so wunderbar«, sagte Ronnie. Dann warf sie einen Blick auf die Stoßstange von Carlas Wagen. »Nicht so schlimm. Sieht aus, als hättest du den Unfall ohne größeren Schaden überstanden.«

Carla nickte und legte einen Arm um Ronnies Taille. »Ich bin so froh, dass ich auf dich gestoßen bin.« Sie lachte. »Buchstäblich.«

»Ich auch. Hier entlang.« Ronnie führte Carla unter einer schmalen Markise hindurch, auf der der Name des Restaurants prangte – *The Villa Luigi*. Als sie hineingingen, sog Carla den verführerischen Duft von Knoblauch, Oregano und Olivenöl ein. Sie wurden an einen ruhigen Tisch im hinteren Teil des Restaurants geführt. »Bringen Sie uns eine Flasche Ihres *Ruffinos* und etwas Knoblauchbrot«, sagte Ronnie der Kellnerin, die sie an ihren Tisch begleitet hatte. Als die Bedienung gegangen war ging, lachte Ronnie. »Erinnerst du dich noch an den Abend, als wir Unmengen von Rotwein getrunken und dazu eine ganze Packung *Oreo*-Kekse mit Füllung gegessen haben?«

»Ich erinnere mich nur noch daran, wie schlecht es uns am nächsten Morgen ging. Ich musste mich kriechend fortbewegen, weil ich sonst umgekippt wäre.«

»Und ich habe mir eine Stunde lang die Seele aus dem Leib gekotzt.« Die beiden Frauen lachten. »Sag mir, was sich bei dir getan hat«, sagte Ronnie.

Carla holte tief Luft. »Nun, ich war fast neun Jahre lang verheiratet, aber Bill ist vor fünf Jahren bei einem Autounfall ums Leben gekommen.«

»Das tut mir leid.«

»Tja ... Bill war nicht gerade Prince Charming. Er trank zu viel und er war nicht nett, wenn er betrunken war. Schon ein Jahr vor seinem Tod habe ich darüber nachgedacht, ihn zu verlassen.«

»Kinder?«

»BJ, also Bill Junior, ist dreizehn, Tommy ist elf und Mike ist zehn. Drei Jungs.« Sie seufzte mit gespielter Verzweiflung. »Was habe ich bloß falsch gemacht?«

»Ich weiß noch, dass du immer Kinder wolltest – Mädchen. Und du wolltest nie arbeiten.«

»Nie arbeiten? Gott, stell dir vor: Ich habe wirklich geglaubt, dass Mutter zu sein keine Arbeit wäre.«

»Also bist du eine Vollzeit-Mutter?«

»Glücklicherweise hat Bill mir einiges hinterlassen, so dass ich versorgt bin. Außerdem arbeite ich als Maklerin. Vor zwei Jahren habe ich meine Lizenz erworben. Das Geld lege ich für die Jungs zurück, wenn sie aufs College gehen. Manchmal denke ich, dass ich mehr arbeiten sollte. Immerhin sind die Jungs den ganzen Tag in der Schule, und meine Eltern wohnen ganz in der Nähe. Aber ich weiß einfach nicht, *was* ich tun soll – College-Abschluss hin oder her.« Carla breitete die Serviette auf ihrem Schoß aus. »›Englische Literatur‹. Ein wirklich wahnsinnig nützlicher Abschluss ... Na ja. Und was ist mit dir? Verheiratet? Wo lebst du?«

Ronnie hielt Carla ihre linke Hand unter die Nase. Der

breite Goldring an ihrem Ringfinger blitzte auf. Außerdem trug sie einen schmalen Diamantring an ihrem Zeigefinger und einen schweren Freiformring aus Gold am Mittelfinger der anderen Hand. »Jack ist ein selbständiger Geologe, der einige Ölfirmen berät. Die Arbeit ist eine Kombination aus vielen Reisen und einem Haus voller Computer. Er ist im Monat vielleicht eine Woche zu Hause.« Sie seufzte. »Leider haben wir keine Kinder. Ich habe früh erfahren, dass ich keine Kinder bekommen kann, und keiner von uns wollte adoptieren. Wir leben in Hopewell Junction, in Dutchess County, fast zwei Stunden nördlich von hier. Was wolltest du eigentlich in der Stadt?«

»Ein Arzttermin.«

Ronnie ging sofort darauf ein. »Nichts Ernstes, hoffe ich.«

»Nein. Ein Knoten in meiner Brust hat sich als gutartige Zyste herausgestellt.«

»Das freut mich.« Sie drückte die Hand ihrer Freundin.

Carla war gerührt. Ronnie war jemand, mit dem sie immer alles geteilt hatte. Und es fühlte sich gut an, auch jetzt zu teilen. »Also, Ronnie, mir sind deine schicken Kleider aufgefallen. Und der neue Cadillac. Jack verdient offensichtlich sehr gut.«

»Das stimmt. Aber der Caddie gehört mir.«

»Du arbeitest?«

Ronnie lächelte auf eine Art, die Carla verwirrte. »Ja, ich arbeite.« Sie machte eine Pause und fuhr dann fort: »Und ab und an belege ich Kurse in kreativem Schreiben an der *New York University*. Einige meiner Artikel wurden sogar schon veröffentlicht.«

»Das klingt toll.« Die Kellnerin brachte ihren Wein und einen Korb mit Brot, das mit Butter, Knoblauch und

Kräutern aromatisiert war. Sie schenkte ihnen ein Glas ein und ging. Die beiden Frauen erhoben ihre Gläser und stießen an.

»Auf die Arbeit – in all ihren Facetten«, sagte Ronnie geheimnisvoll und lachte.

Verdutzt nahm Carla einen Schluck.

In der nächsten Stunde tauschten sich Carla und Ronnie gegenseitig über alles aus, was geschehen war, seit sie sich nach dem Abschluss aus den Augen verloren hatten – damals war Ronnie ein Jahr lang durch Europa gereist. Nachdem sie ihren Espresso und den restlichen Wein getrunken hatten, warf Ronnie einen Blick auf ihre Uhr. »Ich sage es nicht gern, doch ich muss los. Ich treffe mich um zwei mit jemandem. Aber wir könnten uns nächste Woche wiedersehen. Am Mittag. Warum treffen wir uns nicht vor diesem Restaurant und gehen dann irgendwo essen? Und mach dir keine Gedanken wegen des Schadens an meinem Wagen. Ich melde es einfach der Versicherung.« Ronnie nahm die Rechnung, gab ein stattliches Trinkgeld und teilte sich die Kosten dann mit Carla. Nachdem sie bezahlt hatten, standen die beiden Frauen auf. Ronnie umarmte Carla. »Gott, wie ich dich vermisst habe.«

An den folgenden drei Montagen trafen sich die beiden Frauen in der Gegend zum Lunch: mal in einem chinesischen Restaurant, das eine besonders leckere Pekingente anbot. Dann in einem winzigen indischen Lokal, wo es die beste Mulligatawny-Suppe gab, die Carla je gegessen hatte. Und an diesem Tag in einer Sushi-Bar, wo Carla zum ersten Mal in ihrem Leben rohen Fisch probierte. Bei Ingwer-Eiscreme und grünem Tee schlug Ronnie ihren nächsten Treffpunkt vor. »Ich würde dich gern zu mir einladen«, sagte sie. »Lass uns nächste Woche *chez moi* essen.«

»In Hopewell Junction? Ich schätze, das ginge. Du musst mir nur eine Wegbeschreibung geben.«

»Nicht in Hopewell Junction. Um die Ecke.« Mit einem hintergründigen Lächeln gab Ronnie Carla eine Adresse in der East 54th Street.

»Das verstehe ich nicht, Ronnie. Du hast hier ein Apartment?« Sie sah, wie Ronnie nickte, und schwieg einen Moment lang. »Kein Wunder, dass du all diese Restaurants so gut kennst. Führst du so eine Art Doppelleben? Erzähl mir alles.«

»Nächste Woche erfährst du alles.« Ronnie brach zu ihrem Termin um zwei Uhr auf. »Ich nehme mir den ganzen Nachmittag frei. Und dann werden wir reden.«

Die Adresse, die Ronnie Carla gegeben hatte, führte zu einem kleinen, dreigeschossigen rötlichbraunen Sandsteingebäude in der East 54th Street. Carla stieg die vier Stufen zum Eingang hinauf und klingelte. Ronnie öffnete die Tür. Sie trug einen weichen grauen, langärmeligen Overall aus Wolle. Ihr dunkelblondes Haar fiel ihr offen über die Schultern. Ein Paar große Silberohrringe und ein silberner Halsreif mit Fischgrätmuster waren der einzige Schmuck, den sie angelegt hatte. Carla war froh, dass sie auf die übliche Jeans verzichtet hatte und sich stattdessen für einen dunkelgrünen Wollrock und eine beige Seidenbluse entschieden hatte.

Die beiden Frauen begrüßten sich mit einem Wangenkuss, und Carla folgte Ronnie durch einen schmalen Flur in das geschmackvoll möblierte Wohnzimmer.

»Sehr schön hier«, sagte Carla, als sie sich umsah. Alles war in Schwarz, Weiß und verschiedenen Grautönen gehalten. Das Sofa war dick gepolstert und aus schwarzem

Leder. Lederriemen, die mit Schnallen aus schwerem Metall befestigt waren, zogen sich über die Polster. Kissen mit schwarz-weißen Streifen oder einem Karomuster in Schwarz und Weiß bildeten reizvolle Akzente. Die beiden gemütlich aussehenden Sessel waren aus weißem Jacquardstoff und mit den gleichen schwarz-weißen Kissen dekoriert. Ein flauschiger weißer Teppich lag auf dem Fußboden. Und wo der Teppich endete, konnte Carla den hochwertigen polierten Holzboden erkennen. Die Wände waren mit einer silbergrauen Seidentapete ausgestattet, und vor den Fenstern hingen etwas dunklere graue Vorhänge aus schwerem Damast. Auf kleinen Beistelltischen aus schwarzem Lack standen moderne Lampen mit weißen Füßen, die den Raum stimmungsvoll erhellten.

Vasen und Blumentöpfe auf Tischen und Sockeln im Raum bildeten die einzigen Farbtupfer. Rosen, Chrysanthemen und Geranien ergänzten sich farblich mit blühenden Kakteen und außergewöhnlichen Blumen, die Carla nicht kannte. Einige Blumenampeln mit Pflanzen hingen an den Wänden oder an der Decke. Eine Wand bestand nur aus Fensterglas mit einem dekorativen, aber auch sehr zweckmäßigen Gitter davor. An der gegenüberliegenden Wand stand eine breite weiße Schrankwand mit Glastüren, hinter denen sich Bücher aller Art befanden – von populären Romanen über Gedichtbände bis hin zu Büchern über Naturwissenschaften und Geschichte. An den übrigen Wänden hing ein Druck von Ansel Adams in Schwarz und Weiß und andere, kleinere Schwarzweißfotografien von Künstlern, die Carla nicht kannte. Ein Ende des Zimmers zierte ein altmodischer Schreibtisch aus Ahorn.

Carla pfiff leise. »Heiliger Bimbam.« Durch ihre Begehungen von unterschiedlichsten Immobilien hatte sie genug gelernt, um die Klasse und den Wert der Dekoration einschätzen zu können.

»Nur ein kleiner Zufluchtsort«, sagte Ronnie lachend.

»*Klein?* Entweder hast du ein nicht unbeträchtliches Vermögen geerbt, das Schreiben wirft sehr viel ab, oder Jack verwöhnt dich und zahlt für deinen ›kleinen Zufluchtsort‹.«

»Oder Antwort D – nichts von alledem.« Ronnie reichte Carla ein Champagnerglas und schenkte ihr aus einer bereits geöffneten Flasche *Dom Pérignon* ein. Sie stieß mit ihr an und sagte mit einem geheimnisvollen Lächeln: »Auf ›nichts von alledem‹.«

Sie tranken. »Okay«, sagte Carla. »Schieß los.«

»Ich glaube, wir beide kennen uns gut genug, damit ich dir meine Fotos zeigen kann. Setz dich.« Sie wies auf das Sofa. Ronnie nahm ein Album in die Hand, das in schwarzen Satin eingeschlagen war, setzte sich neben ihre Freundin und reichte es ihr. Als Carla das Album aufschlug, sah sie Bilder, die sie so nicht erwartet hätte. Eine schöne braunhaarige Frau posierte in einem Outfit aus schwarzem Leder und Ketten, das wie ein Badeanzug aussah. Kettenglieder waren über die nackten Brüste drapiert, und das weiche Leder schmiegte sich an ihre Hüften und ihren Bauch. Sie trug Handschuhe aus schwarzem Leder, die bis zu den Ellbogen reichten, und an den Beinen Stiefel aus schwarzem Lackleder, die ihre Schenkel zur Hälfte bedeckten und dreizehn Zentimeter hohe Absätze hatten.

Das wellige kastanienbraune Haar der Frau hing ihr über den Oberkörper. Eine Locke umspielte einen aufgerichteten dunkelbraunen Nippel. In einer Hand hielt sie eine kurze schwarze Reitgerte. Sie trug viel Make-up, mit knallrotem Lippenstift, dramatischem Augen-Make-up und Eyeliner. »Ich verstehe das nicht«, sagte Carla.

»Blättere weiter.«

Das Bild auf der folgenden Seite zeigte eine Frau in einem anderen Kostüm. In einem züchtigen Kleid saß sie auf dem Bett und hatte die Hände im Schoß verschränkt. Ihr Gesicht, sehr zurückhaltend mit sanftem Rouge und einem blassen rosa Lippenstift geschminkt, sah jugendlich und vertraut aus. Als Carla sich das Gesicht näher ansah, rang sie nach Luft. »Das bist ja du.« Sie blätterte zurück. »Genau wie hier.«

»Blättere weiter.«

Die Fotos, die nun folgten, zeigten Ronnie in unterschiedlichsten Kostümen: als Haremsdame mit einem durchscheinenden Schleier, der die untere Hälfte ihres Gesichtes abdeckte; als strenge grauhaarige Frau mit hochgeschlossener weißer Bluse und schlichten Schuhen, als erotische Piratenbraut in kurzen Shorts, unter denen ihre Pobacken hervorblitzten, und einer Bluse, die bis zum Bauchnabel aufgeknöpft war; und als Frau in einem Negligé aus schwarzem Satin, die über einem Mann stand, dessen Arme und Beine mit groben Ketten und Vorhängeschlössern an einem Bettgestell aus Messing befestigt waren.

»Wow. Ronnie, ich bin durcheinander. Erkläre mir das.«

»Ich nenne das Album *Black Satin*, und es ist eigentlich eine Art Menü oder Karte. Ausgewählte Leute können sich hier ihr … Hauptgericht auswählen – so könnte man es ausdrücken –, und ich sorge für die Nachspeise.«

»Du willst mir damit sagen, dass du eine Hure bist.«

»Ich bin eine wählerische, exklusive Prostituierte.«

Carla war verblüfft. Sie hatte etwas Ungewöhnliches erwartet. Immerhin war Ronnie nie durchschnittlich gewesen. Aber das? Was sollte sie sagen?

Als Ronnie sprach, klang sie etwas zögerlich. »Keine Vorwürfe? Kein ›Wie konntest du nur?‹?«

»Ich bin zu schockiert, um etwas zu sagen. Aber natürlich ist es dein Leben.«

Ronnie lächelte. »Und es ist wundervoll. Ich liebe jede Sekunde meines geheimen Lebens.«

»Was ist mit Jack?«

Ronnies Lächeln verschwand nicht. »Ich glaube, er weiß, was los ist. Er reist viel, und ich weiß, dass er sich amüsiert, wenn er weg ist. Und ich mache das auch.«

»Was ist mit Aids?«

»Ich habe viel darüber nachgedacht, als das alles anfing. Viele meiner Freunde – ich nenne sie ›meine Freunde‹ – wollen keinen eigentlichen Geschlechtsverkehr. Sie wollen Oralsex, Spielzeuge und/oder gegenseitige Selbstbefriedigung. Und diejenigen, die tatsächlich Verkehr wollen, müssen ein Kondom benutzen.«

»Was ist mit Oralsex? Ist das nicht gefährlich?«

»Nicht so riskant wie ungeschützter Geschlechtsverkehr, aber ja, es ist ein Risiko. Ich habe darüber nachgedacht und beschlossen, dieses Risiko einzugehen.«

»Wie, um alles in der Welt, bist du da bloß hineingeraten?«

Ronnie lehnte sich zurück und legte ihre Füße auf den Couchtisch. »Ja, wie … Eine gute Frage.«

2. Kapitel

Ich denke, es hat alles vor etwa drei Jahren angefangen«, erklärte Ronnie. »Du musst wissen, dass Jack und ich schon immer eine offene Beziehung geführt haben. Man kann sagen, dass wir in der Hinsicht sehr locker sind. Wir beide lieben Sex und glauben, dass Affären unsere Ehe noch bereichern.«

»Du meinst ... mit anderen Leuten?«

Ronnie lachte leise. »Ja, wir beide denken so. Und es hat mir nie etwas ausgemacht. Im Gegenteil. Mir hat die Vorstellung gefallen, dass jemand Jack glücklich macht – vor allem, weil er so oft unterwegs war und noch immer ist. Und damals ist er oft mit neuen Ideen, Spielzeugen und sexy Unterwäsche nach Hause gekommen.« Sie bemerkte Carlas Gesichtsausdruck. »Guck nicht so, Carla. Du erinnerst dich sicher, dass ich schon immer experimentierfreudig gewesen bin.«

»Ich erinnere mich in der Tat an einige deiner Experimente – wie *Oreo*-Kekse mit Erdnussbutter. Erzähl weiter.«

»Die einzige Forderung, die Jack und ich aneinander hatten und auch jetzt noch haben, ist, dass keiner von uns ohne Kondom mit jemand anderem schläft. Punkt.«

»Wirst du nicht eifersüchtig?«

»Ich kann ehrlich sagen, dass ich nicht eifersüchtig bin. Ich kann zwar nicht für Jack sprechen, aber ich bin es nicht. Wegen seiner vielen Reisen sind Jack und ich mindestens drei Wochen des Monats getrennt. Wir gehen stets behutsam mit den Gefühlen des anderen um. Wir reden viel, und ich bin mir sicher, dass Jack keine Einwände gegen das hat, was ich tue, obwohl er die Details nicht kennt. Ich habe ebenfalls kein Problem mit seinen kleinen Affären. Denn das sind sie – kleine Affären. Nichts Ernstes, nur Lust und guter Sex. Und dasselbe gilt für mich.«

»Wenn du damit umgehen kannst …« Carla hielt inne. »Ich bin mir nicht sicher, ob ich das könnte.«

»Ich kenne nicht viele, die das könnten, doch bei Jack und mir scheint es zu funktionieren.«

»Du wolltest mir erzählen, wie das hier«, Carla wies mit einer ausholenden Handbewegung durch den Raum, »angefangen hat.«

»Jack und ich aßen mit einem seiner Geschäftspartner, TJ Sorenson von *American Oil and Gas Products*, zu Abend.« Ronnie schloss die Augen. »Es war vor drei Jahren zur Weihnachtszeit. Ich erinnere mich, dass auf den Tischen winzige Tannenbäumchen und rote Kerzen standen …«

»Was für ein herrliches Essen«, seufzte Jack und lehnte sich mit einer Tasse Espresso in der Hand auf seinem Stuhl zurück. »Ich war noch nie hier, aber du kannst sicher sein, dass es nicht mein letzter Besuch war.«

»Ich habe das *Chez Martin* vor einigen Monaten entdeckt«, sagte TJ, »und ich hoffe, dass es ein Geheimtipp bleibt. Ich lese die Restaurantkritiken und bin jedes Mal erleichtert, wenn ein anderes Restaurant besprochen wird. Bis jetzt hat kein Kritiker das *Chez Martin* gefunden. Ich bin besonders froh, dass ich dieses Erlebnis mit euch teilen konnte. Ich mag euch beide wirklich sehr gern.« TJ Sorenson war um die fünfzig, mit dichtem weißem Haar und einem buschigen weißen Schnurrbart, über den er mit dem Zeigefinger strich, wenn er nachdachte. Als alter Ölsucher hatten TJs Augen die Farbe von Kornblumen und waren gerahmt von vielen kleinen Fältchen, die daher stammten, dass er jahrelang in die helle Sonne geblinzelt hatte. Er war ein gutaussehender Mann. Sein Äußeres ließ keinen Zweifel daran, dass er viel Zeit draußen in der Natur, unter der Sonne und bei Wind und Wetter verbracht hatte. Er wirkte nicht alt genug, um einen erwachsenen Sohn und eine Tochter zu haben, die bereits verheiratet war und ihm drei Enkel geschenkt hatte.

»Danke, TJ«, sagte Ronnie. »Ich bin so satt.« Sie nahm einen Schluck von ihrem weißen Pfefferminzlikör auf Eis und blickte die beiden Männer an, die sich in ihren doppelreihigen Anzügen, den weißen Hemden und den Krawatten sichtlich unwohl fühlten.

Obwohl Jack auch in Jeans und Sweatshirt hinreißend aussieht, liebe ich es, wenn er einen Anzug trägt, dachte Ronnie. Und die leicht ergrauten Schläfen seines sorgfältig gekämmten dunkelbraunen Haars ließen ihn im Moment eher wie einen Banker als einen Ölsucher aussehen.

»Ich bin froh, dass ihr zufrieden seid, denn ich habe euch nicht ganz ohne Hintergedanken eingeladen.« TJ fuhr sich über den Schnurrbart. »Ich möchte euch um einen Gefallen bitten und ich weiß nicht genau, wie ich es anstellen soll.«

»Frag einfach«, sagte Jack. »Du hast dich in all den Jahren so gut um mich gekümmert, dass ich mich freuen würde, dir einen Gefallen zu tun, wenn ich kann.«

»Tja«, sagte TJ. »Ihr müsstet beide einverstanden sein, auch wenn es im Grunde Ronnie ist, die ich um diesen Gefallen bitte.«

Ronnie blickte auf, und ihr blondes Haar strich über ihre Schultern. »Mich?«

TJ seufzte. »Lasst es mich erklären. Zuerst einmal hoffe ich, es macht dir nichts aus, dass Jack mir von eurer besonderen, offenen Beziehung erzählt hat.«

»Natürlich nicht. Jack und ich stehen zu unserem Lebensstil.« Liebevoll streichelte Ronnie über Jacks Hand. »Wir lieben einander und haben Spaß.« Jack zwinkerte mit einem seiner grauen Augen und nickte.

»Ihr beide scheint euch auf etwas geeinigt zu haben, das für euch funktioniert, und ihr wisst, wie sehr ich euch mag.«

Ronnie stützte die Ellbogen auf den Tisch und betrachtete den älteren Herrn. TJ, der erst kürzlich zum Vizevorsitzenden von *American Oil* befördert worden war, war Jacks erster Chef gewesen. Die beiden Männer hatten sich auf Anhieb gut verstanden, und als TJ in der Firma aufgestiegen war, hatte auch Jack davon profitiert. Vor einigen Jahren, als Jack seine eigene geologische Beratungsfirma gegründet hatte, war TJ ihm eine große moralische Stütze gewesen und hatte dafür gesorgt, dass *American Oil* ihn weiterhin beschäftigte. Jack und Ronnie verdankten ihm einiges.

Über ihre geschäftliche Beziehung hinaus waren die beiden Männer Freunde geworden. Früher waren TJ und Jack gemeinsam zu Erdölbohrungen gereist, hatten oft Wochen auf dem Ölfeld verbracht, in einem Zelt gelebt und buchstäblich Hacke und Schaufel geschwungen. Seit TJ überwiegend im Büro arbeitete, hatten Jack und Ronnie häufig mit TJ und seiner Frau Alice zu Abend gegessen – zuletzt eines Abends im vergangenen Sommer auf der neuen zwölf Meter langen Segelyacht der Sorensons.

Da TJ offensichtlich nicht wusste, wie er fortfahren sollte, ergriff Ronnie das Wort. »Was auch immer dich belastet, kann so schlimm nicht sein. Warum spuckst du es nicht einfach aus?«

»Gut.« Er nahm einen Schluck von seinem Cognac. »Es geht um meinen Sohn. Ihr habt Tim letzten Sommer auf dem Boot kennengelernt. Was war dein Eindruck von ihm, Ronnie? Als Frau. Und sei ehrlich.«

Sie erinnerte sich an TJs Sohn. Er war gerade auf dem Sprung gewesen, hatte sich jedoch kurz zu ihnen gesellt, um Small Talk zu machen. Das Bild von einem unsicheren jungen Mann, der sich in ihrer Gegenwart offensichtlich unwohl gefühlt hatte, trat vor ihr inneres Auge. »Er ist ein gutaussehender Junge, wenn ich mich recht entsinne«, erklärte sie ausweichend. »Wie alt ist er jetzt?«

»Er ist vierundzwanzig. Sag mir, was du von ihm als Mensch hältst.«

»Ich habe kaum Zeit mit ihm verbracht«, entgegnete Ronnie. »Aber er war charmant und schien zu wissen, was er sagen sollte. Ich denke, dass er ein bisschen distanziert war, schwierig kennenzulernen.«

»Er ist unsicher im Umgang mit Frauen, weil er schlechte Erfahrungen gemacht hat. Und jetzt ist es noch schlimmer geworden. Er war verlobt, wisst ihr?«

»Nein«, erwiderte Ronnie. »Das wusste ich nicht. Du sagtest, er *war* verlobt?«

»Genau. Die Schlampe hat ihm übel mitgespielt. Ich glaube, sie war eher an meinem Geld interessiert als an Tim. Egal. Vor ungefähr einem Monat, als er das Interesse an ihr zu verlieren schien, hat sie eines Abends am Tisch die Beherrschung verloren. Damals waren noch einige andere Paare dort – ihre Freunde und unsere –, und Clarisse hat getrunken. Ich weiß nicht genau, was der Auslöser war. Aber was es auch immer war – sie beschimpfte Tim und warf ihm unter anderem an den Kopf, dass er ein lausiger Liebhaber sei. Ich glaube, ihr exakter Wortlaut war, dass er selbst einer Nymphomanin keinen Orgasmus verschaffen könne.«

»O Scheiße«, sagte Jack. »Er war sicher am Boden zerstört.«

»Das war er. Zum Glück haben Tim und ich eine ehrliche und offene Beziehung zueinander, und wir haben seitdem viel geredet. Er will nichts mehr mit Clarisse zu tun haben, doch er gibt zu, dass sie nicht ganz unrecht hatte, was seine sexuellen Fähigkeiten betrifft. Er hat mir erzählt, dass er sich unzulänglich fühle und als Liebhaber unsicher. Ich habe gesagt, dass zu gutem Sex immer zwei gehören würden und dass er und Clarisse vielleicht einfach nicht zusammengepasst hätten. Doch er zweifelt an sich. Wir haben darüber gesprochen, eine Prostituierte zu engagieren, die ihm etwas über Frauen und Sex beibringen sollte, aber er wollte das nicht. Zu unpersönlich, zu klinisch.«

»Erkenne ich allmählich einen Plan dahinter?«, fragte Ronnie.

»Ich hoffe es«, sagte TJ. »Ich kenne und vertraue euch und ich brauche jemanden, der Tim etwas über Frauen beibringt. Ronnie?«

»Ich fühle mich geschmeichelt und würde gern helfen. Doch ich werde nichts ohne sein Wissen tun«, entgegnete Ronnie.

»Natürlich nicht.« Er blickte von Ronnie zu Jack. »Wenn ihr einverstanden seid, werde ich mit ihm sprechen. Ich habe euch kürzlich erwähnt, und er erinnert sich daran, euch letzten Sommer getroffen zu haben. Tatsächlich glaube ich, dass er beeindruckt war. Wenn ich mich recht entsinne, nannte er dich ›umwerfend‹. Ich bin mir nicht sicher, ob das eine gute oder schlechte Nachricht ist.«

»Ich denke, es wäre wundervoll für Tim«, sagte Jack. Sein charmantes Lächeln zeigte gerade weiße Zähne. »Ronnie ist die richtige Frau, um einem Mann etwas über Liebe und Sex beizubringen. Sie ist fantastisch.« Er drückte die Hand seiner Frau.

»Also seid ihr beide einverstanden?«, fragte TJ.

»Wenn Tim es möchte, bin ich ganz sicher einverstanden«, erwiderte Ronnie.

Später an jenem Abend lagen Ronnie und Jack im Bett. Nackt lehnten sie an einigen Kissen. »Es ist eine bedeutende Aufgabe, einem jungen Mann etwas über Sex beizubringen«, bemerkte Jack.

»Ich weiß«, entgegnete Ronnie. »Es ist auch ein bisschen beängstigend.«

»Unsinn«, sagte Jack. Er vergrub seine Finger in Ronnies Haar. »Jeder Mann, der deine vollen Lippen sieht, will sie küssen.«

Er drückte seine Lippen auf ihren Mund. »Er wird seine Zunge benutzen und mit deiner Zunge spielen wollen.« Mit seiner Zungenspitze öffnete er ihren Mund und reizte sie. »Er wird dein Gesicht berühren wollen.« Er strich mit den Fingern über Ronnies Stirn, ihre Wangen und ihre Nase. »Und er wird mit seinen Lippen deine Augen verschließen wollen.« Er küsste ihre Augenlider.

»Vielleicht solltest du sein Lehrer werden«, sagte Ronnie. »Du machst das gut.«

Während seine Hände jede Stelle ihrer Haut in Flammen zu setzen schienen, die sie berührten, sagte Jack mit rauher Stimme: »Wirst du mir alles erzählen? Wirst du mir alles zeigen, was du ihm beigebracht hast?« Sein Atem ging schneller, als er ihre feuchte Mitte fand.

»Ich werde vielleicht nicht alles mit dir teilen, was wir tun, weil es zu intim ist. Aber ich werde mir etwas Schönes ausdenken«, versprach Ronnie und schlang ihre Beine um die Taille ihres Mannes. »Und jetzt fick mich.«

Sie waren beide so heiß, dass der Akt wild war, ihre Körper zwischen Laken und Kissen miteinander verschlungen.

Er stieß hart in sie und schrie, als er kam. Ihr Orgasmus durchzuckte sie nicht viel später.

Ungefähr eine Woche später rief Tim Ronnie an. »Mein Dad hat mir von eurer Unterhaltung erzählt«, begann er ohne großes Vorgeplänkel. »Mir ist das alles sehr unangenehm.«

»Ich fühle mich auch etwas unwohl, Tim, aber ich weiß, dass so etwas in Europa durchaus üblich ist: Die ältere Frau bringt dem jungen Mann etwas bei.«

Tims hohles Lachen drang durch den Hörer. »Das hilft mir nicht gerade, und außerdem bist du nicht viel älter als ich.«

Ronnie lachte. »Das hilft mir genauso wenig ... Doch ich würde gern Zeit mit dir verbringen, wenn du magst. Wir könnten reden und tun, was immer du möchtest – und nicht mehr.«

Ronnie hörte, wie Tim tief Luft holte. »Ich denke, das würde ich gern.« Er machte eine kleine Pause. »Vielleicht könnten wir in dem Restaurant essen gehen, in das Dad euch geführt hat. Zum Beispiel nächsten Dienstagabend?«

Ronnie hatte schon befürchtet, essen gehen und mit Tim nette Konversation machen zu müssen. Das klang furchtbar. »Lass uns das Essen doch einfach überspringen«, schlug sie vor. »Ich könnte dich um acht bei dir zu Hause treffen. Wir können uns unterhalten und mal schauen, was so passiert.«

»Ich kann dich abholen.« Ronnie konnte das Zögern in seiner Stimme hören.

»Ich würde lieber vorbeikommen, wenn es recht ist.« Keine lange Autofahrt mit peinlichen Gesprächspausen.

»Sicher. Ronnie?«

»Ja?«

»Ich habe Angst, und mir ist das alles peinlich.«

»Entspann dich. Wir machen nichts, bei dem wir uns unwohl fühlen könnten. Okay?«

»Ich sehe dich dann am Dienstag.« Tim gab Ronnie die Wegbeschreibung zu seinem Apartment.

»Gut. Ich komme gegen acht. Und Tim? Trag doch bitte diese enge, verwaschene Jeans, die du an dem Abend letzten Sommer getragen hast. Ich kann mich daran erinnern, wie gut sie an dir ausgesehen hat.«

»Ja«, sagte Tim und klang etwas lockerer. »Sicher. Werde ich machen.« Er legte auf.

Am folgenden Dienstag fuhr Ronnie zu dem Apartmenthaus, parkte ihr Auto und nahm einen schweren kamelfarbenen Wollmantel vom Rücksitz. Sie trug eine tiefrote, vorn geknöpfte Hemdbluse und Jeans. Ihre nackten Füße steckten in Slippern aus Leder. Sie hatte fast kein Make-up aufgelegt und ihr Haar zu einem Pferdeschwanz gebunden. Obwohl sie Anfang dreißig war, sah sie so jünger und weniger einschüchternd aus. Nur ihre Unterwäsche sollte verführerisch sein – ein dunkelroter Halbschalen-BH und ein dazu passender Tanga.

Mit schwitzigen Händen ging sie zu Tims Apartment und klingelte. Es dauerte einen Augenblick, bis sie Schritte hörte.

»Hi«, sagte Tim, als er die Tür öffnete. Ronnie war überrascht, wie sehr er sich in den paar Monaten verändert hatte, seit sie ihn zum letzten Mal gesehen hatte. Obwohl er an jenem Abend dreiundzwanzig gewesen war, hatte er damals noch immer etwas Jungenhaftes, Unbeholfenes an sich gehabt. Das war nun anders.

»Du bist erwachsen geworden«, stellte Ronnie fest, als sie ihn bedächtig und abschätzend musterte. Ihr gefiel, wie sein Körper das blaue Polohemd, das er trug, ausfüllte. Seine Schultern waren breit und seine Hüften schmal. Gott, sie liebte muskulöse Schultern, und sie sehnte sich danach, mit den Händen über seine Oberarme zu streichen, sie um sich zu spüren. Das musste jedoch noch warten. Im Moment hingen Tims Arme herab, seine Hände waren zu Fäusten geballt, und das offene Lächeln, das sein unauffälliges Gesicht zum Strahlen bringen konnte, wurde von seiner Nervosität überdeckt.

Tim war starr vor Angst. Als er und sein Dad über Clarisses hässliche Anschuldigungen gesprochen hatten, hatte Tim zögerlich zugeben müssen, dass er schon vor besagtem Abend an sich zu zweifeln begonnen hatte. Er war ein ganz normaler junger Kerl gewesen, der mehrere Mitschülerinnen an der Highschool verführt und am College ein paar längere Beziehungen geführt hatte. Aber mit Clarisse war alles anders gewesen. Die Monate waren vergangen, und er hatte immer länger gebraucht, um sie zu erregen. Er hatte versucht, rücksichtsvoll zu sein und ihr die Zeit zu geben, die sie brauchte. Doch wenn er nach einem ausgedehnten Vorspiel endlich in sie eingedrungen war, war er so schnell gekommen, dass Clarisse sich jedes Mal beschwert hatte, Tim könne sie nicht befriedigen. Die letzten Male, die sie zusammen geschlafen hatten, hatte er nicht einmal mehr eine Erektion zustande gebracht.

»Hast du keine Ahnung von Frauen?«, hatte Clarisse eines Abends geschrien. »Alles, was du willst, ist vögeln. Steck ihn rein, und dann zur Hölle mit der Frau.« Sie hatte ihn ausgelacht. »Und jetzt kriegst du nicht mal mehr einen hoch.« Sein Kopf verstand, was los war, aber sein Herz hatte Zweifel.

Die Szene beim Dinner im Haus seines Vaters war so demütigend gewesen, dass Tim einige Wochen lang direkt nach der Arbeit nach Hause gegangen war und sich in sein Apartment zurückgezogen hatte. Nach knapp einem Monat hatte sein Vater vor der Tür gestanden und ein ernsthaftes Gespräch mit ihm geführt.

Zuerst hatte der Vorschlag seines Vaters, eine Prostituierte zu engagieren, ihn abgestoßen. Doch als Ronnies Name fiel, war Tims Interesse erwacht und sein Körper hatte reagiert. Obwohl er ihr nur einmal auf dem Boot begegnet war, hatte er viele Nächte damit verbracht, von ihrem langen blonden Haar und ihrem großartigen Körper zu träumen. TJ hatte von Jacks und Ronnies besonderer Beziehung erzählt, und Tim hatte dem eigenwilligen Plan schließlich zugestimmt.

Nun stand Ronnie hier, und Tim war in Panik. Das alles war ein furchtbarer Fehler. Als Tim bemerkte, dass ein Lächeln ihre Mundwinkel umspielte, fragte er: »Worüber lächelst du?« Sie musterte ungeniert seinen Körper, und seine Haut begann zu prickeln. Würde sie sich über ihn und diese lächerliche Idee lustig machen?

»Nichts. Du bist nur so erwachsen geworden, und ich sehe dich gern an.« Sie würde ihm später *en detail* erklären, wie attraktiv er geworden war. Ronnie wusste, dass er im Augenblick noch nicht bereit dazu war.

Tim sah gut aus, hatte sandfarbenes Haar und Augen wie goldbraun gerösteter Toast. Als er sich nun nervös mit seinen schlanken Fingern durchs Haar fuhr, malte Ronnie sich aus, wie sich diese Hände auf ihrer Haut anfühlen würden. Nett, dachte sie und freundete sich mit ihrer Aufgabe an. Sehr nett. Und trotz seiner Nervosität war die Art, wie er ihr in die Augen blickte, sexy. Ronnie erschauerte. »Darf ich reinkommen?«, fragte sie und stellte fest, dass er die Jeans trug, die sie ihm vorgeschlagen hatte.

Tim trat zur Seite und ließ Ronnie Platz, um an ihm vorbei in das Apartment zu gehen. Gott, dachte er, sie riecht so gut. »Ich bin froh, dass du gekommen bist.« Er wurde rot und wirkte verlegen, als ihm die Doppeldeutigkeit seiner Worte auffiel.

»Weißt du, Tim«, sagte Ronnie, als er die Tür schloss, »wir werden einander verrückt machen, wenn wir uns nicht entspannen.« Sie küsste ihn auf die Wange und warf dann ihren Mantel auf einen Sessel.

»Ja«, sagte er seufzend. »Ich bin schon den ganzen Tag nervös.« Er strich mit den Händen über seine Jeans. »Ich bin mir nicht sicher, ob das hier eine gute Idee ist.«

»Es ist sogar eine wundervolle Idee. Wir werden uns jetzt erst einmal unterhalten. Nichts, was du nicht willst. Okay?«

Tim starrte auf seine Schuhe und sah dann Ronnie an. Gott, sie war so sexy. Er nickte.

Plötzlich fühlte Ronnie sich vollkommen entspannt und wohl. Tim war ein wirklich netter Mensch. »Du musst nicht nervös sein. Hast du etwas zu trinken? Ich denke, wir könnten beide einen Drink vertragen.«

»Ich habe eine Flasche Champagner.«

»Großartig. Hast du auch Orangensaft? Wir könnten den Champagner mit O-Saft mischen.«

»Sicher. Gute Idee. Der O-Saft ist im Kühlschrank.«

»Hast du auch Brandy?«

»Im rechten Schrank könnte eine Flasche stehen. Wieso?«

Ronnie ging in die winzige Küche. »Um die Mischung noch zu verfeinern, sollte man einen Schuss Brandy hinzufügen.« Sie nahm den Orangensaft aus dem Kühlschrank und durchsuchte den Schrank, bis sie eine Flasche Orangenlikör gefunden hatte. »Das wird auch gehen«, sagte sie. Sie ging ins Wohnzimmer zurück und sah, dass Tim zwei Champagnergläser zur Hälfte mit Champagner gefüllt hatte. Schnell gab er Saft dazu, und sie rundete alles mit einem Schuss Orangenlikör ab.

»Auf den Abend«, sagte Ronnie und stieß mit Tim an.

Tim sah über den Rand seines Glases hinweg in ihre Augen. Offenbar war er sich der Sinnlichkeit seines Blickes nicht bewusst. »Ja. Auf den Abend.«

Nicht zu schnell, mahnte Ronnie sich und löste den Blick von ihm. Sie begann, im Wohnzimmer herumzulaufen. »Nette Wohnung«, bemerkte sie. Sie standen in dem großen Wohnzimmer, das mit einer mit derbem Stoff in Creme und Blau bezogenen Couch, einem passenden Klubsessel und einem modernen Couchtisch sowie Beistelltischchen gemütlich eingerichtet war. An den Wänden hingen Fotos, hauptsächlich Landschaftsaufnahmen, die überall auf der Welt aufgenommen worden waren. Ein Bild, das sie besonders faszinierte, zeigte eine Marktszene mit Buden voller Waren und Gängen, in denen sich übermüdete Touristen drängten. Obwohl das Foto in Schwarzweiß war, vermittelte es doch die Farbenpracht der Szenerie. »Wo ist das?«

»Kairo«, sagte er. »Vor zwei Jahren war ich mit meinem Dad dort.«

»Und das hier?« Es war ein Foto von einem Fluss mit Hausbooten, die am Ufer dümpelten.

»Amsterdam.«

»Wow«, sagte sie beeindruckt. »Hast *du* all diese Fotos geschossen?«

»Ja. Ich fotografiere seit meiner Kindheit.«

»Die sind wunderbar.«

»Danke. Ich habe im zweiten Schlafzimmer eine Dunkelkammer eingerichtet und entwickle und vergrößere die Filme selbst.«

Langsam ging Ronnie durch das Zimmer und betrachtete die Schwarzweißaufnahmen. »Die sind alle sehr gut. Machst du auch Porträts?«

»Sicher.« Er holte ein Album hervor und zeigte Ronnie stolz ein paar sehr kunstfertig aufgenommene Porträtaufnahmen von Frauen. Er deutete auf das Foto einer etwas zu stark geschminkten Frau Anfang zwanzig, deren Miene trotz ihres Lächelns missbilligend wirkte. »Das ist Clarisse, meine Ex-Verlobte. Ich wollte dieses Bild auf Karton aufziehen und als Dartscheibe benutzen, aber das Foto ist einfach zu gut. Es ist schon komisch. Wenn ich so darüber nachdenke, war es eine der wenigen Gelegenheiten, bei denen ich sie lächeln sah, ohne dass sie damit ein besonderes Ziel verfolgte.«

Ronnie lachte. »Wenn ich bedenke, was dein Vater mir erzählt hat, halte ich die Idee mit der Dartscheibe eigentlich für ganz gut.«

Tim zögerte, stimmte dann jedoch in Ronnies Lachen ein. »Du hast recht. Aber es ist wirklich eine gelungene Aufnahme von ihr.« Er betrachtete das Bild. »Tatsächlich hat sie nie so gut ausgesehen.«

Ronnie zog sich die Schuhe aus, machte es sich auf dem Sofa bequem und klopfte auf den Platz neben sich. »Setz dich, und wir unterhalten uns.« Als er sich setzte, fragte sie: »Wärst du daran interessiert, Fotos von mir zu machen? Ich hätte gern eine schöne Porträtaufnahme, die ich Jack zu unserem Hochzeitstag schenken kann.«

»Klar. Das wäre toll. Würde ich wirklich gern machen.«

»Hast du jemals darüber nachgedacht, professioneller Fotograf zu werden? Die Bilder, die du mir gezeigt hast, sind echt gut.«

»Meinst du, ich könnte Geld dafür nehmen?«

»Wer weiß? Vielleicht sind die Fotos, die mir vorschweben, der Beginn einer neuen Karriere.«

Während sie Small Talk machten, spürte Ronnie, wie sich der Alkohol warm in ihr ausbreitete, und sie wusste, dass auch Tim sich entspannen würde. Als es eine kleine Gesprächspause gab, rutschte Ronnie tiefer und lehnte ihren Kopf an die Rückenlehne des Sofas. Sie reichte Tim ihr Glas. »Würdest du mich gern küssen?«

Tim stellte die beiden Gläser auf den Tisch. »Ich denke schon.«

Ronnie legte ihre Hand um Tims Nacken und zog ihn behutsam zu sich heran. Dann umschloss sie sein Gesicht mit beiden Händen, und seine Lippen berührten ihren Mund. Vorsichtig, neckend strich sie mit ihren Lippen über seine und knabberte sachte daran.

»Mhm, schön«, schnurrte sie.

Tim richtete sich auf. »Das ist so peinlich. Ich weiß nicht, wohin mit meinen Händen. Vielleicht ist das doch keine so gute Idee.«

Er wandte den Blick ab.

»Wir müssen nichts tun, was du nicht willst«, sagte Ronnie, »aber ich wäre enttäuscht.«

Mit einem Mal funkelte er sie wütend an. »Ich brauche kein Mitleid«, knurrte er.

Ronnie erhob sich, öffnete ihre Jeans und schob sie bis zu ihren Knien herunter. Sie nahm Tims Hand und legte sie an den Schritt ihres Höschens. »Was spürst du? Bin ich heiß und feucht? Fühlt sich das wie Mitleid an?«

Ihre Hitze wärmte seine Hand, und ihre Feuchte benetzte seine Finger. Sie wollte ihn. Sie wollte ihn wirklich. Er blickte in ihre Augen und sah ihr Verlangen brennen. O Gott, lass mich jetzt keinen Rückzieher machen, betete er – für sich selbst und für Ronnie.

Sie nahm seine Hand fort und hielt sie, während sie sich die Hose wieder hochzog und sich aufs Sofa setzte. »Ich will dich«, sagte sie leise und ohne den Blick von ihm zu wenden. »Aber ich höre auf, wenn du es willst.« Sie hob seine Hand und küsste seine Fingerspitzen. »Soll ich aufhören?«

»Nein«, stöhnte er.

Sie fuhr mit der Zunge über die Spitze seines Zeigefingers. »Dann lass uns so tun, als wäre das dein Schwanz.« Sie nahm die Spitze in den Mund. »Kannst du es spüren? Fühlt es sich gut an?«

Ganz sicher konnte er es spüren, und es war unglaublich erotisch. Es kam ihm vor, als würden Funken in seiner Leistengegend sprühen, und sein Schwanz wurde hart. »Es fühlt sich so gut an.« Die Worte waren halb Hauchen, halb Stöhnen.

»Gut. Dann schließ die Augen und lass mich an dir saugen.« Tim schloss die Augen und ließ den Kopf an die Rückenlehne des Sofas sinken. Es würde schon in Ordnung, es würde schon gut sein. Millimeter für Millimeter nahm sie Tims Zeigefinger weiter in den Mund, leckte und knabberte an der Spitze. Dann wandte sie sich dem nächsten Finger zu und saugte daran, bevor sie sich dem Ringfinger und schließlich dem kleinen Finger widmete. Sie schenkte auch den Fingern seiner anderen Hand ihre Aufmerksamkeit – begierig, lustvoll, bis sein Körper Hitze verströmte.

»So sehr will ich dich«, flüsterte sie. Sie nahm seine Hand und führte sie an einen ihrer aufgerichteten Nippel. Das war wundervoll. Sie konnte seine Hand benutzen, um sich so zu streicheln, wie sie es wollte. Sie presste und rieb, drückte ihren Rücken durch und kostete die Gefühle aus, die seine

Hand auf ihrer Brust auslösten. Trotz ihrer Begierde ging sie nicht weiter. Sie wollte, dass auch Tim die Initiative übernahm.

Schon bald reichte es Tim nicht mehr, Ronnies Brust durch die Hemdbluse hindurch zu berühren. Er wollte sie küssen, anfassen und schmecken. Mit der Zungenspitze fuhr er sich über die Lippen und starrte auf ihren Mund. »Ich will dich.« Er wollte nichts tun, was die Stimmung zerstörte, konnte sich aber andererseits nicht länger zurückhalten, beugte sich vor und küsste Ronnies Lippen. Plötzlich hatte er das Gefühl, sie verschlingen zu müssen, und wollte auch selbst verschlungen werden. Er neigte den Kopf, so dass er in ihren warmen Mund eintauchen konnte. Er bekam nicht genug von ihr.

Ronnie war noch nie so leidenschaftlich geküsst worden. »Oh, Tim«, seufzte sie und schlang ihre Arme um seinen Nacken. Sie küssten sich lange. Ronnie streckte sich langsam auf dem Sofa aus und zog ihn mit sich, so dass er auf ihr lag.

»Zu viele Kleider«, flüsterte Ronnie, als sie kurz innehielten, um Luft zu holen. Als Ronnie ihre Bluse auszog und auf einen Sessel warf, stand Tim auf und schlüpfte ebenfalls aus seinem Shirt. Sein Körper war so schön, wie Ronnie es erwartet hatte. Als er begann, seine Jeans aufzuknöpfen, hielt Ronnie ihn zurück. »Noch nicht.« Sie stand auf und trat so nah an ihn heran, dass ihre mit Spitze bedeckten Brüste die Härchen auf seiner Brust berührten. Langsam strich sie mit den Händen über seine wohlgeformten Schultern. »Als du die Tür aufgemacht hast, wusste ich, dass du so aussehen würdest«, murmelte sie. »So wunderschön.«

»Ich gehe ein paarmal die Woche ins Fitnessstudio«, sagte er atemlos. »Ich mache Hanteltraining.«

»Das sieht man«, entgegnete Ronnie und fuhr über seine Brust und seinen Rücken. »Dein Körper ist wundervoll.«

Tim öffnete Ronnies BH und zog ihn ihr aus. »Genau wie deiner.«

Ronnie führte Tims Hände über ihren Oberkörper. »Heb mich hoch«, flüsterte sie. »Ich will spüren, wie du dich bewegst.«

Mit Ronnies Händen auf den Oberarmen umschloss Tim ihre Taille und hob Ronnie hoch. »Ich liebe es, wie sich deine Muskeln anfühlen«, sagte sie und streichelte Tims Bizeps.

»Und ich liebe deine Titten«, entgegnete er und hielt sie so, dass ihre Brüste auf Höhe seines Mundes waren. Er nahm einen Nippel in den Mund.

Ronnie streichelte mit den Händen Tims Schultern und seinen Rücken, ließ ihren Kopf in den Nacken fallen und bot ihm ihren zarten weißen Hals an. Tim nahm die Einladung an und ließ sie ein Stück herunter, damit er ihren Hals liebkosen konnte. Er hielt sie scheinbar mühelos im Arm, leckte an der Stelle, an der ihr Pulsschlag sichtbar wurde, und knabberte an dem empfindlichen Punkt, wo Hals und Schulter ineinander übergingen. »Du schmeckst so gut«, stöhnte er.

Behutsam setzte er sie ab und küsste weiter ihren Hals und ihre Schultern. Keiner von ihnen konnte es noch länger aushalten, und so schlüpften sie aus Jeans und Unterwäsche und legten sich aufs Sofa. »Das fühlt sich seltsam an«, sagte Ronnie und tastete mit den Händen über den groben Bezug der Couch. »Irgendwie sinnlich.«

Tim strich mit den Armen über den Stoff. »Ich werde das Sofa von jetzt an mit anderen Augen betrachten.«

»Ich will dich.« Ohne der aufflackernden Panik, die sie an ihm bemerkte, die Chance zu geben, sich zu entfalten, ergriff Ronnie Tims harten Schwanz. Sie packte das Kondom aus, das sie auf den Tisch gelegt hatte, und streifte es langsam über Tims steifen Penis. »Kalt?«

»Ja«, sagte er. »Und aufregend.«

»Ich will es auch spüren.« Sie rieb mit der Spitze seines kühlen, feuchten Schwanzes über ihre nasse Muschi. »Mhm, das ist kalt. Und ich bin so heiß auf dich.« Sie schob seine Erektion zwischen ihre inneren Lippen und bog den Rücken durch. Sein Schwanz glitt in sie. »Beweg dich nicht und überlass alles mir«, sagte sie, spannte ihre inneren Muskeln an und beobachtete die Erregung auf Tims Gesicht.

Sie drehte sich und drückte Tim zurück, so dass sein Kopf auf der Rückenlehne des Sofas lag und er halb saß, halb lag. »Halt still und fühle einfach.« Sie setzte sich auf seinen Schoß und nahm seinen Schaft ganz in sich auf. Mit der Kraft ihrer Schenkel hob sie ihren Körper an und ließ sich dann wieder auf ihn sinken – wieder und wieder, schneller und langsamer, wie sie es wollten und brauchten.

»O Gott«, stöhnte er. »Ich komme gleich.«

»Noch nicht«, keuchte Ronnie, als sie spürte, wie sich tief in ihr ein Orgasmus ankündigte. »Halt still und fühle, aber komm noch nicht.« Als sie bemerkte, wie er sich wand, fauchte sie: »Rühr dich nicht und komm nicht!« Er öffnete die Augen und starrte sie an. Langsam machte sich ein Lächeln auf seinem Gesicht breit, und er nickte.

Mit gespreizten Beinen saß sie auf seinem Schoß, rührte sich kaum, sein Schwanz tief in ihr. »Ich werde jetzt kommen, und ich will, dass du es miterlebst.« Sie nahm Tims Hand, führte sie an ihren Kitzler und begann wieder, sich zu bewegen. Wellen der Lust durchströmten sie von den Zehen bis tief in ihren Bauch und ihre Muschi hinein. »Fühle es!«, schrie sie.

Als ihr Orgasmus sie mit sich riss, schlossen sich ihre inneren Muskeln um seinen Schwanz und lösten seinen Höhepunkt aus. »Ja. Jetzt!«, stöhnte sie. »Tu es.« Er stieß einmal, zweimal tief in sie hinein und kam. Heftig. Ohne dass sie sich bewegten, dauerte ihr gemeinsamer Höhepunkt einige Sekunden lang an. Ronnie ließ sich mit Tim zusammen aufs Sofa fallen, und eng umschlungen schlummerten sie ein.

Später streckte Tim sich. »Das war fantastisch.«

»Das war es. Du warst perfekt.«

Er seufzte und lächelte. »Wir waren perfekt. Ich wusste nicht, dass Sex so wundervoll sein kann. Können wir das bald mal wiederholen?«

»Solange wir nichts durcheinanderbringen. Ich ficke gern mit dir, und wir sind Freunde. Aber das ist alles. Jack und ich haben eine besondere Bindung, und ich liebe ihn sehr.«

»Ich verstehe. Ich kann das auseinanderhalten. Okay?«

»Okay. Und du wirst demnächst Fotos von mir machen?«

»Liebend gern.«

Eine Stunde später kam Ronnie nach Hause. Jack wartete auf sie. »Wie war es, meine Liebe?«, fragte er.

»Es war fantastisch und auch sehr … wie soll ich sagen … lehrreich. Wie geht es dir?«

»Ich bin überrascht, wie es mir geht. Ich fühle mich gut, und ich bin geil, wenn ich an dich mit dem Jungen denke.«

Ronnie lächelte. »Tja, wir könnten nach oben gehen und etwas gegen diese Anspannung tun.« Sie ging zu Jack, der im Sessel saß, ging vor ihm in die Knie und öffnete seinen Gürtel. Als sie seine Hose aufmachte, strich sie über seinen steifen Schwanz. »Oder wir könnten auch gleich hierbleiben.« Sie zog seine Shorts herunter, und seine Erektion sprang heraus. »Was würde dir gefallen?«

»Du würdest mir gefallen«, entgegnete Jack leise. »So sehr.«

Ronnie umschloss Jacks harten Schaft mit Ringfinger und Daumen und strich bis herunter an die Wurzel seines Schwanzes. Die Finger eng um den Schaft gelegt, leckte Ronnie mit der Zunge über seine Spitze. Dann küsste sie die kleine Öffnung. »Dein Schwanz ist so hart – wie warmer Samt über Stahl.« Sie steckte ihn in ihren feuchten Mund, saugte und nahm dann seine gesamte Länge in sich auf.

Jack beobachtete, wie der Kopf seiner Frau sich in seinem Schoß auf und nieder bewegte, und konnte die wilde Lust, die in ihm brodelte, kaum noch zügeln. Er hob seine Hüften an, stieß in ihren Mund und sein heißes Sperma wollte sich in sie ergießen. Doch ihre Finger hielten seinen Höhepunkt zurück. »Oh, Babe, lass mich. Ich bin so geil.«

»Ich soll dich kommen lassen?«, sagte sie. Ihr Atem kühlte Jacks feuchten Schwanz. »Ich soll meine Finger lösen?«

»Ja.«

Sie nahm seinen Penis in den Mund, zog sich dann aber wieder zurück. »Sag bitte.«

»Bitte, Babe.«

Ronnie löste ihre Finger und nahm Jacks gesamten Schwanz in ihren Mund, saugte und leckte mit der Zunge über seine Spitze. Beinahe sofort ergoss sich sein heißer Saft in ihren Mund. So schnell sie auch schluckte, rann doch etwas davon aus ihrem Mundwinkel.

Als Ronnie Jacks Schwanz abgeleckt hatte, setzte sie sich auf und sagte: »Jetzt lass uns nach oben gehen und miteinander schlafen.«

Jack lächelte zustimmend.

Drei Tage später stürmte Ronnie mit einem Briefumschlag in der Hand zur Tür, als Jack nach Hause kam. »Du wirst nicht glauben, was heute mit der Post kam.«

Jack bemerkte, wie aufgebracht sie war. »Beruhige dich, Babe, und erzähl mir, was passiert ist.«

»TJ hat mir einen Scheck über dreihundert Dollar geschickt und eine Karte mit einem Dankeschön für den Abend, den ich mit Tim verbracht habe.«

»Warum bist du dann so wütend?«, entgegnete Jack und stellte seinen Aktenkoffer auf den Tisch im Flur.

»Ich habe das nicht getan, um dafür bezahlt zu werden. Ich fühle mich wie eine Nutte.«

»Aber er wollte sowieso eine Prostituierte bezahlen. Warum solltest du das Geld dann nicht annehmen?«

Ronnie atmete aus.

»Ich bin keine Hure.«

»Niemand hat das behauptet.«

»Macht mich das hier denn nicht zu einer Hure? Sex gegen Geld.«

»Geh nicht so hart mit dir ins Gericht«, erwiderte Jack und ging in die Küche. »Du hattest Spaß, Tim hatte Spaß, und TJ hat es gefreut, wie alles gelaufen ist. Und Tim ist dank deiner Hilfe ein besserer Mensch geworden. Stimmt's?«

»Ja, aber …« Sie war durcheinander.

»Kein Aber. Wie kann es falsch sein, wenn niemandem dabei weh getan wurde?«

»Aber ich bin keine …« Ronnie hielt inne.

»Nutte, Prostituierte, Hure, kein Callgirl?«, sagte Jack. »Wörter. Nur Wörter mit fragwürdigen Bedeutungen. Hör auf, Etiketten zu benutzen, und denk nach. Wurde irgendjemand verletzt?«

»Nein.«

»Du hast eine Dienstleistung erbracht und warst gut darin. Richtig?«

»Ja.«

»Also solltest du dafür belohnt werden. Natürlich kannst du den Scheck auch zurückschicken …«

»Das könnte ich.«

»Doch du willst es nicht. Das Resultat ist, dass du Spaß hattest und dafür bezahlt worden bist. Ein Traumjob.«

»So habe ich noch nicht darüber nachgedacht.« Sie ließ sich in einen Sessel sinken. »Gott, ich hatte Spaß.«

»Und wir hatten ebenfalls Spaß an dem Abend, wenn du dich erinnerst.« Er ächzte laut und drückte eine Hand in seinen Rücken. »Unsere Verrenkungen haben mich für immer außer Gefecht gesetzt.«

Ronnie lachte. »Du hast recht. Das ist albern.« Sie starrte auf den Scheck. »Dreihundert Dollar für einen guten Fick. Zu schön, um wahr zu sein.«

»Kauf dir etwas Ausgefallenes davon. Kauf sexy Unterwäsche und verpacke deinen umwerfenden Körper für mich.«

»Ich könnte es einfach verschwenden. Es ist, als hätte ich das Geld gefunden.«

»Ja, das ist es.« Er machte eine Pause. »Meine Klienten kommen manchmal von weit her und würden sich gern amüsieren. Dinner, eine Show, intelligente Konversation und danach … Tja, das ist eine Sache zwischen dem Klienten und seiner Begleitung. Wenn du gern etwas Geld dazuverdienen würdest …«

»Prostitution?«

»Spaß und Spiele und etwas Geld nebenbei. Und nur, wenn du es wirklich möchtest.«

»Wie viel Geld nebenbei?«, fragte sie und war erstaunt, wie sehr die Vorstellung sie plötzlich faszinierte.

»Ich hatte nie direkt etwas damit zu tun, aber soweit ich verstanden habe, werden zwischen dreihundert und tausend Dollar pro Abend gezahlt. Damit Erwachsene unterhalten werden.«

Ronnie riss die Augen auf. »Eintausend Dollar?«

Jack nickte.

»Ich bin geplättet. Für etwas, das wir sowieso tun. Wäre es für dich in Ordnung, wenn ich mit anderen Männern zusammen bin?«

»Wenn du mir hinterher ein bisschen darüber erzählst, was passiert ist, macht mich die Idee sogar an.«

»Ich würde natürlich niemals das Vertrauen von jemandem verletzen.«

»Natürlich nicht.« Er sah das Leuchten in Ronnies Augen. »Interessiert?«

»Ich denke schon.«

Er nahm ihren Arm. »Diese Unterhaltung hat mich geil gemacht. Möchtest du ein wenig für deinen neuen Job üben? Oder ich könnte die ärztliche Einstellungsuntersuchung vornehmen.«

Ronnie ging zur Treppe. »Wer als Letzter im Schlafzimmer ist, muss auf dem feuchten Fleck schlafen.«

3. Kapitel

Und so fing alles an«, sagte Ronnie zu Carla. »Tim hat diese Fotos von mir gemacht.«

»Gute Arbeit«, bemerkte Carla.

»Das stimmt. Er hatte mittlerweile einige Freundinnen, und er ist einfach spitze im Bett. Er liebt Frauen, und das zeigt sich auch in seinen Bildern.«

»Ich liebe dieses Happy End.«

»Ich auch.«

»Und mit dieser Callgirl-Sache kommst du klar?«

»Ja. Ich verdiene gut und lerne faszinierende Menschen kennen.«

Carla hatte unzählige Fragen. »Hast du je schlechte Erfahrungen gemacht? Bist du zum Beispiel an jemanden geraten, der ausfällig geworden ist oder etwas tun wollte, das du nicht wolltest?«

»Noch nie ist jemand aus der Reihe getanzt. Ich suche mir meine Freunde sehr genau aus. Sie sind mir alle von anderen Freunden empfohlen worden. Ich gebe niemals meine Adresse weiter, bis ich mir sicher bin, dass die Männer in Ordnung sind. Ich habe außerdem eine Geheimnummer. Und ich gehe nicht gleich ran, wenn es klingelt, sondern lasse den Anrufbeantworter anspringen. Dann rufe ich entweder zurück oder nehme das Gespräch an, sobald ich weiß, wer dran ist. Beim ersten Date gehen wir immer irgendwo essen. Ich kann Menschen schnell einschätzen, und wenn ich kein gutes Gefühl habe, trennen sich unsere Wege nach dem Essen wieder.«

»Gab es je einen Abend, der schieflief?«

»Es gab einige Männer, die sich Dinge von mir wünschten, die ich nicht tun wollte«, antwortete Ronnie. Carla hob fragend eine Augenbraue. »Ein Mann wollte, dass ich auf ihn uriniere, während er onanierte, und ein anderer wollte, dass ich ihm einen Einlauf mache.«

Als Carla das Gesicht verzog, sagte Ronnie: »Verurteile sie nicht. Diese Dinge bereiten ihnen sexuelles Vergnügen, es ist ihre Sache. Einige der Praktiken, die ich bevorzuge, würden andere Menschen vielleicht auch abstoßend finden. Aber manchmal muss ich einem Kunden eben sagen, dass seine Fantasien nichts für mich sind.« Ronnie lächelte warmherzig.

»Der Urin-Typ war eigentlich ein netter Mann, und er hat mir sogar mehr Geld geboten. Ich habe ihm erklärt, dass das Geld nicht der Grund sei, und ihm vorgeschlagen, dass er sich jemand anders suchen solle. Wir haben das gemeinsame Essen noch beendet und uns sehr gut über Filme unterhalten. Er hat für das Essen bezahlt. Danach habe ich ihn nie wieder gesehen.«

»Noch andere?«

»Ein Mann namens Harry wurde mir von einem alten Freund empfohlen. Wir haben zusammen gegessen und über seine Fantasien gesprochen. Er wollte gern die Kontrolle übernehmen, wollte mich dominieren, bestimmen, wo es langgeht, und mich schlagen, wenn ich frech wäre. Das wäre sehr schwierig für mich geworden, da ich selbst dominant bin.« Sie lachte. »Und ich spiele nicht mit jemandem, wenn ich nicht selbst Spaß dabei habe.«

»Kontrolle?«

»Viele Leute haben Fantasien, in denen es um Macht und Kontrolle geht. Dieser Kerl wollte das Sagen haben und entscheiden, was passiert. Tatsächlich hatte er noch eine andere interessante Fantasie. Ich sollte so tun, als würde ich eine Pille nehmen, die mich willenlos macht. Und es gab einen anderen Mann, der mich ans Bett fesseln wollte. Ist auch nicht mein Geschmack.«

Carla spürte, wie Erregung durch ihren Körper schoss und direkt in ihre Muschi jagte. Die Fantasien über Kontrolle klangen in ihren Ohren wundervoll. »Wenn ich deine Miene so betrachte«, sagte Ronnie, »denke ich, dass wir etwas gefunden haben, das dir Spaß machen könnte. Soll ich dir eine Telefonnummer geben? Er bezahlt tausend Dollar für eine Nacht.«

»Heilige ... Nein, noch nicht«, erwiderte Carla, als sie feststellte, dass sie mehr als nur ein bisschen interessiert an Ronnies Tätigkeit war.

»Mhm. Ich muss kein Medium sein, um zu erraten, was du denkst, Darling«, sagte Ronnie. »Aber du musst dir darüber im Klaren sein, dass das kein Job für jedermann ist. Man muss selbstbewusst und sicher sein und man muss Sex lieben. Das Geld ist nur ein Extrabonus. Ich sehe es so: Die Tatsache, dass Geld für mich nebensächlich ist, macht mich zu einer Entertainerin, nicht zu einer Hure.«

»Hör zu«, entgegnete Carla und warf einen Blick auf ihre Uhr. Überrascht stellte sie fest, dass es schon nach drei war. »Ich muss nach Hause, und ich muss nachdenken. Wann passt es dir nächste Woche?«

»Ich bin nächste Woche nicht da.« Ronnie lachte. »Ein Freund hat mich auf eine Kreuzfahrt eingeladen. Köstliches Essen, Wein, tanzen, unter karibischem Himmel umherspringen – das volle Programm.« Sie zwinkerte. »Und ich bekomme zweitausendfünfhundert Dollar.«

Carla pfiff leise. »Heilige Scheiße.«

»Mhm. Und er ist ein prima Kerl. Ein wirklich interessanter Mann.«

»Warum du?« Wie konnte sie die Frage stellen, die ihr auf den Nägeln brannte, ohne dass sie wie eine Beleidigung klang? »Ich will nicht sagen, dass du nicht umwerfend bist, verstehst du, aber warum … na ja, du weißt schon.«

»Er ist der Meinung, dass keinem ›netten Mädchen‹ die Art von Umherspringen Spaß machen würde, die wir im Sinn haben.« Sie lehnte sich zurück. »Im Grunde genommen geht es auf der Reise um Dominanz. Es ist eine jährliche Veranstaltung, und wir sind eine ganze Gruppe von Leuten. Wir haben einen abgeschirmten Bereich auf dem Schiff gemietet. In der Woche werde ich seine Herrin ›Mistress Ronnie‹ sein, und er wird mein Sexsklave. Ich habe einige besondere Spielzeuge und Outfits für uns beide dabei.«

»Hast du so etwas schon einmal gemacht?«

»Wir haben uns vor zwei Jahren auf ebendieser Kreuzfahrt getroffen. Eine andere Frau und ich haben für einen Abend die Sklaven getauscht, und Bob hat es mit mir so gut gefallen, dass wir die Reise letztes Jahr wiederholt haben und nächste Woche wieder fahren werden. Wir spielen aber auch zwischen den Reisen.« Sie blätterte zu dem Foto einer grauhaarigen Schulleiterin in schlichten Schuhen und lächelte. »Bobby ist ein schwieriger Schüler.«

»Ich bin sprachlos.«

Ronnie warf Carla einen verständnisvollen Blick zu.

»Mal sehen. Nächste Woche kommen die Jungs aus dem Sommercamp zurück, und wir fahren mit meinen Eltern zu einem See in den Adirondacks.«

»Danach bin ich weg«, wandte Ronnie ein. »Jack und ich fahren im August für zwei Wochen ausgerechnet nach *Disney World*. Ich war noch nie da, und trotz aller Warnungen wegen der Hitze freue ich mich wie ein Kind auf die Fahrgeschäfte und die Paraden. Und nach dem Mittagessen machen wir natürlich Siesta. Jack und ich, ein Zimmer mit Klimaanlage und ein riesengroßes Bett.«

»Du und Jack, ihr habt eine ganz besondere Beziehung, nicht wahr?«

»Ja, das stimmt. Es ist nur sein *verdammter* Job. Er ist mehr unterwegs als zu Hause. Aber wir können uns jetzt erst mal auf zwei Wochen voller Sonne und Spaß freuen, und ich habe auf jeden Fall vor, das Beste daraus zu machen.«

»Sieht so aus, als würden wir uns erst im September wiedersehen.«

»Das fürchte ich auch. Ich werde dich vermissen.«

»Ich dich auch.«

Ronnie sah in den kleinen Kalender, den sie in der Handtasche hatte. »Gut. Wie wäre es am Tag nach dem *Labor Day*? Zum Lunch? Hier bei mir?«

»Das klingt doch gut.« Die beiden Frauen küssten sich auf die Wange. »Mit dir wird's nie langweilig.«

»Danke, gleichfalls. Und ich bin so froh, dass wir uns wiedergetroffen haben.«

»Ich auch«, sagte Carla. »Ich auch.«

Während des Monats, den Ronnie nicht da war, dachte Carla viel nach. Sie war fasziniert von Ronnies Job, und der Gedanke, dasselbe wie ihre Freundin zu machen, beschäftigte Carla unentwegt.

Da die Jungs im Sommercamp waren, verbrachte Carla die erste Woche allein zu Hause. Sie putzte, kaufte ein und träumte davon, an ein Bett gefesselt zu sein, während ein gutaussehender Mann über ihr stand und ihr bei ihren hilflosen Befreiungsversuchen zusah. Eines Morgens blieb sie bis nach neun im Bett liegen und malte sich aus, einem Mann ausgeliefert zu sein und ihn tun zu lassen, was auch immer er wollte, ohne ihm widerstehen zu können. Mit diesem Bild vor Augen schob sie ihre Hand zwischen ihre Beine und streichelte ihre Klitoris, bis sie kam.

Die zweite Woche verbrachte sie mit ihren drei wilden Jungs und ihren Eltern in den Adirondack Mountains. Sie hatten viel Spaß zusammen, schwammen, ritten aus, spielten Softball und Frisbee, aßen alles, was ihnen in die Quere kam, und schoben ihren unbändigen Appetit auf die gute Bergluft. Und jeder Mann, den sie traf, wurde Mittelpunkt ihrer Fantasien, in denen sie eine bezahlte Kurtisane war. Carla verbrachte den gesamten Urlaub in unbefriedigter sexueller Aufregung.

Mehr als einmal betrachtete sie ihre drei ausgelassenen Söhne und machte sich Gedanken über ihre Zukunft. Alle drei waren außergewöhnlich klug und würden sich später zwischen den besten Colleges entscheiden können. Die Frage war nur, ob sie es sich würde leisten können. Sie hatte Geld beiseitegelegt, doch würde das reichen? Oder war das Geld nur eine Entschuldigung dafür, etwas zu tun, das sie erregte und faszinierte? Eigentlich waren die Grübeleien überflüssig. Denn sie hatte ihre Entscheidung bereits getroffen, und sie wusste es.

Ohne zu sehr lügen zu müssen, sprach sie eines Abends mit ihrer Mutter darüber, wie sie mehr Zeit mit ihren Enkelkindern verbringen könnte. »Ich habe mit Ronnie gesprochen, meiner alten Mitbewohnerin vom College«, erzählte sie ihrer Mutter eines Abends bei einer Tasse Kaffee, nachdem sie wieder nach Bronxville zurückgekehrt waren.

»Wie, um alles in der Welt, hast du Ronnie wiedergefunden?«

»Ich bin buchstäblich mit ihr zusammengerasselt.« Carla erzählte ihrer Mutter die Geschichte des Unfalls mit ihrer alten Freundin und versicherte ihr, dass ihnen nichts passiert war.

»Und wie geht es Ronnie?«, wollte Mrs. MacKensie wissen. »Ich erinnere mich noch gut an die Ferien, die sie bei uns verbracht hat. Sie war so ein nettes Mädchen.«

»Jetzt ist sie kein Mädchen mehr«, entgegnete Carla. »Sie ist verheiratet und hat ein eigenes Unternehmen.«

»Dein Vater und ich waren uns immer sicher, dass sie es einmal weit bringen würde. So eine intelligente junge Frau.«

Carla lächelte in sich hinein. »Darüber wollte ich mit dir reden. Sie will, dass ich stundenweise in ihr Unternehmen einsteige. Ich würde etwas zusätzliches Geld verdienen, das ich für den College-Fonds der Jungs zurücklegen kann. Die Kosten sind sehr hoch.« Von oben konnte sie das Lachen hören, das immer erklang, wenn ihr Vater versuchte, die Jungs ins Bett zu bringen.

»Was ist das für ein Unternehmen?«

»Ein Dienstleistungsunternehmen. Public Relations, also Werbung und Kontaktpflege. Ich kenne die genauen Details noch nicht, aber es geht auch darum, Kunden abends in der Stadt zu unterhalten.«

»Das ist doch wundervoll, Schatz«, erwiderte ihre Mutter. »Du brauchst auch noch etwas anderes in deinem Leben als nur deine Jungs.«

»Es würde allerdings bedeuten, dass ihr öfter bei den Jungs bleiben müsstet. Zwei Abende die Woche und gelegentlich am Wochenende.«

»Am Wochenende? Wieso denn das? Nicht, dass es mir etwas ausmachen würde, versteh mich nicht falsch.«

»Keine Ahnung«, antwortete sie. »Ronnie hat mich nur vorgewarnt, dass der Job auch kleine Reisen beinhalten könnte. Nicht oft, aber es kommt vor.«

»Das ist doch großartig«, entgegnete Mrs. MacKensie lachend. »Los, zwing mich dazu, mehr Zeit mit den Kindern zu verbringen. Also, bevor ich mich schlagen lasse ...«

Carla lachte, wie so oft, wenn sie mit ihrer Mutter zusammen war. »Danke, Mom.«

»Und vielleicht lernst du bei einem der Treffen ja einen netten Mann kennen. Vielleicht kennt deine Freundin Ronnie einen adretten Mann, der zu dir passen könnte.«

Carla lachte wieder. »Mutter, bitte.« Ihre Mutter hob die Augenbrauen. »Gut. Vielleicht kennt sie jemanden. Ich werde die Augen offen halten.«

»Und falls einer der Herren zufällig einmal möchte, dass du über Nacht bleibst ...« Sie zwinkerte verschwörerisch. »Ruf mich einfach an, und ich kümmere mich um die Jungs.«

Eine Hitzewelle im frühen September traf New York City und die Luftfeuchtigkeit, die über der Millionenstadt hing, ließ Carlas kurzärmelige Bluse aus Viskose an ihrem Rücken kleben. Sie stieg die Treppe zum Sandsteingebäude hinauf und drückte auf Ronnies Klingel. »Komm rein«, rief Ronnie von drinnen. »Es ist offen.«

Carla trat in den Flur.

»Schließ die Tür hinter dir ab, ja?«, erklang Ronnies Stimme. »Und komm dann in die Küche.«

»Sicher«, rief Carla zurück und legte das Schloss vor.

Dann ging sie in den hinteren Teil der Wohnung in die große, luftige Küche. Ronnie hatte bereits das Essen auf den Tisch gestellt: einen grünen Salat, eine Schüssel mit

Krabbencocktail und kalte Pasta mit Basilikum. Knusprige Brötchen lagen in einem mit einer Serviette ausgeschlagenen Korb, und eine Flasche Wein stand neben zwei Kristallgläsern.

»Oh, Carla«, sagte Ronnie und schloss ihre Freundin in die Arme. »Ich habe dich so vermisst.«

»Ich dich auch. Wie war es in *Disney World*?«

»Sensationell. Die Fahrgeschäfte waren der reinste Nervenkitzel, die Schlangen davor waren angenehm kurz und die Siestas waren ... athletisch.« Sie nahm ein kleines Päckchen in die Hand, das in Silberpapier eingeschlagen war. »Ich hoffe, es macht dir nichts aus, aber ich habe dir ein Geschenk mitgebracht.«

»Ein Geschenk? Ich habe leider nicht daran gedacht, dir etwas mitzubringen, fürchte ich.«

»Das solltest du ja auch nicht«, entgegnete Ronnie. »Aber ich habe das hier gesehen und konnte einfach nicht widerstehen.«

Carla riss das Geschenkpapier auf und öffnete die kleine Schachtel. Darin befand sich eine Figur aus Zinn, die einen Drachen mit gespreizten Flügeln darstellte. Der Drache hatte den Kopf zurückgeworfen, als würde er brüllen, saß auf einer geschliffenen Kristallkugel und hatte seine Krallen in den transparenten Ball geschlagen.

Ronnie beobachtete, wie Carla die zehn Zentimeter hohe Figur in den Fingern drehte, so dass das Licht sich schillernd in dem Kristall brach. »Der Drache steht für die Fantasie«, erklärte Ronnie. »Und für die Träume, die man wahr machen kann.«

»Du weißt, dass ich mich entschieden habe, in dein Unternehmen einzusteigen, oder?«

»Ich wusste es schon vor einem Monat, als ich sah, wie

deine Augen zu leuchten begannen. Wahrscheinlich wusste ich es schon, als wir uns an dem ersten Nachmittag wiedertrafen. Immerhin haben wir drei Jahre lang zusammengewohnt, und ich kannte dich damals sehr gut.« Sie schenkte Wein in zwei Gläser und erhob ihr Glas zum Toast. »Auf die Fantasie. Und darauf, dass sich die Fantasien aller Beteiligten erfüllen mögen.«

»Auf die Fantasie«, sagte Carla und nahm einen Schluck vom kühlen Weißwein.

Während des Essens erzählte Carla Ronnie von ihrem Urlaub mit den Jungs und ihren Eltern. »Wie geht es deinen Eltern?«, wollte Ronnie wissen. »Ich habe deine Mutter immer gemocht. Und dein Dad ist eine Wucht.«

»Sie waren auch immer angetan von dir. Ich soll dich von ihnen grüßen und sie möchten, dass du bald mal zum Abendessen vorbeikommst.«

»Das mache ich gern.«

»Und wie war die Kreuzfahrt?«

»Ich würde dir gern ein anderes Mal von der Reise erzählen«, erklärte sie. »Für diese Lektion ist es in unserem Unterricht noch ein bisschen zu früh.«

»War es so schockierend?«

»Nicht für mich. Vertrau mir einfach ein paar Wochen«, bat Ronnie, und Carla stimmte schließlich schweren Herzens zu.

Nach dem Essen sagte Ronnie: »Ich denke, es ist an der Zeit, dass du dir einmal die oberen Räumlichkeiten anschaust.«

Ronnie und Carla räumten das Geschirr in die Spülmaschine und gingen dann über die mit flauschigem Teppich bezogenen Stufen ins Hauptschlafzimmer hinauf. Es wirkte intimer und romantischer als das Schlafzimmer im unteren

Stockwerk und war in Zartrosa und warmen, frühlingshaften Grüntönen gehalten. Der Sessel war mit einem rosa-grünen Stoff mit Blümchenmuster und einer grünen Ziernaht bezogen und passte zu der Tagesdecke und den Vorhängen. Der orientalische Teppich war in denselben Grüntönen gehalten und verlieh dem Zimmer zusammen mit einem halben Dutzend Pflanzen eine warme und behagliche Atmosphäre. »Ich unterhalte meine Freunde in diesem Zimmer, wenn die Fantasie Romantik erfordert«, sagte Ronnie. »Und manchmal übernachte ich hier, wenn ich in der Stadt bleibe.«

»Das ist ein wundervolles Zimmer ... irgendwie zart und liebevoll.«

»Genau das wollte ich beim Einrichten erreichen. Wir müssen uns absprechen, aber du kannst es nutzen, wann immer du möchtest und für was immer du möchtest. Ich habe eine Putzfrau, die regelmäßig kommt, also musst du nicht einmal aufräumen.«

»Bist du dir sicher, dass ich dein Haus ... dass ich dieses Zimmer benutzen kann?«

»Trotz der heimeligen Atmosphäre ist es mein Arbeitsplatz, nicht der Ort, an dem ich wohne. Lass mich dir zeigen, was ich meine.« Ronnie öffnete die Tür zu einem riesigen begehbaren Schrank. »Auf dieser Seite«, sagte sie und zeigte es, »ist die Alltagskleidung, die gewöhnlichen Röcke, Kleider, Blusen, solche Dinge. Die Schuhe stehen darunter.« Sie musterte Carla. »Ich würde sagen, dass wir noch immer dieselbe Kleidergröße haben, also bediene dich ruhig, wenn du etwas brauchst, das du nicht hast. Ich versuche, Privatleben und Job völlig voneinander zu trennen, so dass ich meine persönlichen Kleider nicht während der Arbeit trage. Du siehst das vielleicht anders.«

Carla bewunderte die Sammlung von exquisiten Kleidern. Sie musste nicht auf die Labels schauen, um zu wissen, dass Ronnie nur das Beste ausgewählt hatte. »Ist das nicht zu viel des Guten? So viele Outfits …«

Ein Lächeln erstrahlte auf Ronnies Gesicht. »Ich liebe Kleider, und jetzt kann ich mich damit verwöhnen. Außerdem arbeite und reise ich viel. Es ist erstaunlich, wie viele Männer sich eine gutgekleidete, gebildete Begleitung wünschen, mit der sie sich beim Essen oder bei Geschäftstreffen schmücken können.«

»Du meinst, wie in *Pretty Woman*?«

»Genau. Manchmal ganz ohne Sex.« Sie drehte sich um und deutete auf die andere Seite des Kleiderschrankes. »Hier ist die Abendgarderobe.«

Carla war verblüfft, als sie die riesige Auswahl an Designerkleidern sah: Chiffon, Spitze, Pailletten und Satin in unterschiedlichsten Farben und Formen. Es juckte ihr in den Fingern, jedes Teil vom Kleiderbügel zu nehmen und anzuprobieren. Am Ende der Kleiderstange hingen eine Seidenjacke in sattem Rosa, ein bodenlanger Mantel aus schwarzem Satin und zwei Kunstpelze. »Du bist auf alles vorbereitet, oder?«

»Du hast ja keine Ahnung.« Ronnie ging durch den Raum und öffnete die Tür zu einem weiteren Kleiderschrank. »Hier sind die Sachen zum Spielen.« Im Schrank hing eine Auswahl an Kostümen. Carla erkannte einige aus dem Album wieder, das Ronnie ihr gezeigt hatte. Ein Outfit aus Leder und Ketten hing neben einem Catsuit mit Leopardenmuster, drei Lederkleidern mit unzähligen Reißverschlüssen und einigen Bodys aus durchsichtiger Spitze.

»Auf jedem Kleiderbügel«, erklärte Ronnie, »befinden sich alle Utensilien, die man braucht, um eine bestimmte Figur zu verkörpern. Neben den Kleidern und der Unterwäsche habe ich den passenden Schmuck, Parfüm, spezielles Make-up und alles, was man sonst noch braucht, in einen Beutel an den Kleiderbügel gehängt. Zu dem einen oder anderen Kostüm gehört sogar eine Perücke, falls du sie tragen möchtest. Ich liebe Perücken – ich fühle mich damit wie ein vollkommen anderer Mensch. Fühl dich frei, alles zu benutzen. Du musst es nur anschließend wieder zurücklegen. Manchmal muss ich schnell ins Bad stürzen und mich umziehen, also habe ich gern alles einsatzbereit.«

Carla pfiff leise.

Ronnie öffnete die Schubladen einer breiten Kommode und zeigte Carla Dutzende von Slips, BHs mit und ohne Ausschnitt, durch den man die Brustwarze sehen konnte, Höschen aus Satin und Spitze, Seidennegligés in unterschiedlichen Farben und Strumpfhalter mit Strümpfen. »Probiere alles an und trage, was du möchtest. Vielleicht möchtest du aber unter dem Abendkleid auch gar nichts tragen. Es gibt kaum etwas Erregenderes, als einem Mann zu erzählen, dass man keine Unterwäsche trägt und dann mit ihm auszugehen. Übrigens kann man alles ersetzen – falls also etwas zerreißt oder so«, sie zwinkerte verschwörerisch, »kaufen wir es einfach neu.« Als Carla sie fragend anblickte, erklärte Ronnie: »Manchmal möchte einer der Männer dir die Kleider vom Leib reißen oder langsam und dramatisch aufschneiden.«

Carla warf einen Blick in die Schubladen und konnte sich nicht vorstellen, dass es irgendwelche Dessous gab, die Ronnie nicht besaß. Sie nahm eine Verpackung aus Zellophan in die Hand. »Eine Strumpfhose?«

»Sogar Strumpfhosen«, sagte Ronnie. »Ich habe einen Freund, der es mag, sie mir ganz langsam auszuziehen und jeden Zentimeter zu küssen, den er freigelegt hat. Ein anderer Freund liebt es, ein Loch in den Schritt zu schneiden, und möchte dann, dass ich meine Beine – in der Strumpfhose – um ihn schlinge. Und wenn ich richtig darüber nachdenke, hatte ich vor zwei Jahren einen Freund, der sie selbst gern trug. Er zog immer eine Strumpfhose an, bevor wir zum Essen ausgingen. Er meinte, dass die Strümpfe seine Vorfreude versüßen würden – und wenn ich daran denke, wie er anschließend hier über mich hergefallen ist, habe ich keinen Zweifel daran.«

Carla bemühte sich, nicht zu schockiert auszusehen. Sie hatte über Transvestiten gelesen, doch sie hatte nie darüber nachgedacht, einmal tatsächlich einem von ihnen begegnen zu können. »Frauenkleider?«

»Erstens war er kein Transvestit«, stellte Ronnie klar, als hätte sie Carlas Gedanken erraten. »Viele Männer, die ich kenne, tragen gern Satinhöschen unter ihren Anzügen. Der glatte Stoff fühlt sich auf der Haut gut an, und es ist ein sexy kleines Geheimnis. Und zweitens solltest du sie nicht verurteilen. Es ist nichts Falsches daran, wenn zwei Erwachsene einvernehmlich im Privaten etwas gemeinsam genießen oder, was diese Sache betrifft, in ausgesuchten öffentlichen Bereichen. Beim ersten Mal mit Tim habe ich gelernt, dass Etiketten etwas für engstirnige Menschen sind.«

»Du hast natürlich recht. Ich verurteile nicht, ich bin vermutlich nur naiv.«

»Na gut.«

Im Schrank gegenüber von Ronnies Kostümen hingen Kostüme für Männer: eine grüne Weste und Strümpfe wie bei Robin Hood; ein schwarzes Outfit, das aussah, als wäre es für einen Dieb gemacht, der nachts durchs Fenster eindrang; ein Top aus Silberlamé und eine Hose, die vom Schnitt her an eine Ritterrüstung erinnerte; und ein weißes

Hemd und eine kurze Hose. »Für einen frechen kleinen Jungen«, erklärte Ronnie. Carla musste sich zusammenreißen, um ihre Verblüffung ein wenig zu verbergen.

Schließlich gingen sie ins Wohnzimmer zurück. »Ich möchte, dass du es langsam angehen lässt«, sagte Ronnie, als sie wieder zum Thema zurückkehrten. »Du solltest dein sexuelles und sinnliches Bewusstsein Stück für Stück aufbauen. Und ich weiß, wie man am besten damit anfangen kann.«

»Ja?«

»Mhm. Rick. Ich soll ihn anrufen. In«, sie blickte auf ihre Uhr, »fünf Minuten.«

Carla wirkte ein wenig nervös. »Jetzt? O Gott. Ich dachte, ich wäre bereit, aber plötzlich bin ich mir nicht mehr so sicher.«

»Keine Sorge. Für deinen Probelauf hätte ich nie etwas ausgesucht, aus dem du nicht jederzeit aussteigen kannst. Nichts muss. Rick ist für den Anfang perfekt. Ich rufe ihn an, und wir machen Sex übers Telefon.«

»Telefonsex? Wie in 0190-Blas-mir-einen?«

»So ähnlich. Und mach dich nicht darüber lustig. Über Sex zu reden und den Akt zu beschreiben, ist sehr erotisch, sehr erregend und führt zu einigen wundervollen Höhepunkten. – Vertraust du mir?«, fragte Ronnie, als sie bemerkte, dass ihre Freundin zögerte.

Carla entspannte sich. »Ich vertraue dir. Bei Telefonsex muss ich nur immer an furchtbare Szenarien denken – ein verschwitzter Typ wichst, während irgendeine gesichtslose Tussi spricht und sich dabei die Fingernägel feilt.«

»Bei mir ist es anders. Ganz anders.«

»Das habe ich nicht anders erwartet«, erwiderte Carla.

»Bevor ich Rick anrufe – oder Mr. Holloway, wie ich ihn

am Telefon nenne –, lass mich dir etwas über ihn erzählen. Rick ist ein glücklich verheirateter Mann, der irgendwelche Finanzgeschäfte an der Wall Street macht. Wie so viele meiner Freunde glaubt Rick, dass seine Frau kein Interesse an den Dingen hat, über die wir sprechen. Ab und zu bin ich versucht, seine Ehefrau anzurufen und sie zu überzeugen, mit ihm zu reden. Ich glaube, er wäre überrascht. Aber selbstverständlich würde ich so etwas nie tun. Das Leben meiner Freunde, außerhalb unserer Beziehung, ist vollkommen tabu. Ich habe Rick noch nicht einmal gesehen.«

»Noch nie?«

»Nein. Einer meiner Freunde hat vorgeschlagen, dass er mich mal anrufen könnte. Rick hat es getan, und wir haben uns eine Stunde lang privat unterhalten. Ich habe erfahren, dass er gern zuhört, wenn jemand schmutzige Dinge sagt, sexy Geschichten erzählt und solche Sachen. Er hat die 0190er-Nummern ausprobiert, doch er hat nie eine gefunden, die ihm wirklich gefallen hätte. Jetzt, mit mir, hat sich das geändert.«

»Ich nehme an, du wirst dafür bezahlt?«

»Sicher. Ein- oder zweimal im Monat hinterlässt er mir eine Nachricht. In der Nachricht sagt er mir, wann ich ihn zurückrufen soll. Er sorgt dann dafür, dass er mitten im Büro ist, umgeben von Leuten. Nachdem wir uns unterhalten haben, schickt er mir einen Scheck über hundertfünfzig Dollar. Also, ich rufe ihn jetzt erst einmal an und sage dir, wann du dich am Nebenapparat dazuschalten sollst. Ja?«

»Ich denke schon. Aber ich will nicht lauschen.«

»Das wirst du auch nicht. Lass mich nur machen. Ich kenne Rick sehr gut, ihm wird diese Unterhaltung mit Sicherheit sehr gefallen.«

Während Ronnie die Nummer wählte, sank Carla tiefer

in den gepolsterten Sessel und versuchte, sich auf das vorzubereiten, was kommen würde. Doch sosehr sie sich auch bemühte, sie konnte sich nicht vorstellen, was genau geschehen würde.

»Guten Tag«, erklang eine eifrige Frauenstimme. »Mr. Holloways Büro.«

»Mr. Holloway, bitte«, erwiderte Ronnie. »Hier ist Mr. Blacks Büro.«

»Danke. Einen Augenblick, bitte.«

Obwohl sie in der Warteschleife war, hielt Ronnie die Hand über die Sprechmuschel. »Okay, Carla. Du kannst jetzt den Telefonhörer aufnehmen.«

»Bist du dir sicher, dass das in Ordnung ist, Ronnie? Schließlich bezahlt der Mann gutes Geld für diesen Anruf. Er macht es nicht, damit ich etwas lerne.«

»Ich bin mir nicht nur sicher, dass es in Ordnung ist«, antwortete Ronnie, während Carla an den Nebenapparat ging und ihre Beine über die Sessellehne schwang, »ich werde ihm sogar erzählen, dass du zuhörst.«

»Das tust du nicht«, entgegnete Carla.

»Ich weiß einfach, was ihm gefällt. Das passt genau in seine Fantasie. Zu wissen, dass du zuhörst, wird ihn nur noch heißer machen. Du kannst dir nicht vorstellen, wie sehr ich es genieße, dass ich ihn nur durch meine Stimme so scharf machen kann. Er wird geil und ich auch. Ich denke, du wirst es auch erotisch finden.«

»Hier spricht Mr. Holloway«, ertönte eine tiefe, volle Stimme. Carla beobachtete Ronnie, die sich zusammenrollte und die Beine unter sich zog.

»Mr. Holloway«, schnurrte Ronnie in den Hörer. »Hier ist Mr. Blacks Büro. Können Sie sprechen?«

»Natürlich nicht«, antwortete Mr. Holloway.

»Das ist gut. Wie viele Leute sind in Hörweite?«

»Ungefähr sechs.«

»Können sie Sie sehen? Ich meine, Ihren ganzen Körper«, sagte Ronnie, »nicht nur Ihren Kopf?«

»Nur die obere Hälfte«, entgegnete er.

»Dann möchte ich, dass Sie aufstehen. Ich möchte, dass alle Sie sehen können, wenn Sie hart werden, dass alle es sehen könnten, wenn sie wüssten, wohin sie schauen müssen.« Als am anderen Ende nichts zu hören war, fragte sie: »Sind Sie aufgestanden?«

Es erklang ein Ruckeln, dann antwortete er: »Ja, das bin ich.« Carla konnte im Hintergrund Bürogeräusche vernehmen.

»Gut. Ich habe heute eine kleine Überraschung für Sie.«

»Tatsächlich?«

»Sag hallo, meine Liebe«, sagte Ronnie und gab Carla ein Zeichen.

»Hallo, Darling«, hauchte Carla mit tiefer Stimme.

»Wer ist das?«, fragte er überrascht.

»Das ist Schneewittchen«, entgegnete Ronnie. »Sie hört alles, was wir sagen. Und sie hat noch nie so etwas gehört. Sie wird mitbekommen, wie Ihre Erregung wächst und wächst. Sie können nichts vor ihr verbergen.«

»Schneewittchen?«, flüsterte er. »O Scheiße.« Seine Stimme zitterte ein wenig, als er wieder normal sprach. »Wie genau sieht dieser Partner aus?«

»Oh, sie ist hübsch. Würden Sie gern Näheres über sie erfahren?«

»Das ist eine gute Idee. Lassen Sie uns das diskutieren.«

»Nun«, sagte Ronnie und schloss die Augen. »Sie ist klein, nur ungefähr eins zweiundfünfzig, und sie hat große himmelblaue Augen und dichtes, langes rotes Haar. Ihre

Haut sieht wie ein zarter, reifer Pfirsich aus, und sie trägt leuchtend roten Lippenstift.«

»Das hört sich gut an«, entgegnete er sachlich.

»Ihre Hände sind schmal, aber sie hat lange Fingernägel. Wissen Sie, wie sie angemalt sind?«

»Selbstverständlich.«

»Sicher wissen Sie das. Sie glänzen und sind leuchtend rot, wie ihre Lippen. Und sie trägt ein weißes Kleid mit einem tiefen Ausschnitt. Ihre Nippel werden nur gerade so von dem Rand aus Spitze bedeckt. Ihr Dekolleté ist tief und einladend, so dass es Sie in den Fingern juckt, Ihre Hände zwischen ihren großen Brüsten zu vergraben. Das Kleid sitzt an der Taille eng. Unter dem Rock ist mindestens ein Dutzend steifer Petticoats. Sie trägt Riemchensandalen mit sehr hohen Absätzen.«

»Das klingt nach einem guten Arrangement«, sagte Mr. Holloway.

Carla war bei Ronnies Beschreibung rot geworden. Und sie spürte ihre wachsende Erregung.

»Und sie trägt lange weiße Handschuhe«, fuhr Ronnie fort. »Ihre Finger sind nicht bedeckt, so dass Sie noch immer ihre roten Fingernägel sehen können, aber weißer Satin reicht von ihren Handflächen bis über ihre Ellbogen.« Sie machte eine kleine Pause. »Können Sie sie vor sich sehen?«

»Sicher. Jetzt würde ich gern mehr darüber wissen, wie es weitergehen soll.«

»Nun, sie hört mir zu und wird allmählich immer erregter.«

Carla war überrascht, wie erregt sie durch Ronnies Beschreibung des imaginären Schneewittchens tatsächlich wurde. Ihr Körper reagierte. Sie wollte die Jeans öffnen, die sie einengte.

Carla konnte hören, wie sich am anderen Ende der Leitung jemand bewegte, konnte das Klappern von Computertastaturen und Telefonklingeln vernehmen. »Ist das wahr?«, fragte die Männerstimme.

»Ja«, sagte Carla, die auf einmal nicht mehr verlegen war. »Ich bin sehr erregt. Meine Schenkel habe ich gespreizt, und ich werde feucht.« Ronnie öffnete die Augen und nickte zustimmend.

»Wunderbar«, sagte Rick. »Klingt, als würde das Arrangement sehr gut funktionieren.«

Im Hintergrund erklang eine Frauenstimme. »Mr. Holloway, können Sie ein Gespräch mit Mr. Malone auf Leitung zwei annehmen?«

»Im Augenblick nicht«, entgegnete Rick. »Sagen Sie ihm, dass ich ihn zurückrufe.«

»Sie meinen, Sie können im Moment keinen zweiten Anruf entgegennehmen?« Ronnie lachte leise.

»Auf keinen Fall«, erwiderte Mr. Holloway. »Unser Geschäft ist wichtiger. Wo waren wir?«

»Sie müssen mir kurz auf die Sprünge helfen«, neckte Ronnie ihn.

»Scheiße«, flüsterte die Stimme. »Okay, wir sprachen über das Bewässerungsprojekt«, sagte er laut.

Carla lachte. »Ja, das stimmt. Ich sagte gerade, wie feucht ich bin.«

»Schneewittchen wartet nur auf Sie, Mr. Holloway. Sind Sie hart genug für sie?«

»Selbstverständlich. Was ist mit dem Rest?«

»Nun, Schneewittchen trägt ein Rüschenhöschen mit weißer Spitze. Es wird im Schritt feucht, weil ihre Muschi immer heißer wird. Soll sie es ausziehen?«

»Eine gute Idee«, entgegnete Mr. Holloway.

»Zieh deine Rüschenhose aus, Schneewittchen«, sagte Ronnie. »Halt den Hörer so, dass Mr. Holloway hören kann, wie du die Kleider ausziehst.«

Carla hob eine Augenbraue, und Ronnie nickte. Also erhob Carla sich, zog ihre Jeans aus und hielt dabei den Telefonhörer so, dass der Mann am anderen Ende das Rascheln hören konnte, als sie die Füße hinauszog. »Haben Sie das mitbekommen?«, fragte Carla. Sie hörte den Mann schwer atmen. »Ich bin jetzt unter meinem Kleid nackt, aber ich streife den Rock glatt, so dass Sie nichts sehen oder berühren können … vorerst.«

Ronnie machte mit einer Hand ein Okay-Zeichen. Noch immer war Carla überrascht, wie leicht und unterhaltsam das alles war. Und Ronnie wurde dafür bezahlt?

»Es ist an der Zeit, dass wir zum Kernstück des Antrages kommen«, erklang die Männerstimme.

»Honey«, entgegnete Ronnie, »es ist Ihr Stück, das ich beantrage.«

Holloways tiefes Lachen ertönte durch den Hörer. »Ich bin es nicht gewohnt, dass dieser Teil der Arbeit so unterhaltsam ist. Ich nehme an, dass ich deshalb so gern Geschäfte mit Ihnen mache«, sagte er.

»Ist Ihr Schwanz durch das Lachen weicher geworden?«, wollte Ronnie wissen.

»Selbstverständlich nicht«, erwiderte er.

»Gut. Also, wo waren wir stehengelieben? O ja. Schneewittchen sitzt auf ihrem Thron, ein Bein über jede Armlehne gelegt, das Kleid über ihre gespreizten Beine gezogen. Können Sie sie sehen?«

»Mhm.«

»Sie greift mit ihren rot lackierten Fingern nach unten in die süße Spalte zwischen ihren Brüsten und zieht erst eine, dann die andere Brust aus dem Mieder ihres Kleides. Ihre Nippel sind empfindlich und tiefrosa. Sie kneift leicht hinein, bis sie hart werden, wie große Kieselsteine. Mit den Fingernägeln zwickt sie die eine Brustspitze und streichelt mit der Hand im Satinhandschuh über die andere. Schmerz und Vergnügen. Sie wechselt zwischen den Brüsten, kneift und streichelt, immer weiter, bis ihre Titten empfindlich sind und sich nach mehr sehnen.«

Carla massierte ihre Brüste und empfand genau das, was Ronnie über Schneewittchen erzählte.

»Sehnt sich Ihr harter Schwanz auch nach mehr, Mr. Holloway?«, fragte Ronnie.

»Ganz sicher.«

»Sieht Ihnen gerade jemand zu?«

»Eigentlich ja. Einen Moment, bitte.« Die beiden Frauen lauschten, wie er den Hörer in die andere Hand nahm. »Was gibt es?«

»Ich brauche Ihre Unterschrift, damit ich das hier bis drei Uhr in die Express-Post geben kann.«

Es erklangen einige Geräusche, dann sagte Mr. Holloway: »Das wär's.«

»Ihr armer Schwanz«, sagte Ronnie. »Er muss schon weh tun. Ihre Eier auch. Und Sie können nichts daran ändern, sonst werden alle Sie sehen.«

Es ertönte ein kaum hörbares Stöhnen.

»Gut«, schnurrte Ronnie. »Schneewittchen sitzt also auf ihrem Sessel, und ihre Muschi ist so feucht und unruhig, dass sie nach unten greifen und sie anfassen muss. Können Sie sie sehen?« Sie lauschte kurz, ehe sie fortfuhr. »Sie hat die Schenkel weit gespreizt. Langsam zieht sie den Rock hoch und streicht mit den Fingern über die cremeweiße Haut ihrer Oberschenkel. Tu es, Schneewittchen«, sagte Ronnie und blickte Carla an. »Du magst es doch, wenn Leute dir dabei zusehen.«

Carla streichelte durch den Stoff ihres Höschens hindurch ihre Muschi. Sie war nass. Sie wusste, dass sie sofort kommen würde, wenn sie sich jetzt weiter anfasste, doch sie wollte lieber warten und Mr. Holloway noch ein wenig unterhalten. Und erstaunlicherweise gefiel es ihr, dass Ronnie sie beobachtete.

»Mr. Holloway?«, sagte Carla leise.

Er räusperte sich. »Ja?«

»Ich bin hier und fahre mit meinen langen roten Fingernägeln über die Innenseite meiner Schenkel. Jetzt streiche ich mit einem Finger über meinen Kitzler, streife ihn nur, streichele ihn sacht. Oh, das ist so gut.«

»Ich wette, wenn du mit deiner Klit spielst, kommst du«, sagte Ronnie. »Habe ich recht, Schneewittchen?«

»O ja«, stöhnte Carla. »Ich will kommen.«

»Das ist akzeptabel für mich«, erklärte Mr. Holloway.

»Streichele deine Möse, Schneewittchen«, sagte Ronnie. »Leg das Telefon neben deine Möse und lass Mr. Holloway hören, wie deine Finger sich auf dir bewegen.«

Carla hielt den Hörer nahe an ihre Muschi und glitt mit den Fingern unter den Stoff ihres Höschens. Sie wusste, wie sie sich berühren musste, denn sie hatte es in den vergangenen fünf Jahren oft getan.

»Ja«, sagte Ronnie. »Ich kann dich mit meinen Augen sehen und Mr. Holloway kann dich vor seinem inneren Auge sehen. Reib fester.«

»Ja«, flüsterte Carla und keuchte auf. Sie war so nahe dran. Jeden Moment …

»Reib schneller, Schneewittchen«, sagte Ronnie. »Können Sie sie hören, Mr. Holloway? Hören Sie, wie kurz sie davor ist zu kommen? Hören Sie ihren Atem, wie schnell er geht? Sie wird kommen … jetzt!«

Carla stöhnte auf, als ihr gesamter Körper sich anspannte. Sie hielt still und kostete die Wellen der Lust aus, die durch ihren Körper strömten.

»Tut Ihr harter Schwanz weh, Darling?«, sagte Ronnie in den Hörer, als Carla sich allmählich von einem der besten Orgasmen erholte, den sie seit langem erlebt hatte.

»Ich glaube, von hier an wird alles sehr gut laufen«, sagte Mr. Holloway. »Ich muss jetzt Schluss machen.«

»Gehen Sie jetzt in den Waschraum, um Ihren großen, harten Schwanz in die Hand zu nehmen und ihn zu streicheln, bis Ihr heißes Sperma herausspritzt?«

»Ich glaube, das reicht für den Augenblick«, sagte er lachend. »Sonst geht es für keinen von uns gut aus.«

»Richtig«, entgegnete Ronnie und lachte auch.

»Danke, Darling«, hauchte Carla in den Hörer. Ihr Atem ging noch immer nicht wieder ganz normal. »Das war wundervoll.«

»Ich werde Sie bald wieder kontaktieren«, sagte Mr. Holloway. »Und danke für Ihre Hilfe in dieser Angelegenheit. Ich erledige nun den Rest.« Als er auflegte, lachten sie.

4. Kapitel

»O Gott«, sagte Carla und rollte sich im Sessel zusammen. »Wenn es immer so ist, werde ich erschöpft *und* zufrieden sein.« Seltsam, aber sie hatte es nicht als unangenehm oder peinlich empfunden, dass Ronnie ihr dabei zugesehen hatte, wie sie gekommen war.

»Das ist es, wenn du es willst. Du kennst die meisten meiner Regeln und weißt, dass ich mich daran halte – egal, um wie viel Geld es geht.«

»Erkläre mir deine Regeln noch einmal.«

»Ich tue nie etwas, ohne dass es mir auch Spaß machen würde, und ich sage meinen Freunden, dass ich jederzeit die Sache abbrechen kann – genau wie sie. Das ist einer der Gründe, warum ich mit jeder neuen Bekanntschaft zuerst einmal essen gehe. Das, was ich tue, erfordert ein hohes Maß an Vertrauen. Jeder muss das Recht haben, Stopp zu sagen. Deshalb einigen wir uns immer auf ein Safeword.«

»Safeword?«

»Das ist ein Signalwort. Ich benutze normalerweise ›Popcorn‹. Wenn einer dieses Wort sagt, hört der andere auf. Sofort. Und wenn ich nicht darauf vertrauen kann, dass meine Freunde gehorchen, wenn ich es sage, oder umgekehrt es selbst aussprechen, wenn sie aufhören wollen, kommt kein Deal zustande.«

»Warum ist es wichtig, dass sie es auch sagen? Du bist doch diejenige, die eine solche Sicherheit braucht.«

»Nicht wirklich. Nimm Männer, die es genießen, dominiert zu werden. Wenn ich sicher sein kann, dass sie das Safeword benutzen würden, kann ich alles tun, was mir gefällt. Ich beschreibe ihnen, was ich tue, wenn es das erste Mal ist, und ich muss mir keine Sorgen machen, dass ich zu weit gehen könnte. Das Safeword gibt es, damit sie ›Bitte, hör auf!‹ rufen und sich darauf verlassen können, dass ich nicht aufhören werde. Aber zugleich können sie eben sicher sein, dass ich augenblicklich abbreche, wenn sie es wirklich wollen.«

»Das klingt vernünftig«, sagte Carla, die nach dem Telefonsex noch immer nach Atem rang.

»Außerdem nicht zu viel Alkohol, obwohl ein oder zwei Gläser die Situation durchaus auflockern können. Keine Drogen. Und, wie du weißt, bestehe ich darauf, dass meine Freunde Kondome benutzen. Er kann siebzehn Bluttests gemacht haben, aber ein Kondom ist Pflicht. Punkt.«

Carla nickte. Alles, was Ronnie sagte, erschien ihr wohlüberlegt und umsichtig.

»Du bist noch immer interessiert, oder?«, fragte Ronnie.

Carla atmete tief durch. »Nach dem Telefonanruf mehr als je zuvor. Aber ich bin ein bisschen unsicher, wie ich anfangen soll.«

»Ich habe da einen Vorschlag«, entgegnete Ronnie, streckte sich auf dem Sofa aus und schlug die langen Beine übereinander. »Vor ein paar Wochen hat ein alter Freund angerufen. Sein Name ist Bryce, und ich kenne ihn seit über einem Jahr.«

Carla hatte während ihrer College-Zeit gelernt, dass Ronnies besonders erfreutes, leicht spitzbübisches Lächeln bedeutete, dass sie gerade eine sehr einfallsreiche Idee ausbrütete. Als Ronnie nicht weitersprach, sagte Carla: »Und ...«

Ronnie nahm ihr Weinglas vom Tisch neben sich und trank. »Seine Fantasie dreht sich um Hochzeitsnächte und Verführung. Er liebt Romantik, Musik, Wein, solche Dinge.«

Carla bemerkte den verträumten Ausdruck in Ronnies Augen. »Außerdem übernimmt er gern die Führungsrolle, was du vermutlich unwiderstehlich finden wirst. Und er ist großartig im Bett – ein ausgesprochen kreativer Mann, der es genießt sowohl zu geben als auch zu empfangen. Wir haben einige unvergessliche Nächte zusammen verbracht.«

»Das klingt zu gut, um wahr zu sein. Ist er verheiratet? Und wenn er es ist, warum lässt seine Frau ihn dann überhaupt aus den Augen?«

»Seine Frau ist vor einigen Jahren gestorben. Und einer der Gründe, warum er mit mir spielt, ist, dass er von Freunden umgeben ist, die ihn dauernd verkuppeln wollen. Ich denke, wenn er mit mir zusammen ist, fühlt er sich wohl. Wir haben viel Spaß zusammen, großartigen Sex, und es gibt keine Verpflichtungen.« Ronnie lächelte. »Ich hoffe, es macht dir nichts aus, doch wir haben über dich gesprochen.«

»Du wusstest, dass ich zustimmen würde, oder?«

»Du bist nicht gerade eine Meisterin darin, deine Gefühle zu verbergen, und ich kenne dich ziemlich gut.«

Carla lächelte und zog ihre Jeans wieder an. »Das hast du jedenfalls mal, und nach dem Spiel mit Rick Holloway kennst du mich noch besser.«

Ronnie lachte. »Stimmt. Jedenfalls glaube ich, dass er für dein erstes Mal der perfekte Partner ist. Ihm würde es gefallen, und ich kann dir versichern, dass es dir auch gefallen wird.«

»Es klingt so, als wäre er *dein* Freund.«

»Er ist ein besonderer Mensch, aber nur ein Freund. Und ich glaube, dass ihr die gemeinsame Zeit genießen könntet.«

»Aber …«

»Hör zu, Carla. Ich weiß nicht, ob du das hier überhaupt machen solltest. Ich kenne mich selbst, und ich mache es jetzt schon seit vier Jahren. Ich liebe es.«

»Das kann ich mir vorstellen. Ich habe viel darüber nachgedacht, und, na ja, es reizt mich. Ich habe dir gesagt, dass ich nicht viel über ausgefallenen Sex weiß, aber ich weiß, dass ich mehr darüber herausfinden will.«

»Und selbstverständlich kannst du jederzeit aufhören und wieder nach Bronxville zurückkehren und Immobilien verkaufen«, sagte Ronnie. Die beiden Frauen verzogen das Gesicht.

Das Telefon klingelte, und Ronnie und Carla hörten zu, als der Anrufbeantworter ansprang. »Dies ist der Anschluss von *Black Enterprises*. Bitte hinterlassen Sie eine Nachricht nach dem Signalton, und danke für Ihren Anruf.«

»Hi, Ronnie und Schneewittchen, hier spricht Rick Holloway. Ihr hört vermutlich gerade beide zu. Ich wollte euch nur sagen, dass ich mich großartig fühle. Ich bin jetzt in meinem Privatbüro und ich werde euch einen Scheck über dreihundert Dollar schicken. Ich hoffe, dass ich bald wieder mit euch beiden sprechen kann. Und, Ronnie? Danke dafür, dass du immer weißt, wie man den Spaß noch steigern kann – bevor ich es selbst weiß. Passt auf euch auf.« Damit legte er auf.

»Es hat ihm wirklich gefallen«, sagte Carla und war überrascht über die Macht des gesprochenen Wortes.

»Das hat es ganz sicher. Und du hattest großen Anteil daran.«

»Ich dachte, er bezahlt normalerweise hundertfünfzig Dollar. Er sagte, er würde dreihundert Dollar geben.«

»Er zahlt das Doppelte. Ich nehme an, eine Hälfte ist für mich und die andere für Schneewittchen.« Ronnie zog ihre Brieftasche hervor und reichte Carla drei Fünfzigdollarscheine. »Das ist dein Anteil.«

Carla starrte auf das Geld in ihrer Hand. »Das muss entweder sittenwidrig sein oder illegal oder dickmachen. Vielleicht sogar alles zusammen.«

»Tja, es macht garantiert nicht dick. Und was mich betrifft, ist es nicht sittenwidrig oder verwerflich. Ich glaube auch nicht, dass es ein Verbrechen ohne Opfer geben kann – und meine Freunde sind auf keinen Fall Opfer.« Sie seufzte. »Manche behaupten sogar, dass das, was wir tun, sie zu besseren Liebhabern zu Hause macht. Sie sind kreativer oder weniger fordernd. Allerdings ist es Prostitution, und das ist illegal ... aber was soll's.« Sie nahm einen Schluck von ihrem Drink und erhob das Glas zu einem Toast. »Bryce würde jedenfalls gern einen Abend mit dir verbringen – dein erstes Mal sozusagen.«

Carlas Hände zitterten. »Jetzt, da ich es tatsächlich tun werde, kann ein Teil von mir es kaum erwarten und der andere Teil ist zu Tode verängstigt.«

»Das entspricht genau Bryces Fantasie. Er liebt das verschüchterte kleine Mädchen, das Einführungsritual sozusagen. Und du kannst jederzeit abbrechen. Bryce kennt die Regeln. Also, wenn du dir sicher bist ...«

Carla holte tief Luft. »Das bin ich.«

»Gut. Ich werde dir seine Nummer geben, und du kannst ihn anrufen und dich mit ihm verabreden. Er wird dich zum Essen ausführen, dann mit dir tanzen gehen und dich schließlich in ein Hotelzimmer begleiten.«

»Tun wir es nicht hier?«

»Du weißt, dass du das Haus jederzeit nutzen kannst, auch wenn wir uns gut absprechen müssen. Doch Bryce gefällt die Vorstellung, auf neutralem Boden zu sein. Er hat unglaublich viel Geld, und er kann sich das Beste leisten. Als Geschenk für ihn sollten wir auf die Bezahlung für diese erste Nacht verzichten.«

Carla lachte leise. »Ich bin erleichtert. Irgendwie kommt es mir für mein erstes Mal ehrlicher vor.«

Als sie ihr Weinglas nahm, zitterten ihre Hände. »Ich bin nervös.«

»Gut.« Ronnie reichte Carla einen Zettel. »Hier ist seine Telefonnummer. Ruf ihn jetzt an, während du noch in dieser Stimmung bist. Benutz das Telefon im Gästezimmer.«

Carla erhob sich und blickte auf das Stück Papier in ihrer Hand. »Bryce McAndrews – 555–6749.« Sie ging ins Gästezimmer, nahm das schnurlose Telefon und machte es sich auf dem Bett gemütlich.

Mit zitternden Fingern wählte sie die Nummer.

»Hallo?«

»Spreche ich mit Bryce McAndrews?«

»Ja.«

»Hier ist Carla.«

Plötzlich klang seine Stimme sanft und warm. »Ronnies Freundin?«

»Ja.« Sie hatte keine Ahnung, was sie sagen sollte.

Ein warmherziges Lachen erklang, und Bryce sagte: »Hast du am Freitagabend Zeit?«

»Ja.« Mist, dachte Carla. *Warum bin ich nur so einsilbig?*

»Ich hole dich bei Ronnie zu Hause ab, und wir gehen in ein hübsches kleines Restaurant. Man kann dort übrigens auch tanzen. Ich hoffe, dass du gern tanzt. Überlasse alles mir. Sei einfach um sieben Uhr fertig. Okay?«

»Okay.« Ihre Stimme bebte, und Bryce war fasziniert.

»Du hast keine Ahnung, wie sehr ich mich darauf freue, dich kennenzulernen, Carla.«

»Ich auch«, sagte sie leise.

Bryces Lachen war ansteckend. »Bis Freitag«, sagte er und legte auf.

»Bis Freitag«, erwiderte sie, obwohl die Leitung längst tot war.

Die nächsten Tage war Carla das reinste Nervenbündel. Sie brachte ihre Kinder zu den Pfadfindern oder zum Schwimmunterricht und holte sie wieder ab. Sie kochte Essen, sah fern und besuchte ihre Eltern, während sie innerlich vor Aufregung und Vorfreude so sehr zitterte, dass sie sich wunderte, dass es niemandem auffiel.

Am Donnerstag ließ sie sich aus einer Laune heraus die Fingernägel lackieren. Schon oft war sie an *Plaza Nails* vorbeigegangen und hatte ab und zu darüber nachgedacht, sich eine Maniküre zu gönnen. Doch bisher hatten die Kosten sie immer abgeschreckt. Wenn ich zu Hause bei den Jungs sein und keinen Vollzeitjob machen will, muss ich mit meinem Geld vorsichtig sein, hatte sie immer gedacht, wenn sie auf dem Weg zum Supermarkt an der Eingangstür vorbeigekommen war.

Als sie am Donnerstagnachmittag auf dem Weg zum Baseballtraining der Kinder an der Mall vorbeifuhr, gab sie der Versuchung nach. Immerhin ist es eine Investition in meine Karriere, sagte sie sich. Und außerdem hatte sie die drei Fünfzigdollarscheine von Rick in der Tasche.

Nachdem sie die Jungs also zum Training gebracht hatte, fuhr Carla ins Einkaufszentrum, wo sich eine Nagelpflegerin namens Micki um sie kümmerte.

Während Micki eine Stunde lang ununterbrochen redete, verlängerte sie Carlas Nägel künstlich und lackierte sie schließlich in einem sanften Violett, das »Flieder im Frühling« hieß. Als Carla ging, bat Micki sie, in einer Woche zur

Nagelpflege wiederzukommen – was auch immer das bedeuten sollte.

»Hey, Mom«, sagte Mike, ihr jüngster Sohn, als sie im Auto nach Hause fuhren. »Du hast da was auf deinen Fingernägeln.«

»Ich habe sie mir lackieren lassen«, erwiderte sie und blickte zum ungefähr zwölften Mal auf ihre Nägel. »Sieht schick aus, oder?«

»Ja, schon«, entgegnete Tommy. »Aber damit ist es bestimmt nicht leicht, Pizzateig zu kneten.« Praktische Überlegungen waren Tommys Spezialität. »Sie werden bestimmt ganz klebrig. Wir machen heute Abend doch Pizza, oder? Du hast es versprochen.«

»Natürlich. Ich habe es versprochen.«

Am Donnerstagabend, nach der Pizza, verbrachte Carla mehrere Stunden vor ihrem Kleiderschrank und dachte darüber nach, was sie anziehen sollte. Nach ihrem Anruf bei Bryce hatten sie und Ronnie in Ronnies Kleiderschrank in ihrem Haus gesucht, aber nichts in dem Schrank hatte zu dem Anlass gepasst. Während die Jungs ihre Hausarbeiten machten und dann fernsahen, probierte Carla mindestens ein Dutzend Kombinationen aus, wählte Outfits aus und verwarf die Ideen dann wieder. Sie fühlte sich wie ein Schulmädchen vor dem ersten Date. »Ich bin eine Idiotin«, murmelte sie und warf ein sommerliches beiges Strickkleid auf den immer größer werdenden Haufen auf ihrem Bett. Sie nahm das Telefon und begann, Bryces Nummer zu wählen, um das Treffen abzusagen. »Gott, das ist echt albern.« Entschlossen legte sie das Telefon zurück. »Ich kann es immer noch während des Essens absagen.«

Sie hängte die Kleider zurück in den Schrank, schloss die Augen und nahm eine Bluse vom Kleiderbügel, kombinierte sie mit einem Leinenkostüm und stopfte die drei Kleidungsstücke in eine Umhängetasche, die sie mitnehmen würde. Dann setzte sie sich auf ihr Bett, nahm die Kleider wieder heraus und faltete sie ordentlich zusammen. Sie legte noch ein Paar Sandalen mit flachen Absätzen dazu und tat schließlich alles zusammen wieder in die Tasche.

Sie warf einen Blick in den Spiegel, bürstete ihr schulterlanges Haar und schüttelte langsam den Kopf. Soll ich früher in die Stadt fahren und mir die Haare machen lassen?, fragte sie sich. Irgendwie fühlte sich das nicht richtig an. Sie hatte keine Ahnung, warum ihre Nägel besser aussehen sollten als ihre Haare, aber es kam ihr falsch vor, eine zu schicke, zu aufwendige Frisur zu haben. »Scheiße«, sagte sie laut. »Das ist lächerlich. Ich mache mir viel zu viele Gedanken.« Sie schob sich eine Strähne hinters Ohr und ging los, um ihren Jungs zu sagen, dass es Zeit fürs Bett war.

Am nächsten Nachmittag packte Carla für jeden ihrer Söhne eine Tasche. Die drei Jungs würden bei Carlas Eltern übernachten.

»Bleiben wir bei Gramma?«, fragte ihr Dreizehnjähriger.

»Ja. Heute Nacht.«

»Hast du ein heißes Date, Mom?«, fragte BJ, während sie packte.

»Wie kommst du darauf?«, wollte sie überrascht wissen.

BJ legte seine Fingerspitzen an die Schläfen und schloss die Augen. »Ich sehe alles und weiß alles«, verkündete er dramatisch.

Carla hob die Augenbrauen.

»Tja, Mom: neue Nägel und eine Übernachtung bei Gramma und Grampa. Ich bin kein Kind mehr, weißt du? Ich sehe fern.« Als sie ihn noch immer anstarrte, fügte er hinzu: »Ich habe kein Problem damit. Mütter brauchen auch ihren Spaß. Oprah und Dr. Phil sagen das jedenfalls. Ich werde nett zu Gramma sein und auf Tommy und Mike aufpassen.«

Ihr Kind sah also Talkshows und erklärte ihr, dass Mütter Spaß brauchten. Lachend gab sie ihm einen spielerischen kleinen Klaps auf den Po und steckte dann Mikes Pyjama in seine Tasche.

Auf ihrem Weg in die Stadt hielt Carla spontan in der Mall an und kaufte sich ein Paar lange Perlenohrringe, die perfekt zu ihrem Outfit passten, aber anders waren als alles andere, was sie besaß. Mit dem neuen Schmuck in ihrer Handtasche kam sie gegen fünf an Ronnies Haus an. Da Ronnie in Dutchess County war, hatte Carla das Haus für sich allein.

Sie ging nach oben, ließ sich ein Bad ein, gab eine große Menge Badesalz hinein, während das Wasser in die riesige Wanne lief, und schob eine CD mit Songs von Frank Sinatra in den CD-Player. Als die vertraute Stimme des Sängers den Raum erfüllte, machte Carla es sich in der tiefen Badewanne gemütlich, lehnte sich zurück und entspannte sich bei dem leichten würzigen Duft des Badesalzes. Eine Stunde verbrachte sie in der Wanne und ließ immer heißes Wasser nach, wenn es zu kühl wurde. Sie malte sich aus, wie der Abend verlaufen würde und wie Bryce aussehen mochte. Sie stellte sich vor, wie er sie langsam ausziehen, berühren und streicheln würde. Sie konnte sich sogar vorstellen, wie er ihr etwas ins Ohr flüstern, ihr sagen würde, wie hübsch sie aussähe. Beinahe glaubte sie, spüren zu können, wie er in sie eindrang und sie ganz bedächtig liebte.

Als sie schließlich aus der Badewanne stieg, war ihre Haut zart und überall leicht gerötet, und ihre Nippel und ihre Muschi prickelten. Ein Teil von ihr sehnte sich danach, sich zu streicheln und sich selbst zum Höhepunkt zu bringen, um die Spannung ein wenig abzubauen, doch sie tat es nicht. Diese Spannung unterstützte nur noch die Fantasie, die sie und Bryce zum Leben erwecken würden.

Um halb sieben zog sie einen weißen BH aus Spitze und ein dazu passendes Höschen an, dazu stylishe weiße Strumpfhalter und Strümpfe und einen weißen Unterrock aus Satin. Dann schlüpfte sie in die langärmelige Bluse aus goldenem Seidenstoff und den Rock in gebrochenem Weiß, der ihr bis zur Mitte der Oberschenkel reichte, und stieg in die Pumps.

Vorsichtig steckte sie die Ohrringe an, die sie gekauft hatte, und musterte sich in Ronnies Spiegel. Wie sie vermutet hatte, passten die Ohrringe perfekt zu der Bluse, fühlten sich jedoch so fremd an, dass sie sie wieder ablegte. Nachdem sie einen Augenblick lang ihr Spiegelbild betrachtet hatte, steckte sie die Ohrringe erneut an. Wenn schon, denn schon, dachte sie.

Sie setzte sich an Ronnies Frisierkommode und legte Make-up auf. Seufzend wünschte sie sich, mehr über Kosmetik zu wissen, um auch einmal etwas anderes mit ihrem Gesicht machen zu können. Versonnen betrachtete sie ihre neuen langen Fingernägel und trommelte damit auf die Kommode – nur, um das Geräusch zu hören. Dann bürstete sie sich das Haar, bis es glänzte, und steckte es an der Seite mit einer goldenen Spange fest. Schließlich erhob sie sich und machte einen Schritt zurück, damit sie sich in dem bodentiefen Spiegel anschauen konnte. Nicht schlecht, dachte sie, nicht schlecht.

Ronnie hatte ihr angeboten, ein professionelles Styling von einer Freundin machen zu lassen, falls Carla es wünschte. Aber sie hatte auch gesagt, dass Bryce die natürliche Schönheit von Carla bevorzugen würde. Auf Ronnies Frisierkommode standen einige Flakons mit unterschiedlichsten Düften, und Carla entschied sich für *Opium*. Sparsam sprühte sie das Parfüm auf ihren Nacken und ihr Dekolleté.

Sie versuchte, ihre Nervosität abzuschütteln, und betrachtete sich noch einmal im Spiegel. Dann griff sie sich entschlossen ihre Kostümjacke und trug sie nach unten. Als sie gerade das Wohnzimmer betrat, klingelte es an der Tür.

Sie atmete tief durch, um sich zu beruhigen, legte die Jacke auf die Rückenlehne des Sofas und ging los, um die Tür zu öffnen.

Mit einem bedächtigen Blick musterte Bryce Carla von oben bis unten. »Du siehst großartig aus.«

Carla starrte Bryce an und war einen Moment lang unfähig, sich zu rühren. Sie war sprachlos. Er war umwerfend. Groß und schlank, hatte Bryce McAndrews sorgfältig frisiertes graues Haar und tiefbraune Augen. Als er sie ansah, erschauerte sie unwillkürlich. Sein anthrazitfarbener Anzug war maßgeschneidert und unterstrich seine breiten Schultern und seinen flachen Bauch. Das hellblaue Hemd passte perfekt zu dem feinen Muster in der Krawatte aus italienischer Seide.

Bryces volle Lippen hatten sich zu einem leichten Lächeln verzogen – offensichtlich gefiel ihm, was er sah. »Ich habe mich auf diesen Abend gefreut, seit Ronnie mir von dir erzählt hat«, begann er. »Aber jetzt, da ich dich sehe … Ich bin sicher, dass es ein ganz besonderer Abend wird.«

Carla trat zur Seite, und Bryce ging zum Sofa, nahm ihre Jacke und hielt sie für sie fest, damit sie hineinschlüpfen konnte. Während sie ihre Arme hineinschob, beugte er sich leicht vor, so dass seine Lippen ganz nah an ihrem Ohr waren. »Du riechst fantastisch. Es hat sich gelohnt, auf dich zu warten«, flüsterte er. Er hauchte einen zarten Kuss unter ihr linkes Ohr und trat dann zurück. »Lass uns gehen.«

Sein glänzender schwarzer Porsche stand im Halteverbot vor dem Sandsteingebäude. Er öffnete die Beifahrertür für Carla. Als sie einstieg, betrachtete er ihre langen wohlgeformten Beine und ihr verführerisches Dekolleté. »Mhm«, murmelte er. »Sehr hübsch.«

Auf der Fahrt zur West Side erfuhr Carla, dass ihr Date vier Söhne hatte, die alle schon erwachsen waren. Sie und Bryce unterhielten sich ganz entspannt über ihre Kinder. Es war so angenehm und Bryce so charmant, dass Carla sogar fast vergaß, warum sie an diesem Abend zusammen waren und wo sie enden würden.

»Es fühlt sich beinahe wie ein richtiges erstes Date an«, sagte Carla zögerlich, während Bryce sich auf die Straße konzentrierte.

Seine Stimme klang weich. »Das stimmt. Und mir gefällt es so. Entspann dich und überlass alles mir. Ich werde diesen Abend zu etwas Besonderem für dich machen.«

»Ich werde es versuchen«, entgegnete sie, überrascht, dass sie ihre Gefühle in Worte gefasst hatte.

»Bist du wirklich nervös?«

»Ja«, gab Carla zu und verschränkte ihre Hände im Schoß, um sie am Zittern zu hindern.

»Gut. Ein wenig ängstliche Erwartung verleiht dem Ganzen die richtige Würze. Lass mich dir etwas über den Abend erzählen. Wir beginnen in einem kleinen Restaurant, das *West Side Club* heißt. Sie haben gutes Essen, eine fantastische Weinkarte und eine Dreimannband, die für die Gäste spielt. Du tanzt doch, oder?«

»Ich habe früher gern getanzt«, antwortete Carla ehrlich. »Aber ich habe es schon lange nicht mehr getan.«

»Es ist wie guter Sex – man vergisst es niemals.« Ohne Carla die Zeit für eine Erwiderung zu geben, lenkte Bryce den schwarzen Zweisitzer geschickt in eine Parklücke vor einer langen weinroten Markise. Sofort kam ein uniformierter Portier herbeigeeilt und wollte Carla die Tür öffnen. »Danke, Marco«, sagte Bryce, »aber ich kümmere mich schon um die Dame.« Marco trat zur Seite, als Bryce um den Wagen herumkam.

Carla ergriff Bryces Hand und spürte, dass Bryce mit seinem Fingernagel über ihre Handfläche strich, als sie ausstieg. Schauer jagten ihr über den Rücken, und sie merkte, wie ihr zwischen den Beinen warm wurde. Sie warf ihrem Begleiter einen Blick zu, doch er war gerade damit beschäftigt, Marco die Wagenschlüssel zu geben. Hand in Hand betraten sie das schummrige Restaurant. »Ah, Mr. McAndrews«, sagte der Maître salbungsvoll. »Ihr Tisch ist bereits fertig.«

Ohne ein Wort wurden sie an ihren Tisch in der Ecke des Raumes geführt. Durch die geschickte Plazierung von Blumen und filigranem Sichtschutz schien jeder Tisch in einer eigenen intimen Nische zu stehen. Bryce bot ihr den Stuhl an. Beinahe augenblicklich brachte der Kellner einen Kühler mit einer kalten Flasche Weißwein. Stolz zeigte er Bryce das Etikett.

»Ich hoffe, es macht dir nichts aus, dass ich schon ein paar Vorbereitungen getroffen habe«, erklärte Bryce. »Wenn du lieber einen Cocktail oder Rotwein trinken möchtest, kann der Kellner dir bringen, was auch immer du möchtest.«

»Weißwein ist sehr gut«, entgegnete Carla.

»Gut. Es ist ein portugiesischer *Vino Verde*, der mir persönlich ausgezeichnet schmeckt.« Der Kellner schenkte Bryce einen Schluck ein. Bryce kostete ihn und nickte dann. »Bitte gefrieren Sie den armen Wein nicht«, sagte er, als der Kellner Carla ein Glas einschenkte. »Nehmen Sie den Kühler mit und lassen Sie die Flasche einfach auf dem Tisch stehen.«

»Wie Sie wünschen, Sir«, erwiderte der Kellner.

Carla trank. »Der Wein ist exzellent«, sagte sie. »Ich hatte noch nie einen portugiesischen Wein. Du hast einen sehr guten Geschmack.«

Über den Rand seines Glases hinweg blickte Bryce Carla in die Augen. »Wenn du dich für den Rest des Abends in meine Hände begibst, wirst du sehen, was für einen guten Geschmack ich wirklich habe.«

Bryce bestellte das Essen für sie beide. Während sie frischen Spargel mit dünnen Scheiben *Smithfield*-Schinken sowie gedünsteten Lachs mit Dillsoße und winzigen gekochten Kartoffeln genossen, sprachen sie über belanglose Dinge wie die Musik, die sie gern hörten, Bücher, Filme und den Urlaub. Da Bryce aus beruflichen und privaten Gründen sehr viel gereist war, unterhielt er Carla mit Geschichten über die Orte, die er schon gesehen hatte. Mit Carlas Zustimmung bestellte Bryce Zitronensorbet und Irish Coffee zum Dessert.

Als sie ihr Sorbet verspeist und das berauschende Getränk getrunken hatte, wurde ihr klar, dass sie schon seit langem keinen so amüsanten Abend mehr erlebt hatte.

Die Musik erklang. »Tanz mit mir«, flüsterte Bryce. Er ergriff ihre Hand und führte Carla zu der winzigen Tanzfläche aus Holz. Behutsam hielt er sie fest und legte seine Rechte, wie es sich gehörte, an ihren Rücken. Schnell stellte sie fest, dass er ein sensationell guter Tänzer war. Beinahe mühelos glitt er mit ihr über die kleine Tanzfläche. Einige andere Paare gesellten sich zu ihnen. Als es allmählich immer voller wurde, zog Bryce Carla enger an sich. Sein Mund war ganz nah an ihrem Ohr, sein linker Arm berührte leicht die Seite ihrer Brust.

»Du bist so anmutig«, raunte er und strich mit dem Arm über die Seite ihres BHs und ihre Brust darin, »wie ein Engel in meinen Armen.«

Carla schluckte schwer und schwieg. Obwohl sie wusste, dass dieses Treffen nur ihrer Einführung in unbeschwerten, entspannenden Sex galt, fühlte sie sich wie eine Frau bei ihrem ersten Date mit einem gefährlich attraktiven Mann.

»Ich halte deinen Körper gern in meinen Armen«, flüsterte Bryce. »Deine Brüste sind so voll und deine Hüften passen sich meinen perfekt an.« Sein Atem an ihrem Ohr jagte ihr einen prickelnden Schauer über den Rücken. »Du reagierst so stark, dass ich wetten möchte, dass du schon heiß wirst.«

Aus irgendeinem Grund wollte Carla seine Behauptung abstreiten. Das Ganze wirkte eher wie eine Verführung, nicht wie ein Auftrag, und irgendwie erschien es ihr wichtig, sich nicht zu leicht von ihm reizen zu lassen. Als sie Luft holte, um ihre Empfindungen zu leugnen, unterbrach Bryce sie, als hätte er ihre Gedanken erraten. »Du kannst es abstreiten, so viel du willst, aber dein Körper strahlt eine sinnliche Hitze aus.« Er tauchte sacht mit der Zungenspitze in ihr Ohr und knabberte dann leicht an ihrem Ohrläppchen.

Sie erschauerte und verriet ihm damit genauso viel, wie sie ihm mit Worten hätte sagen können.

»Ja. Du willst mich«, flüsterte er. »Aber du wehrst dich auch dagegen. Zu wissen, dass ich dich schon bald in meinen Armen halten werde – nackt, offen, ausgeliefert –, das macht es nur noch süßer. Ich werde deinen Widerstand überwinden und deinen Körper mit deinem eigenen Hunger beherrschen.«

Er legte einen Finger unter ihr Kinn und hob ihr Gesicht an, so dass sie ihm in die Augen blicken musste. »Du wirst mich so sehr wollen, dass du mich anflehen wirst, dich zu lieben.« Er zog sie an sich und tanzte mit ihr im Arm weiter. Niemand auf der Tanzfläche konnte Bryces erotisches Flüstern mitbekommen haben, doch Carla fühlte sich, als würde jeder sie beobachten.

Sie tanzten noch ein paar Lieder lang. Carla spürte, wie Bryces Hand über ihre Seidenbluse glitt. »Ich will, dass dein Körper genau weiß, was passieren wird.« Sein heißer Atem kitzelte an ihrem Ohr. »Wir werden in ungefähr fünfzehn Minuten aufbrechen. Ein oder zwei Tänze noch.«

Carla begriff, dass Bryces Planung und seine Art, die Führung zu übernehmen, einige Frauen abschrecken konnte – sie hingegen machte die Kontrolle, die Bryce ausübte, fast wahnsinnig vor Lust. Nach den ersten Jahren ihrer Ehe hatte Carla beim Sex meistens das Sagen gehabt. Bill wäre mit einem Quickie zufrieden gewesen, aber Carla hatte mehr gewollt. Manchmal hatte sie ein verführerisches Nachthemd oder ein Negligé getragen, und wenn Bill darauf ansprach, hatte sie ihm gesagt oder gezeigt, was sie wollte. Sie hatte den Sex genossen, doch sie hätte die Führungsrolle auch gern abgegeben.

»Ich möchte, dass du etwas für mich tust«, sagte Bryce ein paar Minuten später. »Geh auf die Damentoilette und zieh deinen BH aus. Ich will mit dir tanzen und dabei deine Brüste ohne den störenden BH an mir spüren. Ich möchte in den Ausschnitt deiner Bluse schauen und deine Nippel sehen können. Tu es für mich, Carla. Tu es, weil ich es will und weil du dann ein bisschen unsicherer sein wirst.«

Sie kehrten an ihren Tisch zurück, und Bryce schob Carla sanft Richtung Damentoilette. »Bitte«, flüsterte er. Wein und der Irish Coffee hatten sie mutig gemacht, geradezu verwegen. Ohne lange darüber nachzudenken, ging Carla auf die Toilette, schloss sich in eine Kabine ein und zog ihren BH aus. Sie steckte das Seidendessous in ihre Tasche und knöpfte ihre Bluse wieder zu. Dann blickte sie an sich herab, lächelte und öffnete die oberen beiden Knöpfe ihrer Bluse.

Sie trat aus der Kabine und betrachtete sich in dem großen Spiegel. Von vorn und von der Seite konnte man nichts erkennen, aber als sie den Kopf neigte, konnte sie im Ausschnitt ihre vollen Brüste und ihre harten, aufgerichteten Nippel sehen. Sie lächelte, ging zurück an ihren Tisch und genoss es, wie ihre Brüste leicht wippten und ihre Nippel am Seidenstoff der Bluse rieben.

»Nett«, murmelte Bryce, als er sie auf sich zukommen sah. Er kam ihr auf der Tanzfläche entgegen und schloss sie in seine Arme. Als sie tanzten, senkte er seinen Blick. »Deine Brüste sind herrlich«, flüsterte er. »Deine Nippel sind dunkel, tiefrosa. Sind sie so hart, dass sie brennen?«

Noch nie waren Carla von einem Mann solch direkte Fragen gestellt worden. Sie räusperte sich, brachte jedoch keinen Ton hervor.

»Sag es mir. Ich bestehe darauf.« Als sie noch immer schwieg, wiederholte er: »Ich bestehe darauf. Sag: ›Meine Nippel sind so hart, dass sie brennen.‹« Er schob seine Hand in ihr Haar und drehte ihr Gesicht zu sich. »Sag es, Engel.«

Bestimmte Wörter waren für sie schwierig auszusprechen. Das waren sie schon immer gewesen – selbst als sie noch mit ihrem Ehemann zusammen gewesen war. So offen über Sex zu sprechen und die Körperteile, die dazugehörten, war schwer für sie. »Ich brenne nach dir«, murmelte sie.

»Was brennt?«, sagte er. Sie schwieg. »Das Wort ›Nippel‹ kannst du nicht so einfach über die Lippen bringen, oder?

Ich merke es an deiner körperlichen Reaktion. Deine Hände sind feucht und zittern.« Sie versuchte, zu Boden zu sehen, doch er hatte seine Hand noch immer in ihrem Haar und hielt sie fest. »Mir ist es egal, ob du es willst oder nicht«, raunte er, und seine Lippen berührten dabei fast ihren Mund. »Du wirst tun, was ich dir sage. Sag: ›Meine Nippel brennen nach dir.‹«

»O Gott. Meine Nippel brennen nach dir.« Carla konnte sich kaum noch auf den Beinen halten. Der Nervenkitzel und die Demütigung, das Wort aussprechen zu müssen, ließen ihr die Knie weich werden. Glücklicherweise hielt Bryce sie im Arm.

»O ja. Das gefällt mir. Lass uns die Unterhaltung woanders fortführen.« Schnell bezahlte er die Rechnung und führte Carla zur Tür. Schweigend gingen sie ein paar Meter, und in der kühlen Nachtluft konnte Carla endlich wieder ein paar klare Gedanken fassen.

Kurz darauf stiegen sie die Stufen zu einem gewöhnlich aussehenden Gebäude hinauf, und Bryce schloss die Tür auf. »Ein ganz privater Ort«, sagte er, als sie hineingingen. »Es gehört guten Freunden von mir, die mich hier wohnen lassen, wenn sie nicht da sind – und sie sind den ganzen September über weg.«

Carla nahm um sich herum kaum etwas wahr, als Bryce ihre Jacke weglegte und sie zu einer Treppe geleitete, die vermutlich in das Hauptschlafzimmer führte. Nachdem sie drei Viertel des Weges zurückgelegt hatten, blieb Bryce plötzlich stehen. »Zieh deine Bluse aus«, verlangte er. »Hier.«

Sie sah ihn an. Sollte *er* sie nicht ausziehen? Sich selbst zu entkleiden erschien ihr so frech, so dreist. Als ihr wieder einfiel, warum sie hier war, kamen ihr ihre Gefühle mit einem Mal lächerlich vor – aber dennoch waren sie da.

»Tu es«, sagte er sanft. »Sei, wie man früher sagte, ein unverschämtes Frauenzimmer für mich. Weil ich es von dir verlange.«

Langsam knöpfte Carla ihre Bluse auf und zog sie aus.

»Ja«, knurrte er. »Deine Titten sind wundervoll und sehnen sich nach meiner Berührung.« Er bemerkte, dass Carlas Hände bei seinen direkten Worten angefangen hatten zu zittern, und lächelte. »Titten. Sag das Wort. Sag: ›Meine Titten sehnen sich nach dir.‹« Er konnte sehen, wie sie schluckte. Als sie zögerte, wiederholte er seine Worte und ließ sie wie einen Befehl klingen.

»Sag es, Carla!«

»Meine … Titten … sehnen sich nach dir.«

»Braves Mädchen«, flüsterte er. Er ging eine Stufe hinab, so dass sein Mund auf Höhe ihrer Brüste war. »Halt deine wunderschönen Titten fest, damit ich an ihnen saugen kann. Halt sie für mich fest.«

Es war zugleich beängstigend und befreiend für Carla. Bryce brachte sie dazu, Dinge zu tun, die sie so nicht machen würde, und sie fühlte sich gleichermaßen bedrängt *und* befreit. Sie ließ ihre Hände unter ihre schweren Brüste gleiten und hob sie an, so dass ihre aufgerichteten Brustspitzen Bryces Lippen berührten.

»Braves Mädchen«, brummte er. Mit der Zungenspitze glitt er über Carlas linken Nippel. Dann biss er sacht hinein. »Ist das gut?«

»Mhm, ja«, murmelte sie.

Er wechselte die Seiten, wechselte die Nippel, leckte und biss, bis beide Brüste geschwollen waren und sich ihm entgegenzurecken schienen. Ungeduldig drehte er Carla um, drängte sie die Stufen hinauf und in das große Schlafzimmer. Dort trat er an die Seite des Bettes und schaltete eine kleine Lampe ein, die das Bett in sanftes Licht tauchte. »Deine Haut glüht«, sagte er.

Carla blieb stehen und ließ ihre Bluse fallen. Sie beobachtete, wie Bryce sie beobachtete. Plötzlich wurde ihr klar, wie sehr sie es genoss, wenn jemand ihren nackten Körper anblickte, wie Bryce es gerade tat. Sie war ein Sexobjekt, und es gefiel ihr.

Bryce schlug die Decke zurück, setzte sich auf die Bettkante und stützte sich auf seine Ellbogen. »Strip für mich. Langsam.«

Mit einem Lächeln zog Carla bedächtig den Reißverschluss ihres Rockes auf. Jetzt, da sie wusste, dass sie ihm Vergnügen bereitete, war sie etwas weniger verlegen. Sie schlüpfte aus ihren Schuhen, streifte ihren Rock und ihren Unterrock ab und ließ sie zu Boden gleiten. Nur noch mit dem Strumpfhalter, den passenden Strümpfen und dem durchsichtigen weißen Höschen bekleidet, stand sie vor ihm.

»Zieh das Höschen aus«, sagte Bryce, »aber lass den Rest an. Ich will deine Löckchen sehen, die von weißer Spitze umrahmt werden.«

Seine Worte ließen sie erzittern, als sie nun ihr Höschen auszog. Sie richtete sich auf und bemerkte, wie Bryces Blick über ihren Körper wanderte. »Gut so?«, fragte sie.

»Reizend«, entgegnete er. »Aber du bist mir ein bisschen zu gelassen. Du fühlst dich zu wohl. Lass uns die Sache ein wenig verschärfen. Ich will, dass du deine Brüste streichelst, während ich dir zusehe. Kneif in deine Nippel.«

Ohne zu zögern tat sie, was er verlangte.

»Dich nackt zu zeigen lässt dich nicht so erzittern, wie ich es gern hätte. Was dich quält, ist es, diese Worte sagen zu müssen.« Als er die zarte Röte auf ihren Wangen sah, wusste er, dass er einen Weg gefunden hatte, um sie noch heißer zu machen. »Sag: ›Meine Muschi ist schon ganz feucht.‹« Als sie schwieg, lachte er. »Du musst lernen, solche Dinge auszusprechen, also bringe ich es dir bei. Komm her zu mir.«

Bryce setzte sich auf, als sie zu ihm an die Seite des Bettes trat. Sie wollte sich hinsetzen, doch er hielt sie zurück. »Noch nicht. Ich will, dass es dir schwerfällt, stehen zu bleiben.« Sie seufzte und stellte sich zwischen seine Knie. »Wenn du ein braves Mädchen bist und tust, was ich dir sage, bekommst du eine Belohnung.« Ohne Vorwarnung schob er einen Finger in ihre nasse Muschi, berührte ihre aufgerichtete Klitoris und zog seine Hand dann wieder zurück.

»Und wenn ich es nicht tue?«, fragte Carla.

»Du musst einfach nur dastehen und abwarten. Verstanden?«

Carla nickte.

Er beugte sich vor und blies sacht in ihr Schamhaar. Sie erzitterte. »Gut. Jetzt sag: ›Spiel mit meiner Muschi.‹«

»O Gott«, sagte sie und spürte, wie die Feuchte ihr Höschen benetzte. »Es ist so gut, wenn du mich berührst.«

»So wie jetzt?« Wieder liebkoste er ihre Klitoris.

»Ja.«

Er ließ die Hand sinken. »Dann bitte darum.«

»Berühr mich.«

»Nein. Nicht gut genug«, entgegnete er. »Ich habe dir erklärt, was du sagen sollst.«

»Spiel mit meiner … Muschi.«

»Braves Mädchen.« Er schob einen Finger zwischen ihre feuchten, geschwollenen Lippen. Er konnte spüren, wie ihre Muskeln auf seine Berührung reagierten. »Willst du mehr?«

Unbewusst fing sie an, die Hüften zu bewegen. »Ja. Ich will mehr.«

»Dann sag: ›Steck deine Finger in meine Muschi.‹«

Sie wurde verrückt vor Lust. Sie wollte alles. »Steck deine Finger in meine Muschi«, sagte sie.

Bryce bemerkte, wie sehr Carla zitterte. Sie war kurz davor umzukippen. »Leg dich hin und spreiz die Beine, damit ich deine wunderschöne Muschi sehen kann.«

Sie streckte sich auf dem Bett aus und spreizte die Beine. »Willst du dich nicht ausziehen?«

»Noch nicht, Engel, noch nicht. Wir sind noch nicht fertig mit deiner Lektion. Wir müssen deinen Wortschatz noch erweitern. Du hast zu leicht gelernt, das Wort ›Muschi‹ auszusprechen. Sag ›Möse‹. Ja. Sag: ›Fick mit deinen Fingern meine Möse.‹«

O Gott, dachte sie, ich kann diese Wörter nicht sagen. Sie schluckte und schüttelte den Kopf.

»So ein böses Mädchen«, sagte Bryce, als sie schwieg. Er beugte sich über sie und drückte ihre Beine unsanft weiter auseinander. Dann blies er über Carlas Muschi und beobachtete, wie sie erschauerte. Mit seiner geschickten Zunge leckte er über ihre Klitoris und blies wieder kühl darüber. »Sag: ›Fick mit deinen Fingern meine Möse.‹«

Es war die reinste Folter. Das Wechselspiel von Wärme und Kälte machte sie wild. Sie wollte sich an die Muschi greifen, um sich Erleichterung zu verschaffen, aber Bryce packte ihre Hände und hielt sie fest. »O nein. So einfach ist das nicht. Nur ich kann dir geben, was du willst, und du wirst darum bitten müssen.«

Sie wollte seine Finger in sich spüren. Besinnungslos vor Verlangen keuchte sie: »Bitte. Fick mich mit deinen Fingern. Steck deine Hand in meine Möse. Bitte.«

»O ja, Baby.« Er steckte erst einen, dann zwei Finger in ihre Muschi und spreizte sie, bis er sie ausfüllte. Dann zog er sich zurück und stieß heftig wieder in sie. Mit seiner anderen Hand rieb er ihre Klitoris, bis sie beide die ersten Wellen von Carlas Höhepunkt spürten.

»Hör nicht auf«, schrie sie. »O Gott, hör jetzt nicht auf!«

»Das tue ich nicht, Engel«, entgegnete Bryce und fühlte, wie der Orgasmus ihren gesamten Körper ergriff. »Lass dich fallen. Lass ihn dich verschlingen.«

»Ja, ja, ja!« Scheinbar minutenlang wand sie sich. Als sie sich schließlich beruhigte, stand er auf und zog sich aus. Sein großer erigierter Penis reckte sich ihr entgegen. Begierig beobachtete sie, wie er mit seiner Hand die zarte Haut über dem harten Schaft streichelte.

»Es gefällt mir, wie du meine Hände betrachtest«, sagte er. »Willst du mich anfassen?«

»Ja. Ich will dich anfassen. Ich will dich in den Mund nehmen.«

»Ach, du lutschst gern Schwänze. Dann sag es.«

»Ja. Ich will dich in den Mund nehmen.« Sie setzte sich auf und blickte auf seinen harten Schwanz.

Seine Hand glitt über seine Erektion, zur Spitze und wieder zur Wurzel. »Sag: ›Ich will deinen Schwanz lutschen.‹«

Wieder diese Wörter. Carla spürte, wie sie sich verkrampfte. »Ich will …«

»Sag es.«

»Ich will deinen Schwanz lutschen.«

Er bückte sich und hielt seinen harten Penis an ihre Lippen. »Öffne dich für mich, Engel«, knurrte er. »Nimm mich in den Mund.«

Als sie ihn in den Mund nahm, ließ er seinen Kopf in den Nacken fallen. Sie war gut, und sie bereitete ihm echtes Vergnügen. Ihr Mund war feucht und gierig, und ihre Zunge glitt über sein Fleisch.

Sie zog sich zurück, bis nur noch die Spitze von Bryces Penis an ihren Lippen lag. »Sag: ›Ich will, dass du meinen Schwanz lutschst‹«, sagte sie grinsend.

Er lachte und sagte: »Ich will deine Möse ficken.« Er schob sie auf das Bett, streifte sich ein Kondom über und stieß mit seinem harten Penis in ihre nasse Muschi. Sie schlang ihre Beine, die noch immer in den Strümpfen steckten, um seine Taille und erwiderte seine Stöße mit den Hüften. Wieder und wieder glitt sein Schaft tief in ihren Körper.

»Ja, Engel! O ja«, schrie er.

»Tief rein. Hör nicht auf!«, rief sie.

Sie kamen – zuerst Carla, dann Bryce. Noch immer ineinander verschlungen, ruhten sie sich ein paar Minuten aus.

»Das war unglaublich«, sagte Bryce später. »Ich sage dir etwas, das du nicht glauben wirst! So gut war es noch nie.«

»Mhm«, erwiderte Carla. »Für mich auch.«

»Du bist eine begehrenswerte Frau. Und nach dem zu urteilen, was Ronnie über dich erzählt hat, wirst du deine Reize für ein sehr gewinnbringendes Unternehmen einsetzen.«

»Ja, das werde ich. Und jetzt weiß ich, dass es okay ist. Ich hatte schon beinahe vergessen, wie gern ich ficke.« Sie lachte. »Dank dir kann ich sogar das Wort ›ficken‹ benutzen.«

»Das nächste Mal müssen wir uns ein anderes Spiel überlegen.«

»Das nächste Mal?«

»Sicher. Ich lasse jemanden, der so gut ist wie du, sicherlich nicht einfach so gehen. Und beim nächsten Mal werde ich sehr gern für deine Aufmerksamkeit bezahlen.«

»Du musst mich nicht bezahlen. Das macht viel zu viel Spaß.«

»Wenn du vorhast, dich selbständig zu machen, solltest du als Erstes lernen, nichts zu verschenken«, warnte Bryce sie. »Und ich hoffe, dass du es jedes Mal und mit jedem Mann genießen kannst. Vor allem mit mir.«

5. Kapitel

Am nächsten Tag aßen Carla und Ronnie in Ronnies Wohnzimmer gemeinsam zu Mittag. »Angesichts deines zufriedenen Gesichtsausdrucks«, sagte Ronnie und schluckte einen gegrillten Pilz hinunter, »nehme ich an, dass Bryce das Richtige getan hat?«

»Das hat er ganz bestimmt. Es war wundervoll.«

»Ich würde gern alle Details erfahren«, sagte Ronnie. »Aber erzähle nur das, was du auch erzählen möchtest.«

Mit einem Lachen entgegnete Carla: »Lustig, dass ausgerechnet du das sagst – wenn man bedenkt, was für ein Unternehmen uns vorschwebt.«

»Du hast immer noch das Recht, dich bei einigen Dingen unbehaglich zu fühlen. Du gibst deine Rechte hier schließlich nicht auf.«

»Ich weiß. Danke.« Und dann berichtete Carla Ronnie vom vergangenen Abend – bis ins letzte Detail.

»Deine Neigung, dich unterzuordnen, gehorsam zu sein, könnte unserem Geschäft sehr zuträglich sein. Du weißt, dass ich lieber den dominanten Part übernehme, und ich habe eine Menge Freunde, die gern mit mir spielen. Doch viele Männer sind auch gern der Herr.« Ronnie spießte mit ihrer Gabel einen Shrimp auf und betrachtete ihn. »Das werden wir mit der Zeit schon noch herausfinden«, fuhr sie fort. »Zuerst einmal möchte ich, dass du über eine Typveränderung nachdenkst. Damit du etwas eleganter und erfahrener wirkst. Ich würde dir gern einen Termin bei Jean-Claude machen.«

»Ist es … *der* Jean-Claude? Der, der mit allen Stars zusammenarbeitet?«

»Genau der. Und er hat wirklich etwas aus mir gemacht, seit wir uns zum ersten Mal begegnet sind«, erzählte Ronnie. »Er hat mich vollkommen umgestylt, als er noch ein Friseur namens Jimmy war und ich relativ monogam lebte. Er hat mir die Haare gemacht, mir beigebracht, wie ich Make-up einsetze, wie ich die geschmackvollsten Klamotten auswähle – das ganze Programm. Ich habe ihn meinen Freunden weiterempfohlen. Er wird Wunder an dir vollbringen.«

»Sehe ich so schlimm aus?«

»Du bist perfekt für den Supermarkt und den Elternsprechtag, aber nicht für Männer, die dich ausführen und mit dir angeben wollen. Wie vergangenen Abend. Nicht nur du fühlst dich besser, sondern auch der Mann fühlt sich mächtiger, wenn die Frau, mit der er unterwegs ist, den Männern den Kopf verdreht.«

»Vermutlich hast du recht.« Carla ging durchs Zimmer und betrachtete sich in dem altmodischen Spiegel, der hinter dem Schreibtisch aus Ahorn hing. Sie hob ihr langes braunes Haar an und drehte sich nach links und rechts, um ihr Gesicht anzusehen. Wie immer trug sie nur etwas Rouge, grauen Lidschatten und Lippenstift. Ihre Ohrringe waren schlichte goldene Creolen. »Glaubst du, dass Jean-Claude etwas aus mir machen kann?«

»Ja, klar.« Mit einem Mal wirkte Ronnie verlegen. »Also eigentlich sollst du in einer Stunde in seinem Studio sein«, sagte sie.

Carla lachte auf. »Warst du dir so sicher?«

»Welche Frau kann bei der Aussicht, sich in die Hände eines talentierten, umwerfenden Franzosen mit der Seele eines Liebhabers zu begeben, schon nein sagen?«

»Weiß er über dich und das hier Bescheid?«, fragte Carla mit einer ausholenden Handbewegung.

»Tatsächlich bekomme ich von ihm sehr viele Empfehlungen«, entgegnete Ronnie. »Er arbeitet mit berühmten Persönlichkeiten zusammen und trifft ab und an jemanden, der sich eine diskrete Begleitung wünscht.«

»Du hast schon berühmte Persönlichkeiten unterhalten? Hier?«

Ronnie seufzte. »Russell Street war letzten Monat hier.«

»Ich bin beeindruckt«, sagte Carla. »Russell Street.«

»Sei nur nicht zu fasziniert von den Stars. Schließlich musst du vielleicht auch einmal jemanden unterhalten, der bekannt ist. Und diese Leute wollen eine Begleitung, die möglichst nicht die Mentalität eines Groupies hat und nur darauf aus ist, Trophäen nach Hause zu bringen.«

»Wenn ich einen Termin bei Jean-Claude habe, sollte ich wohl besser schnell duschen und mir die Haare waschen, oder? Kommst du mit zu ihm?«

»Das würde ich um nichts auf der Welt verpassen wollen.«

Jean-Claude vollbrachte tatsächlich ein Wunder. Er schnitt Carla die Haare kurz, so dass sie einen weichen Rahmen um ihr Gesicht bildeten, und setzte ein paar rötliche Highlights. Zusammen mit Ronnie verbrachte er eine Stunde damit, Carla zu zeigen, wie sie Make-up auflegte und Kleider auswählte, die ihre tolle Figur unterstrichen. Gemeinsam probierten sie Ohrringe und Halsketten an Carla aus, um zu sehen, welcher Schmuck ihre Gesichtsform und ihre großen braunen Augen noch besser zur Geltung brachte. Jean-Claudes Nagelpflegerin kümmerte sich um ihre Nägel und lackierte sie in einem leuchtenden Farbton, bei dem Carla an Blutrot denken musste.

Als sie sich schließlich selbst im Spiegel musterte, freute Carla sich wahnsinnig. Ihre Augen wirkten größer und ihre Wangenknochen höher. Lange goldene Ohrringe ließen ihren Hals länger erscheinen, und der blaugrüne Schal, den Jean-Claude um den Kragen ihrer weißen Bluse geschlungen hatte, brachte das Rosa ihrer Wangen zum Leuchten.

»Erinnerst du dich noch, als wir an dem Nachmittag im Sommer ... äh ... zusammengestoßen sind?«, sagte Ronnie mit einem Zwinkern. »Du hast dich selbst als ›mittelbraun und durchschnittlich, durchschnittlich, durchschnittlich‹ bezeichnet.«

»Das habe ich.«

»Und jetzt?«

Carla betrachtete sich im Spiegel. »Tja, ich muss zugeben, dass ich doch gar nicht so übel aussehe.«

»Gar nicht übel – das kann man wohl sagen.«

Als Carla am späten Nachmittag nach Hause kam, starrten ihre Jungs sie nur an. »Hey, Mom. Was soll das mit der neuen Frisur und so?«, fragte Tommy.

»Ich habe mich umstylen lassen. Meine Freundin Ronnie hat es vorgeschlagen. Gefällt es euch?«

»Nein!«, erwiderte Tommy. »Du siehst aus wie ein Model, nicht wie eine Mom.«

»Ja«, meldete sich ihr Jüngster zu Wort.

»Ich denke, ich nehme das mal als Kompliment.«

»Hört auf damit, Jungs«, sagte BJ. »Mom sucht nach einem Mann. Es ist gut für sie, wenn sie datet und so.« Er tätschelte ihren Arm, und Carla fiel mit einem Mal auf, dass ihr dreizehnjähriger Sohn beinahe genauso groß war wie sie. »Schon gut, Mom. Wenn du einen netten Mann findest, erkläre ich es den beiden hier.«

»Danke, BJ«, sagte sie vollkommen verblüfft. »Aber ich

bin nicht auf der Suche nach einem Mann. Ich möchte nur für meine Geschäftstermine etwas schicker aussehen.«

»Du weißt genauso gut wie ich, dass Erwachsene einen Partner brauchen«, entgegnete BJ. »Wegen der Hormone und so.«

»Wieder Oprah?«

»Ja. Und wir haben das im Sexualkundeunterricht gelernt.«

Carla bemühte sich, nicht in Lachen auszubrechen.

»Wirst du denn weiterhin für uns kochen und so?«, fragte Tommy, der mit seinen elf Jahren noch zu jung war, um das alles zu verstehen.

»Natürlich. Wenn ihr mich in die Küche lasst, machen wir Burger für alle.«

Drei Tage nach Carlas Besuch bei Jean-Claude parkte Tim Sorenson seinen Kombi direkt vor Ronnies Haus – unerwartet war die Parklücke frei geworden, als ein Van weggefahren war. Einen Moment lang blieb er noch sitzen und dachte über seinen Auftrag nach: Er sollte für ein Album wie *Black Satin* Fotos von Ronnies Freundin Carla machen. Ronnie hatte ihm viel über die Frau erzählt, die er gleich treffen würde, und er war sich sicher, dass er einen professionellen Job machen würde.

Seit seinem ersten Abend mit Ronnie war Tim weit gekommen. Er hatte es geschafft, seinem Vater zu sagen, dass sein Berufsleben sich nicht nur um das Ölgeschäft drehen würde. Er musste zugeben, dass TJ die Neuigkeiten gut aufgenommen hatte. Obwohl er immer noch mit seinem Vater zusammen bei *American Oil und Gas Products* arbeitete, sah Tim sich inzwischen auch als Fotograf. Seine Arbeiten waren in einigen Fotomagazinen erschienen, und zwei seiner Aufnahmen der kalifornischen Küste tauchten öfter in

Fotoläden auf. Kunden, die wollten, dass Tim Porträtaufnahmen von ihnen machte, mussten drei Monate im Voraus buchen.

Doch was noch wichtiger war – dank Ronnie hatte Tim den Spaß am Sex entdeckt. Seine neue Lebendigkeit zeigte sich auch in seinen Arbeiten. Die Frauen wirkten hübscher, die Männer kräftiger. Sein erster ernsthafter Fotoauftrag waren die beinahe zweihundert Fotos gewesen, die er von Ronnie für ihr Album gemacht hatte. Während dieser Fotosession hatten sie sich auf Arten geliebt, von denen Tim nicht zu träumen gewagt hatte. Und seither waren sie noch ein paarmal zusammen gewesen. Er betrachtete sich inzwischen als sexuell erfahren. Und er liebte es.

Er stieg aus dem Wagen und lud Koffer und Taschen aus dem Kofferraum, Wechsel-Objektive, Kameragehäuse und eine Filmausrüstung. Außerdem nahm er eine Nylontasche mit Utensilien heraus, die er zusammengesucht hatte, nachdem er sich länger mit Ronnie über Carla unterhalten hatte. Schwer beladen ging er die Treppe zur Tür hinauf und drückte mit dem Ellbogen auf die Klingel.

Als Carla an die Tür kam, sah sie einen gutaussehenden jungen Mann auf der obersten Stufe stehen, der einige gestapelte Koffer und Taschen aus schwarzem Leder in den Händen hielt. Zwischen den Zähnen hatte Tim den Griff einer blauen Nylontasche, so dass seine Worte gedämpft klangen. »Nimm den obersten. Der fällt gleich runter.«

Der Koffer stürzte von dem Stapel, den Tim trug, und Carla fing ihn geschickt auf. Sie schob ihn sich unter einen Arm und nahm Tim dann die blaue Tasche aus dem Mund. »Du hast dich offensichtlich vorbereitet«, sagte sie.

»Ein bisschen *zu* gut, kann man sagen. Kann ich reinkommen? Das Zeug ist schwer.«

»Entschuldige«, entgegnete Carla, trat zur Seite und hielt die Tür mit dem Fuß weit auf. »Komm rein.«

Als würde er das Haus schon genau kennen, ging Tim direkt ins Wohnzimmer, warf die Koffer auf das Ledersofa und streckte die Hand aus. »Hi. Ich bin Tim, wie du sicher schon weißt. Du musst Carla sein.«

Carla schüttelte ihm die Hand und war entzückt von seinem festen Händedruck und dem warmherzigen Lächeln. Während Tim auf der Couch Platz nahm und die Koffer öffnete, setzte sich Carla zu ihm und zog die Beine unter sich. »Nett, dich kennenzulernen, Tim.«

»Ganz meinerseits. Ich habe mit Ronnie über dich gesprochen, und ich habe ein paar richtig gute Ideen für das Shooting.«

»Du hast mit Ronnie über mich gesprochen?«

»Sicher. Sie hat mir geholfen, eine Ahnung zu bekommen, was für Bilder du dir wünschst. Ich hoffe, es macht dir nichts aus?«

»Nein. Was hat sie dir erzählt?«

»Nur, dass es dein erster Schritt in dieses ... äh, Geschäft ... ist, und dass du Aufnahmen für dein Album willst. Ich habe wie gesagt einige Ideen dazu, aber die möchte ich, wenn's recht ist, erst mal für mich behalten. Was hältst du eigentlich von Ronnies Album?«

»Beeindruckend.« Carla dachte an die erotischen Aufnahmen von Ronnie und fragte sich, ob sie sich in der Gegenwart dieses Fremden wohl genug fühlen würde, um so zu posieren. Sie verschränkte die Hände in ihrem Schoß. »Ronnie sieht großartig aus.«

»Ja, die Fotos sind richtig gut geworden. Ich hatte ja auch ein tolles Motiv.« Tim betrachtete sein neues Motiv etwas genauer und murmelte etwas, als er laut dachte. »Wundervolle Augen, fantastische Wangenknochen, tolle Haut. Es wird also keine Probleme bei Nahaufnahmen geben.«

Unter Tims prüfendem Blick zuckte Carla unwillkürlich zusammen. Sie war erleichtert, dass Jean-Claude und Ronnie sie zurechtgemacht hatten. Mit gespreizten Fingern fuhr sie sich durch ihre sanften Locken und leckte sich nervös über die Lippen. Tims Lächeln war warmherzig und verständnisvoll, und da sein Verhalten professionell und freundlich war, begann sie, sich zu entspannen.

»Es tut mir leid, dass du nervös bist«, sagte Tim. »Du wirst feststellen, dass die Nervosität schnell nachlässt, wenn wir erst einmal angefangen haben.«

»Mir war nicht bewusst, wie unsicher ich wegen der ganzen Sache bin. Ich weiß gar nicht genau, was ich tun soll.«

»Mach dir darüber keine Gedanken. Das ist mein Job. Würdest du bitte aufstehen?«

Carla erhob sich und ließ die Arme verlegen herabhängen.

»Entspann dich«, sagte Tim. »Du wirst das großartig machen.« Lange Beine, dachte er. Ein großartiger Körper, fantastische Brüste. Er beschloss, ein Risiko einzugehen. Entweder würde er sagenhaft sinnliche Bilder bekommen oder er würde es vermasseln, bevor er auch nur ein Foto geschossen hatte. »Ich kann durch deine Bluse deine Nippel erkennen«, sagte er leise. »Jeder Mann würde daran saugen wollen.« Er beobachtete, wie ihr Körper reagierte, und wusste, wie er von ihr die Einstellung bekommen würde, die er wollte.

Carla war ein wenig überrascht über die Worte dieses Fremden, und zugleich aufgeregt. Obwohl seine direkte Art sie schockierte, fühlte sie sich auch erregt.

»Kann ich dir einen Drink holen?«, fragte sie.

»Eigentlich würde ich lieber anfangen, wenn das okay

ist. Das Licht ist wundervoll, und ich würde jetzt und hier gern ein paar Porträts schießen, bevor wir weitermachen.«

Carla benutzte den Spiegel hinter dem Schreibtisch, um ihr Make-up aufzufrischen. »Wo würdest du gern beginnen?«

Tim schob einen Sessel ans Fenster, veränderte seine Position ein paarmal und sagte dann: »Setz dich und lass uns mal schauen.« Carla nahm im Sessel Platz, doch Tim schüttelte den Kopf und zog sie auf die Beine. Er verschob den Sessel etwas und ließ sie wieder Platz nehmen. »Ja. Das ist gut«, murmelte er schließlich.

Jean-Claudes Rat befolgend hatte Carla sich für ein schlichtes, leuchtend grünes ärmelloses Top und eine schwarze Marlene-Hose entschieden. Sie hatte eine Goldkette und große goldene Ohrringe dazu kombiniert. Als sie sich in den Sessel setzte, schüttelte sie ihr kurzes Haar auf. Tim beobachtete, wie das Sonnenlicht durchs Fenster fiel und die rötlichen Highlights zum Leuchten brachte. Carla hatte Lidschatten in drei verschiedenen Farbtönen aufgetragen, dazu Eyeliner und Wimperntusche, wie Jean-Claude es ihr gezeigt hatte. Und zusammen mit dem Rouge und dem Lippenstift war sie mit dem Ergebnis sehr zufrieden.

»Du siehst umwerfend aus«, bemerkte Tim. »Jetzt wende mir dein Gesicht zu und neige den Kopf ein wenig.« Ein paar Minuten vergingen, in denen er durch den Sucher blickte und die Neigung von Carlas Kopf und die Achse ihrer Schultern abstimmte. Außerdem stellte er ein Stativ mit einer Digicam auf, die auf den Sessel gerichtet war.

»Du filmst?«

»Sicher. Du wirst überrascht sein, wie viele Männer dich gern auf DVD ansehen – wohl wissend, dass du nackt und willig neben ihnen liegst.«

»Ich habe nie darüber nachgedacht, aber ich lerne ja schnell. Hat Ronnie auch eine DVD?«

»Einige. Ich kann es auch abstellen, wenn du es nicht möchtest.«

Carla starrte in die Linse der Digicam und stellte fest, dass sie es erregend fand, im Fokus der Kamera zu sein. *Soll ich bis zum Äußersten gehen? Aber – wem will ich eigentlich etwas vormachen? Natürlich werde ich das tun.* »Lass die Kamera an. Ist schon in Ordnung.«

Endlich hatte Tim sie so positioniert, dass er zufrieden war. »Jetzt schließ die Augen.« Sie gehorchte. »Stell dir vor, du liegst ausgestreckt auf einer Decke auf einer abgeschiedenen Waldlichtung. Die Sonne scheint vom Himmel und wärmt dein Gesicht. Kannst du sie spüren?« Carla wollte nicken, doch er hielt sie davon ab. »Nicht nicken. Erzähl es mir nur. Fühlt sich die strahlende Sonne auf deiner Haut heiß an?«

»Ja«, sagte Carla leise und reckte das Gesicht der Wärme entgegen.

»Jetzt mach die Augen auf.« Als sie die Augen öffnete, machte Tim ein paar Aufnahmen von ihr und fing den weichen, verträumten Ausdruck ein, den er haben wollte. »Schließ die Augen wieder. Du liegst noch immer auf der Lichtung, aber jetzt bist du nackt. Du kannst die Sonne auf deinem gesamten Körper spüren, auf deinen Schultern, deinem Bauch, deinen Brüsten.« Er hielt inne und beobachtete ihr Gesicht. »Öffne die Augen.« Er machte wieder ein paar Bilder. »Gott, die Kamera liebt dich«, murmelte er.

»Mehr?«, fragte Carla mit rauher Stimme.

»Mach die Augen zu.« Sie gehorchte, und er fuhr mit seiner Geschichte fort. »Ein Mann kommt aus dem Wald. Du kannst ihn nicht sehen, weil deine Augen geschlossen sind, aber er ist groß und sehr gutaussehend, hat einen tollen Körper und sanfte Hände. Er trägt eine verwaschene blaue Jeans und sonst nichts. Du musst die Augen nicht aufschlagen, um zu wissen, dass er deinen Körper betrachtet, aber du hast keine Angst. Die Hitze seines Blickes verstärkt die Hitze der Sonne noch. Er starrt auf deine Brüste, und er kann sehen, dass deine Nippel hart werden. Obwohl du so tust, als würdest du schlafen, weiß er es, Carla. Er weiß, dass du erregt bist. Er weiß, dass er der Grund für deine Erregung ist.« Als Carla die Augen aufmachte, drückte Tim wieder auf den Auslöser. Dann bat er sie, die Haltung ihres Armes zu verändern, den Kopf zu neigen und machte noch einige Bilder von ihr. Während die Kamera klickte, streckte Carla sich, legte den Arm hinter den Kopf, spielte sinnliche Spiele mit der Kamera.

»Schließ die Augen. Es ist wichtig, dass der Mann glaubt, du würdest schlafen. Denn wenn er sich nun neben dir auf der Decke ausstreckt, bleibst du ruhig und dein Körper entspannt. Einen Moment lang sieht er dich einfach nur an, dann streicht er mit einem Finger durch dein Schamhaar und streichelt kurz über deine Lustknospe. Du bleibst reglos, willst, dass er weitermacht. Obwohl du dich nicht rührst, weiß er, wie feucht du wirst.«

Tim nahm eine andere Kamera und machte ein paar Aufnahmen von Carla mit geschlossenen Augen. Er wusste nicht, ob es ihr Gesichtsausdruck oder die Wölbung ihres Körpers war, aber sie strahlte Sex aus, und er wollte es festhalten. »Du willst deine Hüften bewegen, um die Berührung zu verstärken, aber du willst ihm nicht zeigen, welche Wirkung er auf dich hat, also bleibst du vollkommen regungslos liegen und tust so, als würdest du noch immer schlafen.«

Carla war dort, auf der Lichtung im Wald. Tims Stimme hatte sie dorthin geführt, und sie konnte sogar die Sonne auf ihrer Haut, konnte die forschenden Finger spüren, die die geheimsten Punkte ihres Körpers erkundeten. *Gott, er macht mich so geil – ich werde noch explodieren.*

»Halt die Augen geschlossen und zieh dein Top und deinen BH aus«, verlangte Tim.

Ohne zu zögern entledigte Carla sich ihrer Kleider. Sie war nicht länger ängstlich oder verlegen. Tim und die Kamera waren Teil des sinnlichen Spiels, und es fühlte sich richtig an.

Als Carla bis zur Taille nackt war, rückte Tim sie in dem Sessel zurecht, so dass Sonnenstrahlen ihre Schultern und Brüste erhellten. Ihre Augen waren noch immer zu, als Tim sich wieder hinter seine Kamera stellte. »Wunderschön. Lass deinen Kopf gegen die Sessellehne sinken.« Er fotografierte sie, während sie sich regte, jede ihrer Bewegungen eine sinnliche Einladung. »Also, er berührt noch immer deine Klitoris, und du tust noch immer so, als würdest du schlafen. Seine Finger liebkosen jede Falte und spreizen deine Lippen. Du bist so feucht, dass seine Finger ganz leicht in deinen Körper gleiten.«

Tim beobachtete, wie Carlas Körper auf seine Geschichte reagierte. Er wusste, dass es ihr nicht leichtfiel, ihre Hüften still zu halten, und er lächelte, als er sie durch den Sucher betrachtete. »Er nimmt einen zweiten Finger hinzu, dann einen dritten und füllt dich vollkommen aus.« Er sah, dass ihre Nippel sich zusammengezogen hatten und baute das in seine Geschichte ein.

»Deine Nippel sind so hart und aufgerichtet, dass du glaubst, sterben zu müssen, wenn er sie nicht in den Mund nimmt. Du streichst mit deinen Händen über deine Rippen hinauf und hältst deine wundervollen Titten fest, damit er an ihnen saugen kann. Biete sie ihm an, Carla. Sprich nicht, sondern biete ihm einfach nur deine harten, aufgerichteten Nippel an.«

Carlas Körper spannte sich an, und sie tat, um was Tim sie gebeten hatte. Sie legte ihre Hände auf den Bauch und fuhr nach oben, hob ihre vollen Brüste an und bot der Kamera die rosigen Spitzen an. Als Tim sie aufforderte, die Augen zu öffnen, sah sie noch immer den Mann vor sich, der neben ihr auf der Decke in der Sonne lag.

»Das ist so gut, Carla«, sagte Tim und versuchte, dem Reiz seiner eigenen Geschichte zu widerstehen. Er wollte die Brüste, so wie sie dargeboten wurden, in den Mund nehmen. Doch er wusste, dass das später noch kommen würde. Für den Moment positionierte er sie nur neu und machte Fotos, während im Hintergrund die Digicam lief. Er verschoss den zweiten Film und legte einen neuen ein, während Carla aufstand und sich die restlichen Kleider auszog.

Ronnie hatte Tim einiges über Carla erzählt, und er hatte sich vorbereitet. Er nahm ein großes Stück seidigen, weichen Leders aus der Nylontasche, die er mitgebracht hatte, und breitete es auf dem Sessel aus. »Setz dich wieder, und schließ die Augen. Fühl das Leder auf deiner Haut.« Als sie ihren nackten Körper auf dem Leder bewegte, wusste Tim, dass er recht gehabt hatte. Das Leder würde Carla weiter erregen und auf die nächste Stufe der Sinnlichkeit bringen. »Fühl es, riech es. Nimm es mit allen Sinnen wahr. Leg dein rechtes Bein über die Sessellehne und schieb deinen Arsch ein Stückchen vor … Ja, das ist gut.« Ihre Muschi war weit geöffnet und glänzte.

Carla war benommen vor Lust. Sie hätte nie für möglich gehalten, dass der Duft und das Gefühl von Leder sie so erregen könnten. Es fühlte sich an, als würde sie jeden Moment kommen, doch andererseits war diese Erfahrung sanft und behutsam. Sie verstand es nicht, aber das musste sie ja auch nicht.

»Lass dich fallen. Lass dich von deinen Empfindungen mitreißen. Die Decke im Wald ist aus Leder, aus weichem, schwarzem, feinem Leder. Durch die Sonne und die Hitze deines Körpers hat sie sich aufgeheizt, und der Mann streicht mit einer Ecke der Decke über deine Beine, deine Arme, deinen Bauch. Es ist ganz still, bis auf das Rascheln seiner Bewegungen. Du willst dich nicht bewegen und kannst es auch nicht. Du liegst einfach nur in der Sonne und saugst die Empfindungen in dich auf. Öffne die Augen.« Carla schlug die Augen auf, und Tim machte wieder einige Bilder.

»Er streichelt deinen Kitzler jetzt schneller. Dein Unterleib spannt sich an.« Tim beobachtete Carlas Körper und bemerkte die winzigen Bewegungen, auf die er gewartet hatte. »Willst du deine Muschi anfassen, Carla? Bist du so heiß, dass du dich selbst befriedigen willst, während der Mann, während die Kamera dir zusieht?«

Nie zuvor in ihrem Leben hatte Carla etwas so sehr gewollt. »Ja«, wisperte sie.

»Dann tu es«, sagte Tim. »Berühr deine Muschi. Streichele dich zum Orgasmus.«

Carla berührte sich selbst, hatte eine Hand an der Brust und eine in ihrer Muschi. Sie streichelte, tastete, massierte, bis die Spannung in ihren Brüsten und in ihrer Muschi beinahe unerträglich wurde.

»Reib weiter«, forderte Tim sie auf. Er trat zu ihr und machte Fotos von Carlas Hand auf ihrer Brust, ihren Fingern in ihrer Möse, ihrem Gesicht, als der Höhepunkt sie erfasste.

Carla hörte das Klicken des Auslösers und spürte, wie Tim um sie herumging. Zu ihrer Überraschung erregte sie das nur noch mehr. Sie öffnete die Augen und beobachtete die Kamera, die sie fokussierte. Sie drehte sich etwas, damit Tim sie besser sehen konnte.

»Du bist ganz kurz davor, und du willst kommen«, sagte Tim, nahm die Digicam vom Stativ und richtete sie auf Carlas Körper und ihre Hände. »Es gefällt dir, dass die Kamera dich beobachtet. Du liebst es, dass ich dich beobachte. Ich kann alles sehen. Ich werde filmen, wie du kommst. Jeder, der die Bilder sieht, wird wissen, dass du gerade einen Orgasmus hast. Sag mir, wenn du kommst. Sag es mir, Carla.«

»Jetzt«, keuchte sie. »O ja. Jetzt! Ich komme jetzt! Schau zu.« Wellen der Lust erfassten sie. Sie bewegte die Finger in ihrer Muschi und berührte sich im richtigen Rhythmus an den richtigen Stellen. Sie lockte den Orgasmus aus ihrem Körper, Stück für Stück, genoss jeden Schauer, zögerte es so lange hinaus, wie es ging. Tim wechselte zwischen der Digicam und seiner Fotokamera hin und her, machte Dutzende von Bildern und nahm lange Filmsequenzen auf.

Während Carla sich von dem Höhepunkt erholte, sicherte Tim die Kameras. »Unglaublich«, sagte Carla. »Ich war echt nervös wegen der Fotoaufnahmen, aber du bist umwerfend. Du hast dich wirklich weiterentwickelt, seit du dich zum ersten Mal mit Ronnie getroffen hast.«

Tim lachte leise. »Sie hat dir davon erzählt?«

»Tut mir leid. Ich hoffe, das ist dir nicht unangenehm?«

»Überhaupt nicht. Das war der erste Schritt in eine ganz neue Welt. Sie ist wundervoll, weißt du?«

»Ich weiß.« Carla seufzte.

Tim reichte ihr ein Glas Wasser, und sie nahm einen großen Schluck, während ihre Atmung sich allmählich wieder normalisierte. »Wenn du dich ein wenig gesammelt hast, könnten wir nach oben gehen und einige der Kostüme für dein Album ausprobieren.« Er nahm das Stück Leder und hängte es sich über den Arm. »Und ich glaube, ich sollte für das Cover deines Albums schwarzes Leder nehmen. Leder scheint dich anzumachen.«

Zustimmend nickte Carla. »Es war mir gar nicht bewusst, aber du hast recht.«

Nackt, aber nicht verlegen, stieg Carla die Treppe hinauf, während Tim ihr folgte. »Du hast tolle Beine«, sagte er, »und einen netten, festen kleinen Arsch. Es gefällt mir, wie du nackt durch die Wohnung läufst. Du stellst dich nicht zur Schau, aber du versteckst dich auch nicht.«

»Ich bin früher oft nackt herumgelaufen, aber mit drei neugierigen Jungs bekomme ich dazu nicht mehr häufig die Gelegenheit.«

Tim ging an ihr vorbei und machte einige Fotos davon, wie sie die Treppe hinaufging. »Gott, du hast einen fantastischen Körper«, schwärmte er. »Ich liebe es, dich zu fotografieren.«

Sie verschränkte die Arme hinter dem Kopf und hob die Ellbogen an.

»Du hast die schönsten Titten, die ich je gesehen habe«, sagte er.

Im Schlafzimmer öffnete Tim einen Schrank und nahm ein Abendkleid heraus. Es war eng geschnitten und aus königsblauer Seide mit einer klassischen Linie und einem hohen Halsausschnitt vorn. »Ich habe Ronnie in diesem Kleid gesehen, und ich würde dich auch gern darin sehen«, sagte er. »Du solltest kräftige Farben tragen, wie Grün und Blau. Rot würde dir großartig stehen, Schwarz und Weiß natürlich auch. Vermeide Gelb und Orange – das lässt dich blass erscheinen.«

»Du hast ein Auge dafür«, entgegnete Carla und nahm ein winziges Bikinihöschen aus einer Schublade. »Genau das haben Ronnie und Jean-Claude auch gesagt.«

»Ich hoffe, es macht dir nichts aus, wenn ich dir ein paar Sachen heraussuche?«, sagte Tim und betrachtete die Kleider.

»Überhaupt nicht.« Sie sah das hochgeschlossene Kleid an, das an der Tür des Kleiderschrankes hing. »Aber ist das nicht ein bisschen zu zahm für unsere Fotos?«

»Warte, bis du es an dir siehst.«

Als Carla nach einem BH greifen wollte, schüttelte Tim den Kopf. »Keinen BH. Du brauchst keinen.«

»Du bist der Boss«, erwiderte Carla. Sie wies auf eine große Schmuckschatulle auf der Frisierkommode. »Was schlägst du für dieses Kleid vor?« Während Tim die umfangreiche Sammlung von Modeschmuck durchsah, nahm Carla den Kleiderbügel und sah sich das Kleid näher an. Von vorn sah es beinahe züchtig aus, doch es stellte sich heraus, dass das Kleid einen unglaublich tiefen Rückenausschnitt hatte. Er ging so tief hinunter, dass man ihre Pospalte würde sehen können. Sie zog sich den Stoff über den Kopf. »Ich werde vermutlich hinten ein imposanteres Dekolleté haben als vorne.«

»So soll es sein. Das ist das erste Kleid, in dem ich Ronnie fotografiert habe.«

»Das Bild ist aber nicht in ihrem Album«, erwiderte Carla.

»Ich weiß. Ich habe das Foto selbst behalten. Ich habe es in meinem Schlafzimmer. Vielleicht mache ich das ja auch mit dem Foto, das ich jetzt von dir machen werde.«

»Träumst du von ihr?«, fragte sie und strich sich durchs Haar.

»Nicht mehr. Nach unserem ersten Treffen habe ich oft an sie gedacht. Jetzt sind wir nur noch gute Freunde. Ab und zu vögeln wir und ich nehme sie manchmal mit auf Partys, aber das war's.« Tim hatte ein Paar lange Ohrringe aus Silber mit Diamanten ausgesucht und reichte sie Carla.

»Die sehen aus wie Lüster«, bemerkte Carla.

»Probier sie an.«

Carla stand vor dem Spiegel und legte die Ohrringe an. Tim hatte wieder recht gehabt. Sie unterstrichen das Kleid perfekt. »Ändere dein Make-up«, sagte er. »Betone die Augen und nimm einen dunkleren Lippenstift.«

Schnell passte Carla ihr Make-up so an, wie Jean-Claude es ihr gezeigt hatte. Und plötzlich war sie die verführerische Frau des Abends. »Brillant«, hauchte sie.

»Brillant trifft es genau«, erwiderte Tim. Er stellte sie mit dem beinahe nackten Rücken zu sich auf. Carla warf ihm über die Schulter einen sinnlichen Blick zu. Er machte einige Aufnahmen. »Jetzt machen wir uns an die Fotos fürs Album«, sagte er und öffnete Ronnies anderen Kleiderschrank. »Welches von diesen willst du?«

»Ich weiß nicht. Was meinst du? Welches soll ich anziehen?«

»Das ist nicht meine Entscheidung. Für das Album brauchst du Bilder von Fantasien, die du gern mit einem Freund ausleben würdest. Das ist eine sehr persönliche Entscheidung.«

Er griff in den Schrank und nahm eines der Kostüme heraus.

»Das«, sagte er und hielt ein kurzes Hochzeitskleid und einen Schleier hoch, »ist zum Beispiel eine Fantasie, in der es darum geht, in der Hochzeitsnacht eine junge Frau zu entjungfern.« Sie stieg in das Kostüm, und Tim machte von dem Outfit Fotos.

Dann nahm er das nächste Ensemble aus dem Schrank und präsentierte es Carla.

Über eine Stunde lang machten sie auf diese Weise weiter. Carla schlüpfte in die Rolle einer Cheerleaderin, einer Aerobiclehrerin, einer Lolita im Bikini und einer Haremsdame. Als Tim vorschlug, dass sie das Kostüm der strengen Lehrerin anziehen sollte, zögerte Carla. »Ich glaube, ich bin nicht der dominante Typ.«

»Ronnie schon«, entgegnete Tim. »Ich habe ein paar sehr sexy Bilder von ihr, auf denen sie eine Peitsche in der Hand hält und ein Mann mit Nippelklemmen ihr die Muschi leckt.«

»Die Bilder habe ich nicht gesehen.«

»Sie hat einige besondere Bilder für besondere Freunde.«

»Sollte ich auch ein solch spezielles Album haben? Ich kann mir nicht vorstellen, mit einer Peitsche dazustehen.«

»Ich weiß. Aber ich habe eine andere Idee. Komm mit mir in den Nebenraum«, schlug Tim vor.

»Welchen Nebenraum?«

»Ronnies Spielzimmer. Sie hat mir erzählt, dass sie es dir noch nicht gezeigt hat, und mir erlaubt, das zu tun.«

»Soll ich etwas Bestimmtes anziehen?«, fragte Carla und zog die Schwesternuniform mit dem gestärkten Käppchen aus, die sie getragen hatte.

»Nur deine wunderschöne Haut.«

Tim öffnete die Tür zum angrenzenden Schlafzimmer und ließ Carla vorangehen. Als sie den Raum betrat, rang sie unwillkürlich nach Luft. Der Raum wirkte höhlenartig, war mit Holz vertäfelt und mit schweren Samtvorhängen ausgestattet. Carla blickte sich um und stellte fest, dass das Zimmer einem Verlies ähnelte – mit Ösen, Ketten und Bondageutensilien, die an jeder Wand zur Schau gestellt wurden. Es gab drei unterschiedlich geformte Holzbänke mit Haken und Riemen und zwei Schränke mit Gegenständen, die Carla nicht einordnen konnte. Ein riesiges Messingbett beherrschte eine Seite des Raumes. So schockiert sie auch war, bemerkte Carla doch, dass ihr der Atem stockte.

Tim folgte ihr, legte seine schlanken Finger um ihr Handgelenk und hielt sie fest. »Aufgeregt?«

»Ja«, wisperte sie.

»Das hat Ronnie sich gedacht. Ich habe hier schon einige Filme verschossen, als Ronnie ganz in Leder gekleidet die Peitsche und den Schläger geschwungen hat. Aber ich glaube, dass dir das nicht entspricht, oder?«

Carla schüttelte den Kopf. Sie malte sich aus, gefesselt oder mit Ketten festgebunden zu sein, unterdrückt und hilflos, während ein Mann breitbeinig über ihr stand und sich an ihrer Verletzlichkeit erfreute. Tim nahm ihr anderes Handgelenk und hielt ihre Arme fest. Er kam mit dem Mund ganz nah an ihr Ohr. »Das Wort ist ›Popcorn‹«, flüsterte er und presste seinen Körper gegen ihren Rücken. »Sag das Wort, und ich höre sofort auf. Und lass mich dir einen Rat geben. Spiele hier niemals ohne ein Safeword. Und spiele niemals mit jemandem, bei dem du dir nicht sicher sein kannst, dass er dieses Signalwort auch respektiert. Verstanden?«

»Ronnie und ich haben schon darüber gesprochen. Ich verstehe.«

»Sag: ›Popcorn‹.«

»Popcorn.«

Tim ließ ihre Hände los und wich zurück. »Bleib hier stehen und sieh dich um, während ich meine Kamera hole. Zwischenzeitlich stell dir vor, dass du festgebunden bist und nicht fliehen kannst. Von jetzt an sprichst du nur noch, wenn ich dich etwas frage. Und rühr dich nicht von der Stelle!«

Das war ein Befehl – und Carla hatte nicht vor, sich diesem Befehl zu widersetzen. Sie sah sich um und betrachtete jeden Gegenstand im Raum. Vor ihrem inneren Auge sah sie sich in einigen der Apparaturen, doch bei den meisten Objekten hatte sie keine Ahnung, was genau sie darstellen und wie sie funktionieren sollten. Doch das war nebensächlich. Ihre Hände schwitzten, sie zitterte und hatte das Gefühl, nicht genug Luft zu bekommen.

»Braves Mädchen«, sagte Tim, als er in den großen Raum zurückkam. »Du bist so erregt, dass du kurz davor bist zu kommen. Das ist sehr gut. Komm her.« Als Carla über den flauschigen dunkelgrauen Teppich lief, sank sie mit den Füßen ein. »Gib mir deinen Arm.« Carla streckte ihren Arm aus, und Tim band eine enge Lederbandage um ihr Handgelenk. Er hängte den Ring, der an der Bandage angebracht war, über einen Haken in der Wand und machte eine Aufnahme von ihrer Hand und ihrem Arm.

»Du weißt, dass du dich jederzeit befreien kannst.« Tims Stimme jagte ihr einen warmen Schauer über den Rücken. »Aber du willst da stehen bleiben. Du willst, dass ich dich fessele. Das ist großartig.« Er befestigte eine identische Bandage an ihrem anderen Handgelenk und jeweils eine um ihre Knöchel. Die Ringe hängte er an Haken in der Wand, so dass ihre Arme ausgestreckt waren und ihre Beine etwa sechzig Zentimeter auseinanderstanden.

Während die Kamera klickte, stellte sich Carla vor, wie sie aussah – an die Wand gefesselt, gebändigt, hilflos. Gott, sie war so heiß. Wenn sie sich doch nur selbst streicheln könnte ... Doch sie würde sich nicht bewegen, konnte sich nicht bewegen.

Tim kam zu ihr und gab ihr einen Kuss auf den Mund. Dann glitt er mit dem Finger über ihre Hüfte und zwischen ihre Beine, bis er ihre Klitoris berührte. »Willst du kommen? Einfach so?« Er hielt inne. »Nein. Noch nicht. Ich will etwas mit dir spielen.« Er legte die Kamera weg. »Nachdem Ronnie und ich ein paarmal zusammen waren, haben wir festgestellt, dass wir beide gern dominant sind. Ich will die Führung übernehmen. Ich will dich reizen können. Ich will alles tun können, ohne Widerworte zu bekommen. Willst du mit mir spielen?«

Carla nickte. In dem Moment wollte sie von ihm beherrscht werden – mehr als alles andere, was sie sich je gewünscht hatte.

»Erinnerst du dich noch an das Safeword?«, fragte er.

»Popcorn«, antwortete Carla.

»Das ist gut. Und jetzt ein paar Fragen. Und ich will ehrliche Antworten. Was ist, wenn ich dir weh tue? Nur ein bisschen?« Er kniff ihr in eine Brustwarze und drehte sie fest.

Es kam so unerwartet, dass Carla aufschrie.

»Gut oder schlecht?«

Carla schwieg einen Moment und gab dann zu: »Gut.«

Tim griff in ihr Haar und zog ihren Kopf zurück. Er küsste sie hungrig. Sie erwiderte seinen Kuss und drängte sich so nah an ihn, wie ihre Fesseln es zuließen. »Eine echte Gespielin«, sagte er und löste ihre Arme und Beine von der Wand. Er zog sie zu einer der Holzbänke, passte die Länge der Beine an und breitete das Lederstück darauf aus. »Davon träume ich schon lange, aber Ronnie ist selbst zu dominant, um Spaß daran zu haben. Leg dich auf den Rücken.«

Carla gehorchte, fühlte und roch das Leder. »Atme tief ein«, befahl Tim. »Riech deinen eigenen Duft.« Carla sog die Luft ein und erkannte den Duft ihrer Erregung. Sie war so heiß, dass sie bezweifelte, dass es noch besser werden könnte – doch jedes Mal, wenn Tim sprach, wurde es noch besser.

»Hier ist noch etwas, das du mögen wirst.« Er befestigte eine Augenbinde aus Leder vor ihren Augen.

Völlige Dunkelheit umgab sie. Nichts sehen zu können schien die anderen Sinne zu schärfen. Sie hörte das Rascheln von Tims Kleidung, als er im Zimmer umherging. Sie roch Leder und Schweiß und Sex. Sie strich mit den Händen über das Leder und genoss das Gefühl unter ihren Fingerspitzen.

»Rühr dich nicht«, sagte Tim. Carla konnte den Auslöser hören und stellte sich vor, wie diese Szene denjenigen erscheinen mochte, die durch ihre »speziellen« Bilder blätterten.

»Jetzt rutsch hoch, bis dein Kopf über die Kante ragt. Da ist ein Kissen, das du dir in den Nacken legen kannst. Lass deinen Kopf von der Bank hängen.« Sie rutschte über das Leder, bis ihr Nacken das Kissen berührte, und hörte ein Klacken, als Tim ihre Arme und Beine an der Bank befestigte. »Das sind keine Haken, sondern Vorhängeschlösser«, erklärte er. »Ich will, dass du kämpfen musst, um dich zu befreien.«

Einen Moment lang empfand Carla Panik, als sie an den Schlössern zerrte. Sie musste Tim testen. »Popcorn«, sagte sie.

Tim fummelte an dem ersten Schloss herum, bis ihr rechter Arm wieder frei war. »Schließ es wieder«, sagte sie. »Es ist schon gut.«

»Ich hatte Angst, dass ich zu weit gegangen sein könnte«, sagte er. »Ich war ehrlich enttäuscht.«

»Sei nicht enttäuscht. Ich musste nur sichergehen.«

»Natürlich musstest du das«, entgegnete Tim. Schnell machte er das Schloss wieder zu. »Jetzt kämpfe. Ich will sehen, wie dein Körper sich anspannt, unfähig, sich zu befreien.«

Sie zog an Armen und Beinen. Die Bandagen bereiteten keine Schmerzen, aber sie war dennoch vollkommen hilflos.

»Fleh mich an, dich gehen zu lassen.«

Sie hörte das Surren der Digicam. »Bitte.« Sie wusste, dass sie jederzeit »Popcorn« sagen konnte und er sie befreien würde. Doch sie konnte auch flehen und betteln und wissen, dass er die Fesseln nicht lösen würde. Dadurch, dass ihr Kopf nach unten hing, wurde ihr etwas schwindelig, aber es war fantastisch. »Bitte, lass mich gehen. O Gott, bitte.«

»O nein, Baby. Keine Chance.« Plötzlich waren seine Hände in ihrem Gesicht, tasteten behutsam nach der Augenbinde. Er steckte einen Finger in ihren Mund, und sie saugte, während er ihn sanft hinein- und wieder hinausgleiten ließ.

»Ich will, dass du verstehst, was genau ich von dir verlange«, sagte Tim. »Diese Bank hat die richtige Höhe.« Er ließ seinen harten Schwanz über ihre Wange gleiten. »Du wirst es mir mit dem Mund besorgen.« Er zog seinen Finger aus ihrem Mund und stieß stattdessen seine Erektion hinein. Carla rang nach Luft, als Tim sein steifes Glied in ihren Mund drängte, doch sie begann zu saugen, als er sie in den Mund fickte. »Zu gut, zu schnell«, keuchte er und zog sich aus ihrem gierigen Mund zurück.

Wieder hörte sie ein Rascheln und dann ein Summen. »Hörst du das?«, fragte er. »Das ist ein Vibrator, und ich werde dir damit einen Orgasmus verschaffen. Ich werde deinen Körper beherrschen. Du wirst nicht widerstehen können.

Du wirst kommen, wenn ich es will, und zwar erst, wenn ich dazu bereit bin.«

Carla zuckte zusammen, als sie das Summen an ihrer Brustspitze spürte. Magische Schauer jagten durch ihr Innerstes, ihre Brüste, ihren Bauch und ihre begierige Muschi. Sie wünschte sich nichts sehnlicher, als dass Tim mit ihr schlief – so wie es ihm gefiel. Doch sie spürte auch, dass ihr Widerstand Teil seiner Fantasie war, und sie wollte, dass er Spaß hatte und alles bekam, was er sich wünschte. Instinktiv wusste sie, was sie sagen sollte.

»Oh, hör auf«, flüsterte sie. »Hör bitte auf. Das ist die reinste Folter.«

»Es ist aufregend, zu betteln, oder? Zu wissen, dass du mich nicht beeinflussen kannst. Und ich höre es gern, wenn du um Gnade flehst, aber es wird keine Gnade geben.« Er drückte die Spitze des Vibrators tief in ihre Achselhöhle.

Carla befürchtete, dass es kitzeln würde, doch das tat es nicht. Es erregte sie nur noch mehr. »Ich kann es nicht mehr ertragen. Nicht mehr, bitte.«

»Es gibt noch so viel mehr«, erwiderte Tim. Er bewegte den Vibrator, bis er an Carlas inneren Oberschenkeln summte. »Willst du ihn an deiner Möse spüren?«

»Nein. Nicht.«

»Doch, ich mache es. Und außerdem willst du doch, dass ich es tue. Es ist peinlich zuzugeben, dass du willst, dass ich dich mit diesem Vibrator ficke. Dass dieser künstliche, surrende Schwanz dir ein solches Vergnügen bereiten kann.«

»O Gott, nein.«

Tim fühlte sich wie im siebten Himmel. Das hier war seine Lieblingsfantasie, und es war besser, als er es zu träumen gewagt hätte. Und er kostete es voll aus. »Du solltest mich jetzt bitten, dich zu ficken.«

»Nein.«

Er reizte Carlas Muschi, berührte ihre geschwollenen Lippen und hielt dann inne. Er glitt mit dem Vibrator durch ihre feuchte Spalte und bewegte ihn dann wieder zurück zu ihren inneren Oberschenkeln. »Ich kann dich verrückt machen vor Verlangen. Gib zu, dass deine Muschi gefickt werden will. Sag es.«

»Ja, tu es«, keuchte Carla und schlüpfte für einen Moment aus ihrer Rolle. »Fick mich richtig.«

Tim stieß mit dem Vibrator in Carlas Muschi und band ihn mit einem Ledergurt, der an der Bank befestigt war, fest. »Jetzt lutsch meinen Schwanz«, sagte er, ging um die Bank herum und legte seinen steifen Penis an ihre Lippen.

Carla gab sich ganz den Empfindungen hin. Sie saugte und nahm ihn begierig in sich auf, während der Vibrator in ihrer gierigen Muschi surrte. Tim kam schnell, denn er konnte Carlas geschicktem Mund nicht widerstehen. Sie schluckte, als er sich in sie ergoss, bis er glaubte, nie wieder kommen zu können. Schließlich zog er seinen erschöpften Schwanz aus Carlas Mund. Er wusste, dass sie noch nicht gekommen war. »Willst du jetzt kommen, Baby?«, fragte er.

»Bitte. Hilf mir.«

»Natürlich«, versicherte er. Er kniete sich zwischen ihre Beine und strich mit seiner Zunge über ihre Klitoris.

»Ja«, schrie sie. »Hör nicht auf.«

Er hörte nicht auf, und Carla wurde von ihrem Orgasmus mitgerissen. Sie erschauerte und zerrte an den Bandagen, die ihre Handgelenke und Knöchel umschlossen. Tim zog den Vibrator aus ihrer nassen Muschi, löste die Fesseln und trug Carla zum Bett.

»So etwas habe ich noch nie zuvor erlebt«, sagte Carla.

»Für mich war es auch großartig«, entgegnete Tim.

»Wir könnten uns treffen, wenn ich die Bilder entwickelt habe, und sie gemeinsam anschauen ... und vielleicht noch mehr ...«

»Ja«, seufzte Carla. »Und noch viel mehr.«

6. Kapitel

Träge streckte Carla sich auf ihrem Bett aus. Sie wusste, dass ihre Freundin noch wach sein würde, und wählte von dem Privatanschluss in ihrem Schlafzimmer aus Ronnies Nummer in Dutchess County. Es war noch keine elf Uhr abends. Nachdem die Jungs im Bett waren, hatte Carla eine Stunde lang in der heißen Wanne gelegen. Aber trotz des vorhersehbaren Liebesromans, den sie gelesen hatte, war es ihr nicht gelungen, sich zu entspannen. Der kommende Abend brachte sie durcheinander – ihr erster Abend mit dem neuen Album aus schwarzem Leder.

Eingekuschelt in einen alten Bademantel, Socken und ein Paar Garfield-Slipper, die ihre Jungs ihr im letzten Jahr zu Weihnachten geschenkt hatten, lauschte sie dem Freizeichen des Telefons.

»Hallo?«, meldete sich Ronnie.

»Hi, ich bin's.«

»Hi. Was gibt's?«

»Tja ...« Anfangs hatte es sich seltsam angefühlt, über Sex zu sprechen, während ihre drei Söhne nebenan schliefen, doch nach ein paar spätabendlichen Telefonaten mit Ronnie war es nun beinahe normal geworden. »Ein Mann namens Max hat angerufen, und ich habe ihn zurückgerufen. Er sagt, er habe meine Nummer von dir bekommen.«

»Das stimmt. Als mein Freund Bert angerufen und mir erzählt hat, dass er einen Freund hat, habe ich dich vorgeschlagen. Einmal musst du es ja ausprobieren. Ich hoffe, dass es in Ordnung war, ihm deine Nummer zu geben?«

»Oh, sicher war es das. Er hat eine Nachricht auf meinem Anrufbeantworter hinterlassen. Und jetzt bin ich aufgeregt und ein bisschen ängstlich. Was ist, wenn ich nicht gut genug bin? Was ist, wenn er für sein Geld nicht bekommt, was er verdient?«

»Das wird er. Ich nehme an, ihr beide habt euch unterhalten und du fühlst dich wohl mit ihm?«

»Selbstverständlich. Er klingt nett, und er war noch nie mit einer ... mit jemandem wie mir zusammen.« Sie lachte leise. »Ich glaube, er ist noch viel nervöser als ich.«

»Das ist er wahrscheinlich. Du wärst überrascht, wenn du wüsstest, wie unsicher manche Männer werden. Aber es kann die Vorfreude auch steigern.«

»Ich weiß. Ein Teil von mir ist so gespannt, dass ich kommen könnte, wenn jemand mich nur schief ansieht. Der andere Teil dagegen macht sich Sorgen.«

»Es wird schon alles gutgehen. Und wenn du dich bei irgendetwas unbehaglich fühlst, sag es ihm einfach. Wenn er dann trotzdem auf seiner Fantasie beharrt, gib ihm sein Geld zurück und verabschiede dich.«

»Er sagt, dass er mein Album sehen will. Offensichtlich weiß er über dein Album Bescheid.«

Ronnie kuschelte sich tiefer unter ihre Bettdecke. Sie hatte nackt im Bett gelegen und ferngesehen. Jetzt glitt sie über das Satinlaken und spürte den glatten Stoff auf ihrer Haut. Über Sex zu reden machte sie jedes Mal unglaublich an. »Ist dein Album denn schon fertig?«

»Ich habe mich gestern mit Tim getroffen, und wir haben die Fotos angeschaut, die er gemacht hat. Er hat tolle Arbeit geleistet. Einige der Bilder haben mich selbst sogar heißgemacht. Ich habe ein Album gekauft. Es ist aus schwarzem Leder.«

»Großartig. Satin und Leder.«

»Max hat gesagt, dass er sich auf einen kreativen Abend freut. Wie bringst du das Gespräch auf die Fantasien?«

»Das ist jedes Mal anders«, erwiderte Ronnie. »Einige Männer wollen einfach nur vögeln und man braucht das Album nicht. Die meisten Männer, die mich anrufen und die dich anrufen werden, sind von jemand anders empfohlen worden – von jemandem, der die Fantasien schon genossen hat, die ich kreiert habe. Seien wir ehrlich. Ich bin teuer und du wirst auch teuer sein. Jemand, der nur gewöhnlichen Sex will, kann das für weniger Geld bekommen. Also wollen unsere Freunde oder Kunden, wie du sie nennst, etwas Außergewöhnliches, etwas, das sie zu Hause nicht bekommen. Ich glaube, dass der Begriff ›kreativ‹ es trifft.«

Carla verlagerte den Telefonhörer auf ihrer Schulter in eine etwas bequemere Position. »Aber wie genau soll ich das Thema zur Sprache bringen? Ich kann wohl kaum sagen: ›Willst du mit mir eine Geschichte spielen?‹, oder?«

»Das musst du vielleicht gar nicht. Meistens wissen die neuen Freunde von ihren Bekannten, die sie empfohlen haben, schon von deinem Album. Möglicherweise haben sie sich sogar schon für eine Fantasie entschieden. Andere haben vielleicht noch nie über Rollenspiele nachgedacht, und mit diesen Männern macht es mir am meisten Spaß. Wenn man erst einmal die anfängliche Scheu eines Mannes überwunden hat, kann ein Rollenspiel der sinnlichste Stimulator sein, den es gibt. Sie gehen aus sich heraus. Sie können alles tun, mit jedem, und niemand verurteilt oder zensiert sie.«

»Du hast mir noch immer keine Antwort auf meine Frage gegeben. Wie fängt man die ganze Sache an?«

»Also gut. Ich erzähle dir von dem ersten Mann, mit dem

ich gespielt habe, nachdem ich mein Album zusammengestellt hatte.« Ronnie nahm den Hörer an das andere Ohr, lehnte sich zurück, starrte an die Decke und erinnerte sich an Tory Palluso.

Ronnie stellte sich dem Maître des *La Bonne Nuit* vor, und er führte sie in einen abgetrennten Bereich an der Seite des gut besuchten Restaurants. Als sie zwischen den Tischen mit jeweils zwei oder vier exklusiv gekleideten Gästen entlangging, hatte sie Zeit, um Mr. Palluso zu mustern. Er saß auf einem Stuhl gegenüber einer Sitzbank und nippte zögerlich an einem Glas Rotwein.

Tory Palluso war ungefähr fünfundvierzig Jahre alt, wie Ronnie vermutete, mit beginnender Glatze und einer Brille mit Metallrand. Man musste ihm zugutehalten, dass er nicht versuchte, sein restliches Haar so zu kämmen, dass es den allmählich kahl werdenden Kopf bedeckte, sondern das Haar kurz geschnitten und gestylt hatte. Aus der Ferne betrachtet war er kein gutaussehender Mann. Sein scharf geschnittenes Profil und sein spitzes Kinn, die buschigen schwarzen Augenbrauen und der Bart wirkten erdrückend.

Als Tory aufblickte und sie auf sich zukommen sah, lächelte Ronnie und nickte ihm zu. Er sah sie offen an, und sie war beeindruckt von seinen Augen – sie waren so leuchtend blau, dass sie darauf getippt hätte, dass er Kontaktlinsen trug, wenn da nicht die Brille gewesen wäre. Sein Lächeln und seine außergewöhnlichen Augen machten sein Gesicht überraschend anziehend.

Tory beobachtete, wie die wunderschöne Frau an seinen Tisch kam. Sie sieht nicht aus wie ein Callgirl, dachte er. Aber Frank hatte ihm versichert, dass sie die Beste war. Wenn sie so gut im Bett war, wie sie aussah, würde er vermutlich anschließend bedauern, dass er nur zwei- oder dreimal pro Jahr nach New York reiste.

»Du musst Ronnie sein«, sagte Tory.

»Tory«, erwiderte Ronnie und streckte ihm die freie Hand entgegen. »Ich bin so froh, dich kennenzulernen.« Der Maître rückte den Tisch ab, und Ronnie nahm auf der Sitzbank Platz. Sie stellte die Tasche, die sie bei sich trug, neben sich auf die Bank.

»Wein?«, fragte er. Als sie nickte, fragte er: »Rot oder weiß?«

»Rot.«

»Ich habe in die Weinkarte geblickt. Sie haben hier einen ganz hervorragenden *Burgunder*, wenn es dir recht ist.«

»Das klingt gut.« Ronnie hatte es sich kaum bequem gemacht, als der Kellner bereits den Wein brachte. Auf Torys Nicken hin öffnete der Kellner die Flasche und füllte den Wein in ihr langstieliges Glas. »Auf einen ereignisreichen Abend«, sagte Ronnie und erhob ihr Glas.

»Ereignisreich«, wiederholte Tory und stieß mit Ronnie an. »Wundervoll, es so zu sehen.« Er nahm einen Schluck. »Du siehst reizend aus.«

Ronnie lächelte. Sie hatte sich für ein weiches Chiffonkleid mit U-Ausschnitt entschieden, dessen Farbe man am besten mit »Melone« beschreiben konnte. Dazu hatte sie eine dreireihige Perlenkette und lange Perlenohrringe angelegt. Ein passendes dreireihiges Armband und eine goldene Uhr betonten ihre langen, schlanken Finger. Aus einer Laune heraus hatte sie ihre Nägel am Nachmittag in einem matten Rosa lackieren lassen, das perfekt zum Farbton des Kleides passte.

»Danke«, sagte sie leise und hob eine Augenbraue. Torys dunkler Anzug war maßgeschneidert und kaschierte den leichten Bauchansatz, der ihr aufgefallen war, als Tory sich zur Begrüßung erhoben hatte. Dazu hatte er ein weißes Hemd mit Monogramm an und eine konservative Krawatte mit Paisleymuster. Alles an ihm spiegelte wider, wie stolz er auf seine Erscheinung war und dass er genug Geld hatte, um sich einen exklusiven Geschmack leisten zu können. »Du siehst auch nicht schlecht aus.«

Bei einer schmackhaften Gemüsepastete, einem knackigen grünen Salat mit einer Pfeffer-Vinaigrette, Kalb mit Kapern, das mit einer Soße aus Wein, Zitrone und Butter serviert wurde, und gestifteltem Gemüse unterhielten sie sich über das Geschäft, die Familie und andere alltägliche Themen. Und bei Apfelkuchen mit einer köstlichen, hauchdünnen Kruste diskutierten sie über Politik. Sie waren öfter einer Meinung, als sie beide gedacht hätten.

Bei Brandy und Espresso brachte Tory die Sprache schließlich auf den Grund ihres gemeinsamen Dinners. »Wir haben einen gemeinsamen Freund«, sagte er und war mit einem Mal zögerlich. »Frank Morrison.«

»Ich weiß«, entgegnete Ronnie. »Er hat dir meine Telefonnummer gegeben.«

»Richtig.«

Als das Schweigen peinlich wurde, ergriff Ronnie das Wort. »Willst du, dass ich dir den Rest des Abends über Gesellschaft leiste?«

»Ich habe unser Essen genossen. Du bist eine sehr intelligente und kluge Frau für eine …« Er stolperte über den Rest des Satzes und schluckte schwer.

»Für eine Hure.« Ronnie lachte. »Das muss dir nicht peinlich sein. Ich liebe meinen Job, und ich liebe es, Männerfantasien zu erfüllen – und das ist es doch, was du möchtest, nehme ich an?«

»Versteh mich nicht falsch ... Meine Frau ist wundervoll.«

Ronnie unterbrach ihn. »Warum einigen wir uns nicht darauf, dass wir sie für den Rest des Abends nicht mehr erwähnen? Heute geht es um ein bisschen Spaß für Erwachsene. Vielleicht fühlst du dich eines Tages dazu imstande, einige deiner Wünsche mit ihr zu teilen. Ich wette, dass sie weit aufgeschlossener ist, als du es für möglich hältst. Aber das ist im Moment nicht von Belang. Lass uns über dich sprechen.«

»Ich wünsche mir etwas Außergewöhnliches. Frank hat erzählt, dass du mit ihm eine seiner Fantasien ausgelebt hast. Aber er hat mir nichts Genaueres verraten. ›Zu persönlich‹, meinte er. Angesichts seines Grinsens muss er es jedoch verdammt genossen haben.«

»Hast du eine Fantasie im Kopf, die du wahr machen möchtest?«

»Nicht wirklich. Frank sagte, dass du Vorschläge machen könntest.«

»Ich habe etwas dabei, das dir bei der Entscheidungsfindung vielleicht helfen könnte.« An den Nachbartischen um sie herum saß längst niemand mehr, also lud Ronnie Tory ein, sich zu ihr auf die Bank zu setzen. Sie nahm die Tasche mit der Kordel aus schwarzem Satin, die sie ins Restaurant mitgebracht hatte, und stellte sie auf den Tisch. Heraus zog sie ein Fotoalbum, das in schwarzen Satin eingeschlagen war und legte es vor Tory.

Mit der Hand strich sie über das geschlossene Album. »Hier drin sind Fantasien, Szenen, die wir zusammen ausleben können. Sieh dir das Buch an, und ich beschreibe dir jede Fantasie.« Sie gab Tory einen flachen Umschlag aus schwarzem Satin, der ungefähr zehn Zentimeter im Quadrat maß und an einer Ecke eine schwarze Kordel hatte. »Wenn du etwas findest, das dir gefällt, leg mein Honorar in den Umschlag und benutz dieses Lesezeichen, um die Seite kenntlich zu machen. Dann fahren wir zu mir nach Hause und spielen.«

Mit vor Vorfreude zitternden Händen nahm Tory den Umschlag und schlug das Album auf. Auf dem ersten Bild trug Ronnie ein Bustier aus schwarzem Satin mit Strumpfhaltern und passenden Strümpfen. »Das ist Marguerite, die Stripperin«, erklärte Ronnie, als Tory das Foto betrachtete. »Sie wird sich ganz langsam für dich ausziehen.«

Er ging zum nächsten Bild weiter. Ronnie hatte grüne Kleider an. »Das ist Maid Marian. Sie ist seit Monaten in Robin Hood verliebt, aber sie finden nie die Zeit, um zusammen zu sein.«

Tory blätterte zur nächsten Aufnahme weiter. »Nita ist eine Haremsdame. Du warst im Kampf besonders mutig und hast das Leben des Sultans gerettet. Er hat dir erlaubt, dir eine Frau aus seinem Harem auszusuchen – sie gehört einen Abend lang dir. Sie ist in der Kunst der Liebe besonders gut ausgebildet.«

Ronnie fuhr fort zu erzählen, während Tory weiterblätterte. »Das ist Prinzessin Mellisande. Es ist ihr nicht erlaubt, bis zu ihrer Hochzeit mit einem Mann zu schlafen, doch sie befriedigt sich selbst – und die meisten Wachen im Schloss, indem sie masturbiert, während sie zuschauen, und sie anschließend mit dem Mund zum Orgasmus bringt.«

Auf dem nächsten Foto lag Ronnie in ihrem Bett, hatte ein Nachthemd an und die Bettdecke bis an die Brust gezogen. »Und das ist Bethann. Sie schlief schon, als ein Einbrecher eindrang. Zuerst wollte er ihren Schmuck stehlen. Aber jetzt will er ihren Körper.«

Wieder blätterte er weiter. »Das ist Miss Gilbert. Sie ist die Rektorin einer exklusiven Jungenschule, und wenn du sie treffen willst, wird sie dich dafür bestrafen, dass du im Unterricht ein unartiger Junge gewesen bist.«

Foto für Foto erklärte Ronnie Tory die Fantasien. Die letzten zwölf Bilder waren eindeutige Aufnahmen von Ronnie – bei diesem Anblick wurde selbst der wählerischste Betrachter schwach. Ronnie erhob sich, als Tory zum Anfang des Buches zurückkehrte, um sich die Bilder noch einmal anzuschauen. »Ich gehe mich kurz frisch machen. Ich brauche ein paar Minuten, also sieh dir das Buch an und triff deine Entscheidung. Natürlich kannst du dir auch deine eigene Fantasie ausdenken, oder wir können zu mir fahren und einfach miteinander schlafen.«

»Nie im Leben! Noch nie hatte ich so eine Chance.«

Als Ronnie von der Damentoilette zurückkam, hielt Tory bereits ihren Mantel in den Händen. Er half ihr hinein und reichte ihr dann das Album. Sie schlug die Seite auf, die er gewählt hatte, und nahm den Satinumschlag heraus. »Nita wird dir zu Diensten sein«, flüsterte sie, als sie die fünf Hundertdollarscheine in ihre Handtasche schob.

Die zehnminütige Taxifahrt zu Ronnie nach Hause schien die längste Fahrt in Torys Leben zu sein. Ronnies Beine in den feinen Strümpfen waren nur Zentimeter von seinen Händen entfernt, und er sehnte sich danach, mit den Fingern an der Innenseite ihrer süßen Schenkel entlangzustreichen. Er hielt sich zurück. Diese Nacht würde außergewöhnlich werden. Er würde es Ronnie überlassen, das Tempo zu bestimmen. Und er würde jeden Augenblick auskosten.

Zuerst hatte Ronnie gezögert, ihr Sandsteinhaus zu nutzen, hatte Angst gehabt, dass einer ihrer Freunde vielleicht einmal während einer Nacht oder danach außer Kontrolle geraten könnte. Doch ihr wurde schnell klar, dass ihre Kunden mehr zu verlieren hatten als sie, wenn die Polizei eingeschaltet würde.

Das Taxi setzte sie vor ihrem Haus ab, und sie gingen schnell hinein und hinauf ins Schlafzimmer. »Im Kühlschrank steht eine Flasche Champagner«, sagte sie und deutete auf die kleine Hausbar in der Ecke des Raumes. »Gläser stehen darüber. Schenk uns ein Glas ein und mach es dir bequem. Ich bin sofort wieder da.« Sie nahm einen Kleiderbügel aus dem Schrank und verschwand im Badezimmer.

Fünf Minuten später kehrte Ronnie aus dem Bad zurück. »Sir Knight«, sagte sie leise. »Ich bin Nita. Der Sultan hat mir von Eurer Tapferkeit erzählt, und ich fühle mich geehrt, dass Ihr mich für den Abend erwählt habt.«

Tory starrte sie nur an. Ihr Neckholdertop war aus hellblauem Gewebe, das so durchsichtig war, dass es einen Blick auf ihre Nippel erlaubte. Ein Schleier aus demselben Material bedeckte die untere Hälfte ihres Gesichtes. Eine passende Haremshose saß tief auf ihren Hüften, war an den Beinen ausgestellt und an den Knöcheln gerafft. Durch den durchscheinenden Stoff hindurch sah Tory ein dunkles Dreieck aus Löckchen zwischen ihren Schenkeln.

Nitas Füße waren nackt, und sie trug lange Ohrringe und an ihren Handgelenken und Knöcheln Ketten mit winzigen Glöckchen, die bei jeder Bewegung klingelten. Sie hatte den Kopf geneigt, und ihr langes blondes Haar war mit einem hauchdünnen hellblauen Schleier bedeckt. Eine goldene Kette schmückte ihre nackte Taille. Und in ihrem Nabel schimmerte ein dunkelblauer Edelstein.

»Ich hoffe, dass ich Euch gefalle«, sagte sie leise. »Ihr müsst nur sagen, was ich tun kann, und Eure Wünsche sollen mir Befehl sein.« Sie kam durch das Zimmer auf ihn zu, blieb vor ihm stehen, strich mit den Händen über sein Seidenhemd und streifte ihm die Jacke von den breiten Schultern.

»Würdest du für mich tanzen?«, fragte er.

Ronnie legte eine CD in den CD-Player, und im nächsten Moment erfüllten rhythmische, exotische Klänge den Raum. Sinnlich tänzelte Nita durch das Zimmer, schaltete die Lichter aus und entzündete Kerzen und Räucherstäbchen. Während sie sich drehte, löste sie den Schleier, der ihr Haar bedeckte, und ließ ihn über Torys Gesicht gleiten. Dann blieb sie vor ihm stehen, legte den Schleier über seinen Kopf und küsste durch den dünnen Stoff hindurch seine Lippen. Die Glöckchen klangen leise.

Als er nach ihr greifen wollte, tanzte sie weiter und strich mit dem Schleier über seine Haut. Sie hielt den durchscheinenden Stoff unter ihre Brüste und hob sie an, so dass ihr Busen aufgerichtet war und wippte, wenn sie ging, und nur von einer leichten Schicht Stoff bedeckt war. Dann hielt sie ihre Brüste ganz nah an sein Gesicht, aber als er einen Nippel küssen wollte, tanzte sie wieder davon.

Nah, dann fern, eng, und doch nicht eng genug. Der Duft ihres orientalischen Parfüms erfüllte Torys Kopf, und er sehnte sich danach, ihren Mund zu schmecken. Als Nita wieder in seine Nähe tanzte, ergriff er den Schleier, der ihr Gesicht bedeckte, schlang ihn um ihren Körper und hatte so ihren wiegenden Po eingefangen.

Nita beugte sich herunter und leckte mit der Zungenspitze über Torys Oberlippe. Ihre Zunge tanzte über seine Lippen, während sie ihren Po, der von dem Schleier eingefangen war, verführerisch hin- und herwiegte. Jedes Mal, wenn er sie küssen wollte, zog sie sich leicht zurück, so dass es immer bei einer federleichten Berührung ihrer Lippen blieb.

»Mehr«, knurrte er. »Küss mich, Frau.«

Nitas Mund war so nah an Torys, dass ihr Atem seine feuchten Lippen kühlte. »Euer Wunsch«, hauchte sie, »ist mir Befehl.« Sie presste ihren Mund auf seinen und erbat mit ihrer Zunge Einlass. Gierig öffnete er seinen Mund und spielte mit ihrer Zunge. Einige Minuten lang küssten sie sich stürmisch, reizten sich mit der Zunge, tauchten ein und zogen sich wieder zurück.

Während sie sich küssten, öffnete Nita die Knöpfe von Torys Anzughemd und zog es ihm aus. Sie löste sich nur so lange von ihm, wie es dauerte, sein Unterhemd über seinen Kopf zu ziehen. Schließlich strich sie mit ihren Händen über seine Brust und spürte die Haare zwischen ihren Fingern. Mit dem Fingernagel fuhr sie über seine Haut.

Er stand in Flammen, wollte diese Frau verschlingen, die für einen Abend ihm gehörte.

Als er das eine Ende des Schleiers losließ, schlüpfte sie davon und tanzte durch das Zimmer. Sie wandte ihm den Rücken zu und streifte ihr Oberteil ab. Nackt bis zur Taille hielt Nita einen Schleier hoch und drehte sich im Kreis. Tory erhaschte kurze Blicke auf ihre vollen Brüste und die großen dunklen Nippel, die sich von der zarten weißen Haut abhoben.

Ohne seine Augen von ihrem Körper zu wenden, stand Tory auf, zog sich die restlichen Kleider aus und warf sie zur Seite.

»Ihr scheint bereit zu sein, Herr«, sagte Nita und starrte auf seinen harten Schwanz. »Soll ich ihn in den Mund nehmen und Euch zeigen, wie viel Spaß ich Euch bereiten kann?«

Er ließ sich auf einen Stuhl sinken. »O ja, Nita, aber nicht bis zum Schluss. Ich habe noch eine andere Idee.«

Sie kniete sich zu seinen Füßen auf den Boden und strich mit ihrem langen Haar über seine Schenkel und über seine Erektion. Das Gefühl war so außergewöhnlich, dass er Angst hatte, einen Orgasmus zu bekommen, ohne dass sie überhaupt Hand an ihn gelegt hätte. Als sie schließlich die Spitze seines Schwanzes küsste, musste er sich sehr konzentrieren, um nicht zu kommen.

Nita leckte mit der Zunge über die Spitze von Torys Penis und schmeckte den Lusttropfen, der hervortrat. Dann schürzte sie die Lippen und nahm den oberen Teil seines harten Schwanzes in den Mund. So tief es ging nahm sie ihn in sich auf und zog sich dann wieder zurück. Tory beobachtete, wie ihr Kopf sich in seinem Schoß auf und ab bewegte.

»Nein, noch nicht«, knurrte er. Er erhob sich, streifte ein Kondom über, packte sie an der Taille und zerrte ihre Haremshose herunter. Dann drehte er sie um, so dass sie mit dem Rücken zu ihm stand, drückte sie herunter und stieß von hinten mit seinem harten Schwanz in ihre feuchte Muschi. Wieder und wieder glitt sein Schaft in sie, bis Tory zum Orgasmus kam und aufstöhnte.

Ronnie war noch nicht gekommen, aber seltsamerweise war es ihr Befriedigung genug, Torys Vergnügen mit ihm zu teilen. Sie griff sich zwischen die Schenkel, packte seine Hoden und drückte sie, um auch den letzten Tropfen seines Saftes aus ihm herauszupressen. Sein Körper bäumte sich auf, als die letzten Wellen des Höhepunktes ihn durchzuckten.

Als Tory erschöpft auf dem Bett zusammensank, holte Ronnie einen warmen feuchten Waschlappen aus dem Bad und säuberte bedächtig seinen Penis und seine Hoden. Sie drückte seinen Schwanz und war zufrieden, dass sein Hunger wenigstens für diesen Moment gestillt war. Sie ließ niemanden unbefriedigt.

Tory stand auf, streckte sich und sah auf die Uhr neben dem Bett. »Das war großartig, aber ich fürchte, ich muss jetzt gehen«, sagte er.

»Du hast ja meine Nummer«, entgegnete Ronnie. »Und es gibt noch einige Bilder in meinem Album.«

»Ich komme nicht oft nach New York«, erwiderte er mit Bedauern in der Stimme, als er sein Hemd zuknöpfte. »Aber wenn ich hier bin, kannst du sicher sein, dass du von mir hören wirst.«

Ronnie nahm den Telefonhörer an das andere Ohr. »Ich treffe Tory zwei- oder dreimal im Jahr«, erzählte sie Carla, »und er ist sehr großzügig.« Carla hörte, wie Ronnie kurz auflachte. »Beim letzten Mal hat er mich nicht nur bezahlt, sondern mir darüber hinaus noch eine wundervolle goldene Halskette mit einer winzigen Glocke geschenkt.«

»Spielst du immer dieselbe Szene mit ihm?«

»Nicht immer, aber wir kehren öfter zu Nita zurück, als zu anderen Fantasien.«

»Danke für die Geschichte«, sagte Carla. »Jetzt ist es einfacher für mich, mit Max umzugehen.«

»Viel Glück dann für morgen Abend«, entgegnete Ronnie. »Und was das Wichtigste ist: Hab Spaß!«

»Das werde ich. Glaube mir, das werde ich.«

Als sie Max zum ersten Mal sah, musste Carla lächeln. Er sah wie der typische Mann aus den Bergen aus – er war um die fünfunddreißig und hatte fast schwarze Haare und einen buschigen Vollbart.

»Du bist eine wunderschöne Frau«, begrüßte er sie ohne großes Vorgeplänkel. »Schöner Körper, gute Knochen.«

»Danke«, erwiderte Carla. Ihre Nervosität war schnell verschwunden. »Und du siehst auch gut aus.«

Er strich sich über den Bart, der lang genug war, um die ersten beiden Knöpfe seines offenen Hemdes zu verdecken. »Du meinst das hier?«, sagte er, während sie die Serviette auf ihrem Schoß ausbreitete. »Ich halte es für lächerlich, dass ein Mann jeden Morgen seines Lebens zehn oder fünfzehn Minuten damit vergeudet, mit einem gefährlich scharfen Instrument in seinem Gesicht herumzukratzen. Als ich die Highschool abgeschlossen habe, habe ich auch aufgehört, mich zu rasieren.«

»Ich nehme an, das bedeutet, dass du nicht in der Welt der Anzugträger tätig bist?«

Sein Lachen war so dröhnend, wie sie es vermutet hatte. »Du hast recht. Ich bin ein Einzelgänger und stolz darauf. Ich besitze mein eigenes Unternehmen, *Sheridan Plastics*. Verdammt, ich bin *Sheridan Plastics*. Ich habe es aus dem Nichts aufgebaut, kann man sagen. Jetzt wollen ein paar Typen in Nadelstreifenanzügen mir die Firma für einen Betrag abkaufen, der mehr Nullen hat als ich zu Beginn meiner Karriere Dollars hatte. Und ich kann entweder verkaufen oder ihnen sagen, dass sie zur Hölle fahren sollen. Es ist mir egal.«

»Bist du verheiratet?«

Mit einem Mal wirkte er traurig. »Leider starb Marie, als sich gerade alles zum Guten wendete. Autounfall. Es ging sehr schnell, also musste sie wenigstens nicht leiden.«

»Das tut mir leid.«

»Es ist beinahe acht Jahre her. Jetzt will ich einfach nur Spaß haben. Nichts Ernstes, nur Spaß. Was möchtest du essen?«, fragte Max.

»Du hast das Restaurant ausgesucht und du scheinst dich hier auszukennen. Was schlägst du vor?«

»Ich liebe ein gutes Steak und hier gibt es die besten der Stadt.«

»Das klingt doch gut«, erwiderte Carla. In letzter Zeit kam ihr Leben ihr vor wie ein Kampf zwischen Nouvelle Cuisine und Erdnussbutter mit Marmelade. Sie sah zum Kellner, der erwartungsvoll Stift und Block in der Hand hielt. »Rinderfilet, halb durch mit einer gebackenen Kartoffel und Salat.«

»Gute Wahl«, sagte Max zum Kellner. »Das nehme ich auch. Und eine Flasche *Chateau Margeaux*. Ich glaube, Sie haben noch irgendwo eine Flasche des 1964er Jahrgangs.« Er wandte sich Carla zu. »Der *Margeaux* ist ein bisschen zu leicht für ein Steak, aber er ist exzellent.«

»Sehr wohl, Sir«, sagte der Kellner.

»Du steckst voller Überraschungen«, bemerkte Carla. »Ich hätte dich eher für einen Biertrinker gehalten. Oder jemanden, der Whisky mag.«

»Das war ich – bin ich noch immer –, aber ich habe gelernt, auch einen guten Wein zu schätzen. Und außerdem gefällt es mir, die teuerste Flasche auf der Karte zu bestellen.«

Carla lachte laut auf. Sie mochte diesen ungewöhnlichen Mann wirklich.

»Ich habe gehört, dass du Kinder hast?«, fragte er.

Die nächste Stunde verbrachten sie damit, sich zu unterhalten. Als sie mit dem Essen beinahe fertig waren, dachte Carla darüber nach, wie sie die Sprache auf das Album bringen sollte. Doch wie Ronnie es vorausgesagt hatte, ersparte Max ihr die Mühe.

»Ich würde gern deine Fotos sehen.«

Überrascht bückte Carla sich und öffnete einen schwarzen Aktenkoffer aus Leder, der neben ihren Füßen stand. »Woher weißt du von dem Album?«, fragte sie, als sie das Buch auf den Tisch legte.

»Ich glaube, es heißt *Black Leather*. Bert hat mir von Ronnie und ihrem Album erzählt, das *Black Satin* heißt. Ich habe angenommen, dass du ebenfalls Fotos hast. Deshalb habe ich dich angerufen. Jetzt sei ein braves Mädchen und verschwinde kurz. Ich will mir das allein ansehen. Oh, und zieh deinen BH aus. Ich mag Titten, die ein bisschen wippen.«

Carla lachte. »Alles, was du sagst.« Sie verschwand auf der Damentoilette und entledigte sich in einer der Kabinen ihres BHs. Sie war froh, dass sie ihr blaugrünes Strickkleid und nur ein Unterkleid trug. Max würde es gefallen, wie ihre Brüste bei jedem Schritt wippten. Als sie wieder an den Tisch zurückkehrte, betrachtete Max gerade das Foto einer Frau in einem aufreizenden Negligé. »Ich will so etwas tragen«, sagte Max, ohne auch nur im Geringsten verlegen zu sein. »Und ich will, dass du mir mit einem Dildo in den Arsch fickst.«

»Du weißt ganz genau, was du willst«, entgegnete Carla und war überrascht über seinen Wunsch.

»Das stimmt. Können wir spielen?«

»Natürlich.« Ronnie hatte ihr gesagt, dass sie auch Unterwäsche in größeren Größen hatte, und sie hatte ihr ihre Sexspielzeuge gezeigt. »Ich kann nicht versprechen, dass das Outfit genau wie auf dem Foto aussieht, aber ich bin mir sicher, dass ich etwas habe, das dir gefallen wird.«

»Das ist gut. Und übrigens hast du tolle Titten.«

Max warf eine Handvoll Scheine auf den Tisch und zog Carla förmlich mit sich zum Taxi. Im Schlafzimmer von Ronnies Haus legte Carla die Mäntel zur Seite und durchsuchte die Schubladen der Kommode. Sie zog ein schwarzes

Nachthemd mit Spaghettiträgern und einem tiefen V-Ausschnitt vorn und hinten heraus und legte es Max auf den Schoß. »Wie wäre es damit?«

Seine großen, rauhen Hände strichen über den feinen Stoff. »Das ist wunderschön.«

Carla fand ein weiteres Teil. Es war ein pfirsichfarbenes Nachthemd mit einer zarten Bordüre. »Oder dieses hier?«

Max hielt das schwarze Nachthemd in der einen und das pfirsichfarbene in der anderen Hand und ließ das glatte Material durch die Finger gleiten. In einer anderen Schublade entdeckte Carla einen leuchtend roten Body mit langen Strumpfhaltern und einem passenden Höschen. Als sie Max die Sachen reichte, bemerkte sie, wie seine Augen zu leuchten begannen. »Hast du auch Strümpfe dazu?«, fragte er.

»Selbstverständlich.« Sie sah Max' Miene. »Offensichtlich hast du dich für dieses Outfit entschieden.«

»Definitiv.« Er erhob sich und zog sich hastig aus.

Carla versuchte, nicht darüber nachzudenken, wie viele Haare Max am Körper hatte und wie die Unterwäsche, die er ausgewählt hatte, an ihm aussehen würde. Sie hatte Angst, in Lachen auszubrechen. Als sie jedoch in sein Gesicht sah, beruhigte sie sich. Er war fasziniert, und sein Körper ließ keinen Zweifel daran, dass er sehr erregt war. Alles, was einen Mann wie ihn so erregen kann, kann nicht schlecht sein, dachte sie.

»Wird das hier überhaupt passen?«, fragte sich Max und deutete auf das Bustier.

»Lass es uns ausprobieren.« Carla legte ihm den Seidenbody um die Taille und fädelte die Schnüre durch die entsprechenden Ösen.

Max ließ den Kopf in den Nacken fallen und schloss die Augen, als die Seide seine Haut liebkoste.

Carla nahm ein Paar rote Strümpfe in die Hand. »Setz dich auf die Bettkante, dann kann ich dir helfen, die hier anzuziehen.« Max setzte sich, und Carla ergriff einen der Strümpfe. »Heb deinen Fuß«, sagte sie und kniete sich auf den Teppich. Langsam nahm sie seinen Fuß in die Hand und zog den Nylonstrumpf über den Fußrücken. Zentimeter für Zentimeter bedeckte der durchsichtige Stoff seinen Knöchel, seinen Unterschenkel, sein Knie und dann den Schenkel. Sein Schwanz war hart und reckte sich ihr entgegen, als Carla den Strumpf an dem Strumpfhalter befestigte.

Max hielt die Luft an und zitterte, als der zweite Strumpf über sein anderes Bein gezogen wurde und Carla ihn schließlich festmachte. »Weich«, sagte sie und fuhr mit der Hand über sein Bein. »Sehr glatt.«

Er löste ihre Hand von seinem Bein. »Noch nicht«, presste er zwischen zusammengebissenen Zähnen hervor. »Ich will den Rest des Outfits fühlen.«

»Natürlich«, erwiderte Carla. Sie streifte ihm das Höschen über die Beine und bis zu den Knien. »Steh auf.« Quälend langsam zog Carla den Slip über seinen aufgerichteten Penis und streichelte dann durch den zarten Stoff hindurch seinen Körper. Über die Beine, seine Brust und seinen Schwanz. Ihre Hände waren überall, die Berührung gedämpft durch den Stoff.

Max' Atem ging schwer. Das hier war besser als je zuvor. Mit geschlossenen Augen stand er da, zitternd, während er versuchte, sich zusammenzureißen. Ihm fiel auf, dass Carla ihn nicht länger streichelte. Als er die Augen aufschlug, sah er sie noch vollständig angezogen vor sich stehen. Sie hatte einen schlanken Dildo in der Hand und strich aufreizend darüber.

»Du weißt, was ich jetzt tun werde, oder?«

Er konnte nicht länger stehen bleiben. Er sackte auf das Bett und rollte sich auf der Seite zusammen. »Ich weiß.«

Carla setzte sich hinter ihn und verteilte viel Gleitmittel auf dem fleischfarbenen Schaft. »Du weißt, wo du ihn brauchst?«

»Ja.«

Sie zog das Höschen zur Seite, drang mit dem Dildo ganz leicht in Max' Anus ein und streifte den Stoff wieder glatt. »Das ist erledigt – da kann nichts mehr passieren. Steh auf.«

»Ich weiß nicht, ob ich das kann.«

»Du kannst es, und das weißt du auch.«

Max erhob sich, kaum fähig, seinen Körper unter Kontrolle zu halten. Es bedurfte all seiner Kraft, um nicht zu kommen. Aber als sie mit einer Hand seinen Schwanz reizte und mit der anderen den Dildo in seinem Anus bewegte, war es um ihn geschehen. Sperma benetzte das Höschen und Carlas Hand. Es schien Stunden zu dauern und er kam noch immer, während Carla seinen heißen Schwanz massierte und den Dildo vor- und zurückschob. Als er fertig war, ließ Max sich aufs Bett fallen.

Carla setzte sich neben ihn, bis sein Atem wieder normal ging. Erst dann zog sie den Dildo aus seinem Anus, wusch ihn und legte ihn zurück in die Schublade.

»Das war großartig«, sagte Max, rollte sich auf den Rücken und beobachtete Carla, die im Zimmer herumging. »Einfach großartig.« Er setzte sich auf. »Hilf mir, die Kleider auszuziehen.«

Vorsichtig zog Carla ihm die Unterwäsche aus und streifte dann ein neues rotes Satinhöschen über Max' Beine und seinen erschlafften Penis. »Lass den Slip unter deiner Hose an und denk jedes Mal an mich, wenn der Stoff über deinen Schwanz streicht.«

»Verdammt, Carla, du schaffst es, dass ich andauernd hart sein werde.«

»Das ist der Plan. Dein Schwanz wird hart sein, und du wirst dich an mich erinnern.«

Mit einem Lachen zog Max die Hose über den roten Slip. »Ich will nur hoffen, dass ich nicht pinkeln muss, bevor ich nach Hause komme. Jemand auf dem Herrenklo könnte sonst dieses rote Teil sehen und einen falschen Eindruck bekommen.«

»Oder den richtigen.«

»Du bist echt was Besonderes, Lady«, dröhnte Max. »Ich werde dich anrufen. Und ich habe eine Menge Freunde. Ich hoffe, du bist noch nicht ausgebucht.«

»Ich werde mir Zeit nehmen. Jeder Freund von dir wird auch mein Freund sein.«

Als Max ging, bemerkte Carla, dass er nur ein wenig anders lief und das Gefühl der zarten roten Seide unter dem Stoff seiner Hose genoss.

Ungefähr eine Woche später bekam Carla eine Nachricht per Post. »Max hat mir von dir erzählt. Der Klempner kommt am Donnerstagabend, dem 27., um sechs Uhr zu dir nach Hause«, las sie. Die Nachricht war unterschrieben mit »Gene«. In dem Umschlag befanden sich außerdem noch fünfhundert Dollar in bar. Später erhielt Carla einen Telefonanruf von Max. Er erklärte ihr, dass ein Freund namens Gene ihr bald einen Brief schicken würde.

An besagtem Abend war Carla um sechs Uhr in Ronnies Haus. Sie trug eine enge weiße Jeans und ein pflaumenfarbenes Polohemd, das keinen Zweifel daran ließ, dass sie keinen BH trug. Als es an der Tür klingelte, öffnete sie und erblickte einen muskulösen, wenn auch leicht übergewichtigen Mann mittlerer Größe. Er hatte einen verschmutzten Blaumann an und hielt eine Werkzeugkiste in der Hand. »Ich bin Gene«, stellte er sich vor, »und ich bin hier, um den Wasserhahn in der Küche zu reparieren. Max hat gemeint, dass mit Ihren Rohren und Leitungen sonst alles in Ordnung ist.«

Carla musste sich ein Lachen verbeißen. »Meinen Rohren und Leitungen geht es gut«, entgegnete sie. »Aber in der letzten Zeit macht die Küchenspüle echte Schwierigkeiten.«

»Dann will ich mal schauen.« Gene folgte ihr in die Küche und begann, den Wasserhahn abzumontieren, während sie zusah. »Okay, Lady«, sagte er. »Ich könnte Hilfe gebrauchen.«

»Was kann ich tun?«

»Einiges, könnte ich mir vorstellen«, erwiderte er grinsend. Er hatte den Wasserhahn abgebaut und eine große Wasserpumpenzange an einer Leitung im hinteren Teil der Spüle befestigt. »Jetzt müssten Sie allerdings erst mal diese Zange festhalten.«

Carla packte die Zange.

»Und jetzt – kräftig ziehen«, sagte er. »Und gut festhalten. Wenn Sie loslassen, gibt es hier eine Riesenüberschwemmung.«

Da sie keine Ahnung von Klempnerei hatte, wusste Carla nicht, was dieser Mann getan hatte. Also hielt sie die Zange mit beiden Händen umklammert. »Nicht loslassen«, warnte er sie noch einmal. Als er aufstand, strich er über Carlas Brüste, die sich, weil sie nach vorn übergebeugt vor der Spüle stand, gegen den Stoff ihres Shirts drängten. »Nette Melonen, Lady«, knurrte er und drückte eine ihrer Brüste.

»Hey«, erwiderte sie. »Lassen Sie das.«

Sie wollte sich aufrichten, doch er rief: »Wenn Sie die

Zange loslassen, haben wir hier eine Fontäne in der Küche, gegen die *Old Faithful* wie ein lächerlicher Sprinkler wirkt.«

»Scheiße«, murmelte Carla. Sie konnte nicht einschätzen, was nun zur Fantasie gehörte und wie viel der Realität entsprach. Da sie jedoch in Ronnies Küche kein Risiko eingehen wollte, hielt sie die Zange fest.

»Ich bin froh, dass Sie es verstanden haben«, brummte Gene. Er massierte ihre Brüste, fühlte ihr Gewicht mit seinen Händen. »Schöne, große Titten«, bemerkte er und nickte. »Mehr als eine gute Handvoll. Ich liebe Titten, die mehr als eine Handvoll sind.«

»Würden Sie bitte aufhören«, zischte Carla.

Gene wich zurück. Hinter sich hörte Carla, wie in der Werkzeugkiste gekramt wurde. »Da hätten wir es«, sagte Gene, der Klempner. Carla hörte ein lautes, schnippendes Geräusch. Plötzlich spürte sie, dass ihr Polohemd am Rücken und an den Schultern aufgeschnitten worden war. Mit einem letzten Ruck war sie von der Taille aufwärts nackt. »Das ist besser«, murmelte Gene.

»Jetzt mal einen Moment«, begann Carla, aber Gene brachte sie mit einem heftigen Kniff in eine ihrer aufgerichteten Brustspitzen zum Schweigen. »Aua.«

»Seien Sie ein braves Mädchen«, sagte Gene. »Und lassen Sie die Zange nicht los.« Er beugte sich vor und knabberte an ihrem Ohrläppchen. »Wenn du ›Onkel‹ sagst, höre ich sofort auf. Verstanden?«, flüsterte er. Carla nickte.

Mit beiden Händen hielt Carla die Zange fest und versuchte gleichzeitig, sich aus den Händen des Klempners zu winden, doch sie hatte kaum Platz, um ihm auszuweichen. Er presste seinen Körper an ihren Rücken. Seine rauhen Hände umschlossen ihre schweren Brüste und drückten sie gegen ihre Rippen. Während er sie festhielt, stieß er mit seinem Unterleib gegen ihren Po und drängte etwas an sie, das sich wie der größte Schwanz anfühlte, den sie je gespürt hatte.

»Das kommt später«, sagte er. Sie spürte sein Lachen warm und feucht an ihrem Ohr. Wieder zog er sich zurück und suchte etwas in seiner Werkzeugkiste.

Mit einem Mal legte Gene eine schwere, kalte Kette um ihre Schultern und schlang sie um ihre Rippen und unter ihren Brüsten entlang. »Das ist kalt!«, schrie sie auf, als er die Kette auf dem Rücken zusammenband.

»Und das hier ist warm«, entgegnete er, beugte sich über die Spüle und nahm einen ihrer Nippel in den Mund.

Der Gegensatz zwischen seinem heißen Mund und der kalten Kette war verführerisch. Sie fing an, sich zu entspannen und lockerte ihren Griff. »Lassen Sie das nicht los«, warnte er. »Das ist mein Ernst. Wir ertrinken sonst.«

»Scheiße«, zischte sie wieder.

Gene zog an einem Nippel, während er an dem anderen saugte. Dann wechselte er die Seiten und ersetzte seine Hand durch seinen Mund. Er war grob, und sein Mund und seine Hände waren schmerzhaft, aber zugleich auch erregend und beruhigend. »Tue ich Ihnen weh?«, fragte er und kniff heftig in ihre linke Brust.

»Aua! Ja, Sie tun mir weh!« Carla senkte den Blick und sah eine rote Strieme. Sie wusste, dass sie jederzeit »Onkel« sagen konnte, doch im Augenblick hatte sie nicht das Bedürfnis dazu. Ganz im Gegenteil. Sie fühlte sich wundervoll.

»Gut«, sagte Gene, machte ihre Jeans auf und zog sie herunter. Automatisch hob Carla ihre bloßen Füße an, damit er die Hose ganz ausziehen konnte. Nun trug sie nur noch ihr Höschen und die Kette. Gene ließ seine Hand über ihren

Bauch und in ihr Höschen gleiten. »Sie sind geil auf mich«, knurrte er, und seine Finger zupften an ihren feuchten Löckchen. Carla konnte nicht bestreiten, was so offensichtlich zu spüren war. »Ich habe genau das richtige Werkzeug dafür – und es ist nicht das, was Sie jetzt denken.«

Er nahm etwas aus seiner Werkzeugkiste, und Carla spürte etwas Schlankes, Zylinderförmiges, Kaltes, das in die enge Spalte zwischen ihren Schenkeln geschoben wurde. »Das richtige Werkzeug für jeden Job«, murmelte Gene. Er stieß den Dildo tief in Carlas Muschi. Hinein und wieder hinaus fickte er sie mit dem Dildo, ließ das schlanke Gerät in ihrer Muschi kreisen, so dass es jeden Zentimeter von ihr berührte und erfüllte.

Mit weichen Knien musste Carla sich daran erinnern, dass sie die Zange nicht loslassen durfte. »Halten Sie die Zange fest, Lady. Halten Sie sie.« Er zog ihr Höschen wieder hoch, um den Dildo damit in ihrer Muschi zu fixieren, während er sich auszog. Da sie die Wasserpumpenzange nicht loslassen konnte, wich Carla so weit es ging zurück und bog ihren Rücken durch.

Sie machte sich Gedanken darüber, wie sie auf einem Kondom bestehen sollte, ohne die Fantasie zu ruinieren. Doch als hätte er ihre Gedanken erraten, hörte sie das verräterische Geräusch einer Kondomverpackung, die aufgerissen wurde. »Machen Sie sich keine Sorgen. Ich treffe bei jedem Job die nötigen Sicherheitsvorkehrungen.«

Gene hielt seinen großen, harten Schwanz in der einen Hand und zog mit der anderen den Schritt von Carlas Höschen zur Seite. Ohne Vorwarnung entfernte er den Dildo und zwang stattdessen seinen Schaft in Carlas nasse Muschi. Er war riesig und dehnte Carlas Muschi fast so weit, dass es weh tat. Aber nur fast. Das Gefühl, so ganz und gar ausgefüllt zu sein, brachte Carla schnell zum Höhepunkt. Mit einem lauten Aufschrei kam sie, und kurz darauf ergoss sich auch Gene in sie.

Als seine Atmung sich wieder einigermaßen normalisiert hatte, nahm Gene Carla die Zange aus der Hand und löste sie von der Leitung. Kein Wasser spritzte heraus. Carla ließ sich auf einen Küchenstuhl sinken und beobachtete Gene, der geschickt den Wasserhahn wieder einbaute.

»Nette Armaturen«, brummte Gene, packte seine Zange in die Werkzeugkiste und musterte ungeniert Carlas Körper. »Sehr nette Armaturen.«

»Und die Werkzeuge, die Sie benutzt haben, waren für den Job genau richtig«, entgegnete Carla, noch immer atemlos.

»Ich komme wieder, falls es noch einmal Probleme geben sollte.«

»Jederzeit«, erwiderte Carla. Gene zog den Reißverschluss an der Vorderseite seines Blaumanns hoch, ergriff seine Werkzeugkiste und verschwand.

7. Kapitel

In den nächsten Monaten entwickelten Carla und Ronnie eine gewisse Routine. Carla wollte nicht öfter von ihren Söhnen getrennt sein, als unbedingt nötig, also begrenzte sie ihre Treffen in der Stadt auf dienstag- und donnerstagabends. Hinzu kamen die gelegentlichen Begegnungen am Tag, die sie nicht davon abhielten, zu Hause zu sein, wenn die Jungs aus der Schule kamen. Ronnie nutzte das Sandsteinhaus an den anderen Abenden und manchmal am Wochenende. Jeden Montag trafen Ronnie und Carla sich zum Mittagessen, tauschten Geschichten aus und vertieften ihre Freundschaft.

Bis Thanksgiving hatte Carla bereits einen Kundenstamm, der aus ungefähr einem Dutzend Männern bestand, die regelmäßig in ihrem Album stöberten und ihre Fantasien mit ihr auslebten. Ein besonderer Lieblingsgast wurde ihr erster Kunde Bryce McAndrews, der häufig in dem Sandsteingebäude an der 54th Street zu Besuch war. Wenigstens zweimal im Monat kamen er und Carla zusammen, aßen in einem Viersternerestaurant und besuchten dann zum Beispiel eine Show am Broadway oder ein Konzert im *Lincoln Center*. Einmal waren sie eine Stunde lang bei einem Konzert mit Werken von Benjamin Britten gewesen, das ihnen überhaupt nicht gefallen hatte. Nachdem sie übereingekommen waren, dass sie beide nichts für Musik des zwanzigsten Jahrhunderts übrighatten, waren sie in der ersten Pause gegangen. Die meisten Abende endeten in dem vertäfelten Spielzimmer, obwohl sie auch manchmal auseinandergingen, ohne miteinander geschlafen zu haben. Eines Nachmittags im Dezember rief Bryce an und erzählte Carla, dass er mit ihr einen besonders ausgeklügelten Wunsch ausleben wolle. Er traf alle Vorbereitungen für den nächsten Dienstag und bat sie, das Haus an besagtem Abend um halb acht zu verlassen, den Schlüssel neben dem Eingang zu verstecken und dann um Punkt acht Uhr zurückzukommen. Zur vereinbarten Zeit verschwand Carla, trank in einem kleinen Restaurant in der Second Avenue einen Kaffee und kehrte dann mit wachsender Aufregung zum Haus zurück. Bryce schien ihre Begierden mehr und mehr zu erfassen, und ihre Gelüste, ihre Vorstellungen harmonierten perfekt miteinander. Sie trat in den Flur und hörte seine vertraute Stimme. »Hier oben«, rief er aus dem zweiten Schlafzimmer.

Als Carla in den Raum kam, hatte die Atmosphäre sich vollkommen verändert. Bryce hatte das gedämpfte Licht durch helle 100-Watt-Birnen ausgetauscht und alle außergewöhnlichen Requisiten, die entfernt werden konnten, weggeräumt. Er trug einen weißen Kittel und hatte ein Stethoskop um den Hals. »Danke, dass Sie so pünktlich sind, Miss Barrett, und es tut mir leid, dass Sie sich in letzter Zeit nicht wohl gefühlt haben.«

Es dauerte einen kurzen Moment, bis sie in die Rolle geschlüpft war, und nur wenig länger, bis sie feucht war und zitterte. »Es war nicht einfach«, sagte Carla und versuchte, ihre wachsende Erregung zu unterdrücken.

»Das verstehe ich vollkommen.« Bryce reichte ihr einen hellblauen Untersuchungskittel aus Papier – genau wie der, den sie bei ihrem letzten Arzttermin getragen hatte. »Gehen Sie ins Badezimmer und ziehen Sie den hier an. Ich bin gleich für Sie da.«

Als sie ihm den Kittel abnahm, fiel Carla ein schmaler

gepolsterter Tisch auf, der mit einem breiten Streifen Papier abgedeckt und in einer Ecke des Zimmers aufgebaut war. Ihre Knie zitterten. Wusste er von ihrer Fantasie über »Doktorspiele«, oder war das seine eigene Fantasie? Eigentlich war es egal.

Im Badezimmer brauchte Carla nicht lange, um sich aus- und den Kittel anzuziehen. »Nur den Kittel«, ertönte Bryces Stimme durch die geschlossene Badezimmertür, »und die Öffnung bitte nach vorn. Ich muss Sie komplett untersuchen.«

Zaghaft kam sie aus dem Bad. Ihr fiel auf, dass es im Zimmer nach Desinfektionsmittel roch. »Das ist ein echter Untersuchungstisch«, sagte Carla.

»Natürlich«, entgegnete Bryce grinsend. »Das hier ist ja auch eine echte Arztpraxis. Und jetzt, Miss Barrett, legen Sie sich bitte hin.«

Sie streckte sich auf der Untersuchungsliege aus, und der Doktor schob ein Kissen unter ihren Kopf. »Ich hoffe, Sie liegen bequem. Sind Sie nervös?«

»Vielleicht ein bisschen«, erwiderte Carla. Kaum bedeckt durch den kratzigen Papierkittel fühlte sie sich ausgeliefert, obwohl Bryce sie schon unzählige Male nackt gesehen hatte.

Der Doktor nahm einen Bleistift und drückte die Spitze behutsam gegen ihren Oberarm. »Hier«, sagte er. »Das ist ein Mittel, damit Sie sich entspannen können. Jetzt erzählen Sie mir von Ihren Symptomen. Leiden Sie unter Appetitlosigkeit?«

»Nicht, dass ich wüsste. Leider.«

Bryce strich mit den Händen über ihre Seiten. »Es gibt nichts, worüber Sie sich aufregen müssen, Miss Barrett. Sie haben einen wundervollen Körper. Haben Sie Schlafstörungen?«

Eine Zeitlang ging es so hin und her, bis Bryce sagte: »Fühlen Sie sich etwas ruhiger? Ich hoffe es. Denn die Injektion, die ich Ihnen verabreicht habe, sollte Sie vollkommen entspannen. Ihre Arme sollten sich schwer anfühlen.«

Der Klang von Bryces Stimme floss durch Carlas Körper wie warmer Honig. Obwohl er ihr nicht wirklich eine Spritze gegeben hatte, schmolz sie geradezu auf dem Tisch dahin. »Meine Arme sind sehr schwer.«

»Und Ihre Beine auch. Tatsächlich wird es immer schwieriger, sich überhaupt noch zu bewegen. Es ist ein schönes, fließendes Gefühl, aber Sie wissen, dass Sie sich nicht rühren können. Schließen Sie die Augen.«

Carla gehorchte und tauchte immer tiefer und tiefer in das Szenario ein, das Bryce heraufbeschwor.

»Braves Mädchen«, sagte er. Er nahm einen Wattebausch und eine Flasche mit Alkohol in die Hand. Dann tränkte er die Watte und presste sie gegen Carlas Oberarm.

Die Kälte war überraschend, und der Geruch reichte aus, um Carla noch tiefer in die Szene zu führen. »Das ist kalt«, wimmerte sie.

»Ja«, knurrte Bryce, »das ist es. Und Sie wollen weg von der Kälte, aber Sie können nicht. Sie können sich überhaupt nicht mehr bewegen.« Er strich mit dem immer noch feuchten Wattebausch über die Innenseite von Carlas Schenkel. Sie wollte zurückzucken, aber sie fand nicht aus dem Nebel der Fantasie heraus. Oder sie wollte es gar nicht.

»Sie haben keine Angst, aber Sie können sich nicht bewegen. Die Medizin, die ich Ihnen gegeben habe, ist eine Mischung aus exotischen Drogen. Sie können sehen und hören und fühlen, aber Sie können sich nicht rühren, nicht sprechen, und Sie können dem, was ich mit Ihnen mache, nicht widerstehen. Zuerst Ihre Brüste.« Mit beinahe medizinischer Sachlichkeit presste und massierte er ihr Fleisch und zupfte an ihren Nippeln. »Die Titten werden hart«, sagte er. »Eine gute Reaktion auf die Stimulation.« Er benutzte eine Pinzette, um in eine ihrer aufgerichteten Brustspitzen zu kneifen. Carlas Körper zuckte. »Das hat bestimmt etwas weh getan. Ein Jammer, dass Sie sich nicht rühren können. Und Sie können sich nicht rühren, oder?« Er benutzte die Pinzette, um an ihrem gesamten Körper leicht an der Haut zu ziehen, und nickte, als sie reagierte. »Sehr gut.«

Carla starrte Bryce an, sagte jedoch nichts.

»Als Nächstes kommt der Temperaturtest.« Er griff hinter sich nach einem Glas mit Eiswürfeln. Während Carla ihm zusah, holte er einen der Würfel aus dem Glas und hielt ihn fest, bis das Schmelzwasser auf eine ihrer Brüste tropfte. Der Tropfen lief über ihre weiße Haut, und Bryce leckte ihn mit seiner Zungenspitze auf. Tropfen, lecken, tropfen, lecken – die Kälte des Eiswassers und die Hitze seiner Zunge wechselten sich ab. Carla gewöhnte sich an das Gefühl und schloss die Augen. Plötzlich wurde der Eiswürfel fest auf ihren linken Nippel gepresst. »Au«, schrie sie und wand sich.

»Versuchen Sie, sich nicht zu bewegen«, sagte Bryce. »Es ist unmöglich, die Wirkung der Spritze, die ich Ihnen gegeben habe, zu überwinden. Und es ist schädlich für Ihren Körper, wenn Sie sich dagegen wehren. Halten Sie einfach still, und ich beende den Temperaturtest.« Er warf den Würfel zurück ins Glas, leckte mit seiner Zunge über die aufgerichtete dunkelrosa Brustspitze und verharrte so, bis die Wärme wieder in ihre Haut strömte.

»Gut«, sagte er, als Carlas Körper sich entspannte. »Sie haben bei dem Test sehr gut abgeschnitten.« Er öffnete den unteren Teil ihres Kittels und strich mit den Fingerspitzen an der Innenseite ihres Schenkels hinauf, bis er ihre Möse erreichte. »So feucht.« Er lachte leise. »Diese Untersuchung macht Sie scharf. Das ist sehr interessant.«

Die Untersuchung machte sie scharf? Carla war durch die Untersuchung ganz sicher scharf geworden, aber es war demütigend zu wissen, dass Bryce zwischen ihre Beine fassen und feststellen konnte, *wie* erregt sie war.

»Mal sehen. Was macht Sie noch heiß?«, sagte er. »Ich weiß. Wörter machen Sie an. Lassen Sie uns einmal ausprobieren, welches Wort genau es ist.« Die Hand noch immer in den feuchten Löckchen zwischen Carlas Beinen, beugte Bryce sich vor und flüsterte ihr ins Ohr. »Wie wäre es, wenn ich Ihnen sagen würde, dass die Härchen an Ihrer Muschi so weich sind? – Ja. Ihr Saft fließt, also müssen diese Wörter funktionieren.« Er verrieb die Feuchte und strich über ihre Klitoris. »Wie wäre es, wenn ich sage: ›Ihre Titten sind aufgerichtet und sehnen sich nach meinem Mund.‹?« Er saugte an ihren harten Nippeln und streichelte dabei weiter ihre Muschi. »Wie wäre es, wenn ich Ihnen sagen würde, dass meine Eier schwer sind und mein Schwanz hart und darauf wartet, in Ihre Muschi zu gleiten? Gleich werde ich die Spitze meines Schwanzes in die Öffnung Ihrer gierigen Spalte schieben und dann ganz langsam eindringen.«

Carla war verloren in einem sinnlichen Nebel. Sie hatte die Augen geschlossen und gab sich Bryce hin, hörte seine Stimme und spürte seine Finger zwischen ihren Beinen. Tief in ihrem Bauch fühlte sie ein Zittern, und sie wusste, dass seine Berührungen sie zum Höhepunkt bringen würden.

»Sie stehen kurz davor zu kommen«, stellte Bryce fest. »Aber ich möchte nicht, dass Sie jetzt schon kommen.« Er hielt inne und nahm sich einen Eiswürfel. »Wir sollten Sie ein bisschen abkühlen.« Er fuhr mit dem eisigen Würfel über Carlas Schamlippen.

»O Gott, aufhören«, keuchte Carla und vergaß, dass sie eigentlich nicht sprechen konnte.

»Du kennst das Wort, wenn ich wirklich aufhören soll«, flüsterte Bryce und entfernte den Eiswürfel.

»Ja, das Wort kenne ich, Bryce«, erwiderte Carla, als die Wärme wieder in ihre ausgekühlten Schamlippen drang. »Doktor, bitte, hören Sie auf.«

»Es hat keinen Zweck, mich zu bitten aufzuhören«, fuhr er fort. »Der Doktor muss diesen Sextest machen. Er ist rein wissenschaftlich.«

Er macht mich verrückt, dachte Carla. »Bitte, aufhören.« Doch sie wollte mehr. So viel mehr – alles, was Bryce ihr geben wollte.

Bryce strich mit dem Eiswürfel behutsam über Carlas Kitzler und beobachtete, wie ihre Erregung nachließ. »Braves Mädchen«, murmelte er. »Ihre Reaktion auf diesen Test ist exzellent.« Unvermittelt steckte er den Eiswürfel in Carlas Muschi und schob zwei Finger hinterher. »Sie fühlen sich heiß und kalt zugleich an. Die Empfindungen müssen Sie fast um den Verstand bringen.«

Carla stöhnte auf. Das kalte Wasser des schmelzenden Eiswürfels tropfte über Bryces Finger und rann aus ihrer Möse über ihren Po.

»Vielleicht sind Sie nun heiß genug für den letzten Test«, sagte Bryce.

Der letzte Test?

Zwei Finger tief in Carlas Muschi erkundete Bryce mit seiner anderen Hand ihren Anus. Während er sie mit beiden Händen reizte, beugte er sich vor und leckte mit der Zunge über ihre Klitoris. Funken sprühten an allen Stellen, die er berührte. Heiß und pulsierend kam Carla mit einem lauten Schrei. Jeder Muskel ihres Körpers war angespannt.

»Dein Körper hält meine Finger gefangen«, sagte Bryce, das Gesicht noch immer in ihren Löckchen vergraben. »Komm, Baby«, schnurrte er, und sein heißer Atem entfachte das Feuer in ihrer Muschi erneut. »Komm weiter.« Er zog seine Finger aus ihrer Möse, ging um die Liege herum und öffnete schnell seinen Kittel. Darunter trug er nichts, und er war offensichtlich sehr erregt.

Als er am Ende des Tisches stand, war sein heißer, harter Schwanz auf der Höhe von Carlas Muschi. Er streifte sich ein Kondom über und zog Carla zu sich heran. Dann spreizte er ihre Beine, so dass ihre nasse Muschi gegen die Spitze seines harten Schwanzes drückte.

Ihre Säfte vermischten sich noch immer mit dem Schmelzwasser des Eiswürfels. »Nicht zu schnell«, ermahnte er sich selbst und biss die Zähne zusammen, um nicht fest und tief in sie zu stoßen. »Geh es langsam an.« Sein Körper zitterte, und er schwitzte, als er um Beherrschung kämpfte. Er rieb mit seinem Schaft über Carlas erhitztes Fleisch und drang dann nur mit der Spitze in sie.

Sie war erregter als je zuvor, aber dennoch konnte sie, weil sie schon einmal gekommen war, Bryces Handlungen bewusst miterleben und genießen. Sie konnte sich zusammennehmen, damit sie nicht sofort kam, um sich dann jedoch jederzeit dem Rausch hingeben zu können. Stück für Stück öffnete er sie mit seinem harten Schaft und füllte sie langsam aus. Ab und zu spannte sie ihre inneren Muskeln an und lächelte, wenn Bryce erschauerte.

Als er vollkommen in ihr war, stand Bryce einen Moment lang einfach regungslos da und kostete das Gefühl aus, in einer pulsierenden Muschi zu sein, während die Spitze seines Schwanzes von den Resten des Eiswürfels gekühlt wurde. Plötzlich schlang Carla ihre Beine um Bryces Taille, zog ihn noch näher an ihre Muschi und seinen harten Schwanz noch tiefer in sich hinein. Er konnte sich nicht länger zurückhalten. Keuchend spannte er die Pomuskeln an und stieß mit aller Macht in ihre feuchte Hitze.

»O ja«, schrie er, als sein Sperma sich heiß in sie ergoss. »Oh, Carla, ja!« Er sackte über ihr zusammen. Sein Oberkörper lag auf ihr, und sie beide atmeten schwer und zitterten. Sie erschauerte, während ihre Muskeln sich noch immer rhythmisch um ihn schlossen.

Erst Minuten später beruhigten sie sich. »Oh, Herr Doktor«, sagte Carla mit einem Lächeln. »Ihre Tests sind echt lehrreich.«

»Sicher«, erwiderte Bryce grinsend. »Wir versuchen, so lehrreich wie möglich zu sein.« Sie lagen gemeinsam auf der Liege, bis Carlas Bein einschlief. Behutsam bewegte sie sich, und Bryces erschlaffter Penis glitt aus ihrem Körper.

Bryce stand auf. »Okay, wer als Letzter in der Dusche ist, muss den anderen einseifen. Überall.«

Unter der Dusche liebten sie sich noch einmal. Dampfendes Wasser lief über ihre seifigen Körper, während Bryce von hinten in Carlas Möse stieß.

Als er angezogen war, sagte Carla: »Du hast keine Ahnung, wie sehr ich die Abende mit dir genieße.« Sie streckte sich auf dem Bett aus und beobachtete, wie er ihren nackten Körper betrachtete.

»Ich auch«, entgegnete Bryce und küsste ihre Nasenspitze.

Wie immer, wenn sie mit Bryce zusammen war, hatte Carla ihre Eltern gebeten, auf die Jungs aufzupassen, damit sie in der Stadt übernachten konnte. »Du könntest heute Nacht auch hierbleiben«, schlug Carla zögerlich vor. Obwohl Bryce sie für ihre gemeinsamen Stunden noch immer bezahlte, waren sie ein Paar, und manchmal wollte sie die Nacht mit ihm verbringen. Doch hier zusammen zu übernachten, fühlte sich irgendwie falsch an. Zu behaglich. Zu verheiratet.

»Nein danke. Uns beiden gefällt es doch so, wie es ist.« Er zählte fünfhundert Dollar ab und legte sie auf den Tisch. »Keine Verpflichtungen.«

Carla lächelte. »Richtig«, erwiderte sie und tätschelte liebevoll seinen Hintern. »Lass mich wissen, wenn du wieder Lust auf ein Treffen hast.«

»Das werde ich«, entgegnete Bryce und ging zur Schlafzimmertür. »Ich rufe dich demnächst an.«

Die *Village Tavern* in Greenwich Village, die liebevoll als die »Fett-Fabrik« bezeichnet wurde, war kein Restaurant, in das Carla für gewöhnlich ging. Das Lokal hatte riesige Hamburger, gigantische Steaks und fünfundvierzig verschiedene Biersorten im Angebot und bot Desserts an, die mit echter geschlagener Sahne bedeckt waren. Stammkunden scherzten, dass jeden Abend ein Krankenwagen bereitstand, falls ein Gast einen Herzinfarkt erlitt.

Die beiden Männer, die an einem Tisch im hinteren Teil der *Village Tavern* saßen, entsprachen ebenfalls nicht dem Bild von Carlas durchschnittlichem Kunden. Als sie sie musterte, fiel ihr auf, dass die beiden Männer sich – abgesehen von der randlosen Brille, die einer der beiden trug – so ähnlich sahen, wie zwei Männer, die nicht miteinander verwandt waren, sich nur ähnlich sehen konnten. Beide waren durchschnittlich groß, hatten rötliche Gesichter und vom Wetter gegerbte Haut. Und beide sahen aus wie Anfang oder Mitte dreißig, mit muskulösen Armen und Oberkörpern. Sie hatten die Köpfe zusammengesteckt und unterhielten sich angeregt.

Als Carla näher kam, sagte der dunklere von beiden gerade etwas Witziges und beide brachen in Lachen aus. »Welcher von euch ist Dean und welcher ist Nicky?«, fragte Carla und ließ sich auf einen freien Stuhl fallen.

Die Männer starrten Carla an und starrten und starrten. Carla lächelte entspannt und genoss die Bewunderung für ihre schlichte weiße Hemdbluse, die Westernweste und die enganliegende Jeans. Dazu trug sie eine mehrreihige bunte Kette und passende Ohrringe und hatte nur wenig Makeup aufgelegt. Die Männer schwiegen eine ganze Weile und begannen dann gleichzeitig zu sprechen.

»Er ist Dean.«

»Ich bin Dean.« Sie lachten. Das warmherzige Lachen erinnerte Carla daran, wie schön es sich anfühlen musste, einander so nah zu sein. »Timmy hat nicht zu viel versprochen, als er erzählte, was für eine super Frau du bist«, sagte Dean. »Bevor du angekommen bist, haben Nicky und ich darüber nachgedacht, ob das Ganze vielleicht doch eine dumme Idee war. Aber jetzt glaube ich, dass wir genau das Richtige getan haben.«

»Tim hat gesagt, dass ihr beide in letzter Zeit Glück gehabt habt«, sagte Carla. Tim Sorenson hatte Carla angerufen und ihr mitgeteilt, dass Dean Gerard und sein Freund Nicky Romano sie für einen Abend engagieren wollten. Abgesehen davon, dass er sich für Dean verbürgt und den Termin vereinbart hatte, war Tim nicht sehr gesprächig gewesen.

»Wir haben fünfzehntausend Dollar im Lotto gewonnen. Siebentausendfünfhundert für jeden.«

»Ich habe noch nie jemanden getroffen, der im Lotto gewonnen hat«, entgegnete Carla. »Herzlichen Glückwunsch.«

»Danke«, erwiderte Nicky. Der Kellner kam an ihren

Tisch, und Dean schlug ein deutsches Bier vor, von dem Carla noch nie etwas gehört hatte. Als Carla nickte, hielt Dean drei Finger hoch und der Kellner verschwand.

»Erzählt mir ein bisschen von euch«, sagte Carla und merkte, dass sie die beiden eher wie ein Paar und nicht wie zwei Einzelpersonen behandelte.

Dean übernahm das Reden. »Wir arbeiten beide für die Städtische Müllentsorgung. Manchmal sind wir für die Mülltonnen zuständig und manchmal fährt einer von uns einen Müllwagen. Im Winter räumen wir Schnee oder fahren mit dem Schneepflug.« Kein Wunder, dass sie so durchtrainierte Arme haben, dachte Carla. »Wir machen den Job seit fast fünfzehn Jahren, und wir haben uns an unserem ersten Tag kennengelernt. Nicky und ich sind ein Team.«

»Seid ihr verheiratet?«

»Dean ist verheiratet. Ich nicht«, antwortete Nicky. »Nicht mehr.«

»Und woher kennt ihr Tim?«, wollte Carla wissen. »Er hat mir fast nichts verraten, als er anrief.«

Dean atmete tief durch und schob seine Brille die Nase hinauf. »Ich kenne Tim seit vielen Jahren. Wir haben uns in einem Anfängerkurs für Fotografie kennengelernt und sind seitdem in Kontakt geblieben.« Dean blickte Carla an. »Ich weiß, dass ich nicht gerade wie ein Fotograf aussehe, aber ich fotografiere schon seit meiner Kindheit.«

Der Kellner stellte drei Bierflaschen auf den schlichten Holztisch vor ihnen und erklärte ihnen die Tageskarte.

»Ich nehme die Lammkoteletts, halb durch, Pommes frites und einen Salat mit Roquefort-Dressing«, sagte Carla. *Wenn schon …*

»Eine Frau nach meinem Geschmack«, entgegnete Nicky. »Das nehme ich auch.«

»Und ich auch«, erklärte Dean. Der Kellner verschwand. »Das ist alles etwas seltsam für uns, Carla. Also komme ich gleich zum Punkt und erläutere dir, was mir so vorschwebt. Timmy hat mir erzählt, dass du ein Callgirl bist.«

»Das klingt nicht so nett, Dean«, meldete Nicky sich zu Wort. Er wandte sich Carla zu. »Tut mir leid, Carla. Das ist ein bisschen unangenehm.«

»Ist schon in Ordnung«, erwiderte Carla. »Ich habe gern Sex, erfülle gern die Fantasien von Männern und ich nehme Geld dafür. Also bin ich ein Callgirl.«

»Fantasien«, sagte Dean. »Davon hat Timmy gesprochen. Und ich habe schon seit ich denken kann eine bestimmte Fantasie. Ich will Regie bei einem Film führen.«

»Bei einem Film?«, wiederholte Carla.

»Bei einem Film. Nur ein Kurzfilm. Nicky ist der männliche Hauptdarsteller, und wir wollen, dass du die weibliche Hauptrolle übernimmst.«

Carla hatte einen Augenblick, um den Vorschlag zu überdenken, denn der Kellner brachte die gigantischsten Koteletts, die sie je gesehen hatte. Als er wieder gegangen war, nahm Carla einen Bissen. »Fabelhaft. Erzählt mir mehr von diesem Film.«

»Ich sehe mir gern Pornos an, und ich wollte schon immer meinen eigenen drehen«, sagte Dean. »Ich will einen Porno machen, der besser ist, als der Müll, den man so kaufen kann.«

»Versteh uns nicht falsch, Carla«, warf Nicky ein. »Wir wollen den Film nicht verkaufen oder so. Wir wollen ihn nur drehen und ihn dann selbst anschauen.«

»Ich habe noch nie in einem Film mitgespielt«, entgegnete Carla. »Das könnte lustig werden. Aber ich will nicht irgendwann ins Kino um die Ecke gehen und meinen

Namen in Leuchtbuchstaben lesen oder meinen nackten Körper auf der Leinwand sehen.«

»Selbstverständlich nicht. Das haben wir auch nicht vor«, erwiderte Dean. »Hey, Nicky, kannst du dir vorstellen, dass die Jungs, die wir kennen, dich nackt sehen?«

Nicky wirkte mit einem Mal unsicher, doch Carla fand immer mehr Gefallen an der Idee. »Wenn Tim sagt, dass ich euch vertrauen kann, bin ich damit einverstanden.«

»Das ist fantastisch.« Den Rest des Essens verbrachten sie damit, über die eher nebensächliche Handlung des Films zu sprechen.

Als die drei ihre riesigen Stücke Apfelkuchen mit hausgemachter Vanilleeiscreme aufgegessen hatten, griff Dean in seine Tasche und holte einen Umschlag hervor. »Für deine Zeit«, erklärte er. »Ich hoffe, es stimmt so. Timmy hat uns von deinem üblichen Honorar erzählt, aber wir sind zu zweit und … na ja …«

Carla ließ den Umschlag in ihrer Tasche verschwinden, ohne hineingesehen zu haben. »Ich bin mir sicher, dass es stimmt. Und wohin gehen wir jetzt?«

»Ich habe eine Suite in einem Hotel gebucht«, entgegnete Dean. »Nicky kennt den Weg. Ich habe schon die Beleuchtung und ein paar super Digicams aufgestellt, die ich gemietet habe, aber ich will die Ausrüstung noch einmal prüfen und mich bereitmachen.« Er warf einen Blick auf die Rechnung und legte einige Dollarscheine auf den Tisch. »Ihr zwei wartet ein paar Minuten und kommt dann hinterher. Kommt zusammen ins Zimmer, und dann sehen wir weiter.«

Nicky hob zu einem spielerischen Salut die Hand an die Stirn. »Alles klar, Boss, Herr Regisseur, Sir.« Damit ging Dean, und Nicky wandte sich Carla zu. »Ich hoffe, es funktioniert.«

Carla und Nicky unterhielten sich zehn Minuten lang und fuhren dann zu der Suite im *Gramercy Park*, einem älteren Hotel aus den zwanziger Jahren. »Du weißt schon, was wir tun, oder?«, sagte Nicky, als sie die Tür zur Suite erreichten.

»Ich nehme an, ja«, erwiderte Carla. »Es ist alles ein bisschen vage.«

»Wir improvisieren einfach.« Nicky klopfte an, schob dann einen Schlüssel ins Schloss und öffnete die Tür. Carla trat ein und sah die Kamera, die jede ihrer Bewegungen aufzeichnete. Sie drehte sich zu Nicky um, der an der Tür wartete. »Ich hatte einen wundervollen Abend«, sagte sie und versetzte sich in die Rolle, die sie spielen sollte. »Ich hatte viel Spaß.«

»Ich auch«, erwiderte Nicky. Sie sollten so tun, als würden sie von ihrem ersten Date kommen. »Kann ich noch auf einen Schlummertrunk mitkommen?«

»Ich bin ziemlich müde«, entgegnete Carla.

»Es dauert auch nicht lange. Ich will nur nicht, dass der Abend einfach so endet.«

Carla und Nicky gingen in den Wohnbereich der Suite, die Dean gemietet hatte. Er war in Creme und Gold gehalten, mit Akzenten von Blau und Grau. Die schweren elfenbeinfarbenen Vorhänge waren zugezogen, und alle Lichter brannten. Zusätzlich waren noch zwei helle Scheinwerfer auf das Sofa gerichtet.

Nicky schloss die Tür und lehnte sich dagegen. »Du weißt, dass ich dich will«, sagte er. »Dein wundervoller Körper macht mich schon den ganzen Abend verrückt.«

Carla sollte eine Frau spielen, die zögerlich war, sich schließlich aber doch überreden ließ. »Aber wir kennen uns doch kaum«, wandte sie ein.

»Glaubst du an Liebe auf den ersten Blick?«

Carla lachte. »Ich glaube an Lust auf den ersten Blick.«

»Oh, Süße«, sagte Nicky. »Ich will mit dir schlafen.«

»Cut«, rief Dean. »Das war großartig. Gehen wir zum Sofa. Also, Nicky. Nehmen wir an, dass du und Carla herumgemacht habt. Küss sie richtig. Und dann zeig mir, wie du sie dazu bringst, sich auszuziehen, und wie du anfängst, sie zu berühren.«

»Das ist echt seltsam«, entgegnete Nicky.

»Es macht aber Spaß«, sagte Carla. »Ich beuge mich gern Regieanweisungen und bekomme gern gesagt, was ich zu tun habe.«

Sie setzte sich auf die elfenbeinfarbene Couch, zerzauste sich das Haar und streckte die Arme aus. »Komm her und überrede mich.«

Nicky sah zu Dean, zuckte die Schultern und setzte sich neben Carla. Er küsste sie zögerlich, strich mit den Lippen über ihren Mund. Vorsichtig schob er ihr die Haare aus dem Gesicht und küsste ihre Stirn. »Hey, Nicky«, knurrte Dean. »Das Filmmaterial ist nicht endlos. Lass uns mal zur Sache kommen.«

»Ich fühle mich dabei echt unwohl«, flüsterte Nicky mit den Lippen an ihrer Wange.

»Ich weiß«, erwiderte Carla genauso leise. »Es kann seltsam sein, so funktionieren zu müssen.«

»Okay«, sagte Dean. »Cut. Wenn ihr flüstert, kann ich euch nicht hören. – Also, ich muss mal pinkeln. Ihr zwei überlegt euch, wie die Show weitergehen soll, und ich bin gleich wieder da.«

Als sie allein waren, sagte Nicky: »Es kam mir wie eine super Idee vor, als Dean mir davon erzählt hat. Aber jetzt habe ich Angst, dass ich keinen … du weißt schon. Die Typen in den Pornos sind immer so gut bestückt und scheinen ihn immer hochzukriegen …«

»Keine Sorge, das wird schon gutgehen.«

»Oh, es liegt nicht an dir. Ich fürchte einfach nur, dass ich nicht auf Befehl kann.«

Carla machte den obersten Knopf ihrer Bluse auf, nahm Nickys Hand und strich damit leicht über ihre Brust. »Ich werde nicht zulassen, dass du dich blamierst. Ich verspreche es.«

Nicky fuhr mit der Hand über Carlas aufgerichtete Nippel. »Du bist sehr sexy.«

»Hey, ich habe eine Idee«, erklärte Carla und setzte sich auf. »Dean soll uns genau sagen, was er will. Schritt für Schritt. Wir tun nur das, was er uns sagt. Das klingt für mich sehr sexy. Und wir stehen nicht unter Druck.«

Nicky atmete zitternd ein. »Du meinst, dass er das Sagen hat?« Er überlegte einen Augenblick lang. »Das klingt wirklich verdammt sexy.«

Dean war zurückgekehrt und hatte Nickys letzten Satz mitbekommen. »Ihr wollt, dass ich euch sage, was ihr tun sollt?«

»Genau«, entgegnete Carla. »Es ist schwierig, so zu tun, als wäre man Teil einer Geschichte, und gleichzeitig scharf zu werden.«

»Mhm. Ich soll also tatsächlich der Regisseur sein. Klingt verrückt. Auf der Tonspur wird zu hören sein, was ich sage.« Er dachte einen Moment lang darüber nach. »Euch zu sagen, dass ihr lecken und ficken sollt … klingt heiß.«

»Nicht ›ficken‹«, korrigierte Carla ihn. »Miteinander schlafen. Berühren, streicheln, küssen – du erklärst uns jeden Schritt. Und vergiss nicht: Wenn wir nicht geil werden und bereit sind zu ficken, wenn du es sagst, hat dein Film kein Ende – und das ist nicht unsere Schuld.«

»Ich liebe Herausforderungen«, sagte Dean. »Ist das okay für dich, Nicky?«

»Solange du dir bewusst bist, dass es *deine* Schuld ist, wenn ich keinen hochbekomme, und nicht meine.«

»Gut. Das gefällt mir. Gehen wir ins Schlafzimmer.« Schnell brachte Dean die Scheinwerfer und die Digicam ins Schlafzimmer. »Leg dich aufs Bett, Carla«, sagte er. »Nicky, du legst dich neben sie.« Die beiden machten, was er wollte, und streckten sich auf der Tagesdecke aus Satin aus. »Nicky, küss Carla auf den Mund und streichele ihre Titten.«

Nicky beugte sich über Carla und sah ihr einen Moment lang in die Augen.

»Das macht mich echt scharf«, murmelte er und presste seine Lippen auf ihre. Er legte seine Hand auf ihre rechte Brust und streichelte sie. Dann wanderte er mit dem Mund zu ihrem Ohr.

»Genau, leck sie dort«, verlangte Dean, und Nicky tauchte seine Zungenspitze in ihr Ohr.

Während er sie leckte, summte er leise, und Carla konnte die Vibrationen in ihrem gesamten Körper spüren. Sie drehte sich, damit Nicky ihr Ohr leichter erreichen konnte. Seine Hand rieb über den Stoff ihrer Bluse.

»Mach die Bluse auf«, forderte Dean. Die letzten beiden Knöpfe wurden geöffnet, und Nicky schob seine Hand unter den Stoff. »Mach die Bluse auf, damit ich ihre Unterwäsche sehen kann. Ich liebe Aufnahmen von Brüsten in kleinen Büstenhaltern.« Carla war froh, dass sie einen Halbschalen-BH aus zartrosa Spitze trug. Die Männer würden etwas für ihr Geld bekommen und sogar noch mehr – sie würde ihnen alles geben, was sie zu bieten hatte.

Dean ging um das Bett herum und blickte durch den Sucher der Kamera. »Ja«, rief er aus. »Wunderschön. Du hast so tolle Nippel, dass ich sie durch den Stoff deines BHs hindurch sehen kann. Findest du nicht auch, Nicky?«

»Ganz sicher.« Durch den feinen Stoff streichelte er ihre Brüste.

»Saug an einem Nippel, damit er sich aufrichtet«, sagte Dean. Als Nicky zu saugen begann, ging Dean wieder um das Bett herum und kroch über die Matratze, um eine Nahaufnahme von Nickys Lippen auf Carlas aufgerichtetem Nippel zu machen. Irgendwann konnte er nicht länger widerstehen, legte die Kamera zur Seite und nahm Carlas andere Brustspitze in den Mund. Zwei Münder auf ihren Brüsten zu spüren war unglaublich erotisch.

Ein wenig zittrig kehrte Dean zu seiner Kamera zurück. »Nein, nein. Ich darf meine Objektivität nicht verlieren«, murmelte er. »Ich will das hier richtig gut machen, damit ich den Film wieder und wieder ansehen kann.« Er stellte sich ans Fußende des Bettes. »Carla, ich denke, du solltest Nicky das Hemd ausziehen. Ganz langsam. Küss seinen Oberkörper und spiel mit der Zunge, während du es tust.«

Sie öffnete Nickys Hemd und strich über die Haare auf seiner Brust. Dann küsste sie seine Brustwarzen, während sie das Karohemd von seinen Schultern streifte. »Und deines auch, Carla«, sagte Dean. Als Carla aus ihrer Bluse schlüpfte, seufzte Dean auf. »Großartige Titten. Scheiße, Nicky. Siehst du, wie die Brüste aus den winzigen Schalen des BHs quellen?« Carla hörte, wie Dean heranzoomte, um eine Großaufnahme von ihrer rechten Brust zu machen.

Plötzlich schaltete Dean die Kamera aus. »Mir ist gerade eingefallen, dass wir eine großartige Möglichkeit bisher ungenutzt gelassen haben«, sagte er. »Hat jemand hier schon einen Fernseher gesehen?«

Carla konnte ihn nicht entdecken. »Aber hier muss ein

Apparat stehen. Vielleicht ist er in der Schrankwand. Warum?«

Dean fand den Großbildfernseher und schloss ohne weitere Erklärungen einige Kabel von der Kamera an das Gerät an. »Jetzt schaut mal. Nicky, saug wieder an ihrem Nippel.« Als Dean die Kamera anstellte, erschien das Bild von Nickys Mund auf dem Fernsehschirm.

»O Gott«, stieß Carla hervor. »Das ist wild.«

»Genau. Ihr spielt in eurem eigenen Porno mit und könnt ihn gleichzeitig anschauen. Nicky, pack ihre Brüste an, so dass sie zusehen kann, wie deine Hände sie massieren.«

Carla fand es erstaunlich erregend, Nickys Hände auf ihrem Körper zu spüren und die Szene zeitgleich auf dem Bildschirm verfolgen zu können. »Gut, zieh den BH aus.« Nicky öffnete den Verschluss und ließ den BH auf den Boden fallen. Da, in voller Farbe, waren ihre Brüste und Nickys sonnengebräunte Hände, die auf ihnen lagen. »Saug an ihnen und beiß hinein. Leck sie, bis die Nippel hart und aufgerichtet sind.«

Nickys Mund bedeckte Carlas Brüste, und er saugte so lange an ihnen, bis sie beinahe schmerzhaft aufgerichtet waren. Carla blickte auf den Fernsehschirm, während Dean die Kamera in andere Positionen brachte, um Nickys Mund und Carlas Brüste aus unterschiedlichen Perspektiven zu filmen.

»Cut.« Carla lächelte, als sie spürte, dass Nicky nur ungern aufhörte.

»Zieh den Rest deiner Kleider aus, Carla«, wies Dean sie an, »damit ich ein paar Aufnahmen von deiner süßen Muschi machen kann.« Sie streifte ihre Jeans und ihr Höschen ab und streckte sich auf dem Bett aus. Nicky lag neben ihr.

»Und jetzt, Nicky, mach sie feucht.« Er wandte ihnen den Rücken zu, um die Kamera in Stellung zu bringen.

Nicky strich mit der Hand über die Innenseiten von Carlas Schenkeln und fuhr zaghaft über ihre Schamlippen. »Sie ist schon nass«, sagte er überrascht.

»Du machst mich geil«, flüsterte Carla. Sie griff nach unten und drückte die enorme Erektion, die sich unter dem Stoff seiner Jeans ungeduldig nach oben drängte. Sie zwinkerte. »Und du scheinst genauso geil zu sein.«

Dean machte die Kamera wieder an und nahm Carlas Brüste in den Fokus. »Drück ihre Beine auseinander, Nicky. Ich will deine Hand auf ihrer Muschi sehen.« Die Kamera fuhr langsam über ihre Rippen und ihren Bauch nach unten, bis ihre Möse den Bildschirm ausfüllte.

Carla wandte den Kopf und sah auf den Fernsehschirm. Sie hatte sich noch nie so gesehen – offen und erwartungsvoll, bereit, gefüllt zu werden. Nickys Hände spielten bedächtig mit ihrem Schamhaar. Ein lustvoller Schauer jagte durch ihr Innerstes. Sie beobachtete, wie Nickys Finger zu ihren geschwollenen Lippen glitten, und als er sie berührte, konnte sie es spüren *und* sehen. Es war die intensivste Empfindung, die sie je erlebt hatte.

Ohne dass Dean etwas sagen musste, zog Nicky seine Kleider aus, während die Kamera weiterlief. Sein Schwanz war hart und dick und ragte aus einem Kranz dunkler Löckchen zwischen seinen Beinen hervor. Carla lächelte. Eine Erektion zu bekommen war offensichtlich kein Thema mehr für ihn.

Sie streckte den Arm aus, umschloss den harten Schaft und zog daran, bis Nicky neben ihr auf dem Bett saß. Dann drehte sie sich um, so dass ihr Po in die Höhe ragte und ihr Gesicht in seinem Schoß lag.

»Ich werde dir jetzt einen Orgasmus verschaffen«, sagte sie leise. »Und du wirst dabei zusehen. Sieh dich an.«

Nicky starrte auf den Fernseher und beobachtete Carlas Mund, der seinen harten Penis umschloss. Er fühlte und sah eine wunderschöne Frau, die die Spitze seines Schwanzes küsste, dann die Lippen schürzte und ihn in ihren Mund nahm. Er schloss die Augen und genoss die Gefühle.

Als Nicky allmählich die Beherrschung verlor, legte Carla ihre Finger um die Wurzel seines Schaftes und drückte seinen Schwanz und seine Hoden, um ihn am Kommen zu hindern. Sie wollte, dass Dean ein paar erstklassige Aufnahmen machen konnte – Aufnahmen, auf die Nicky stolz sein konnte. Weiter und weiter steigerte Carla Nickys Lust. Ihr Kopf bewegte sich in seinem Schoß auf und ab, und sie saugte an seinem Schwanz, ohne Nicky jedoch zum Höhepunkt kommen zu lassen.

Schließlich blickte sie in die Kamera und sagte: »Jeder gute Porno endet damit, dass der Darsteller eindrucksvoll kommt, und Nicky wird der Star dieser finalen Einstellung sein.« Sie hauchte heißen Atem über die Spitze seines Schwanzes, während sie den Schaft in die eine Hand nahm und mit der anderen noch immer die Wurzel umschlossen hielt. »Willst du deinen eigenen Orgasmus sehen?«, fragte sie Nicky.

Dean schwenkte auf das Gesicht seines Freundes und sah zu, wie Nicky die Augen öffnete und auf den Bildschirm starrte. Die Kamera richtete sich wieder auf seinen harten Schwanz, der von Carlas Händen umschlossen war. »Sieh zu, Baby«, verlangte sie. »Beobachte deinen Schwanz, wenn du deinen wundervollen Saft auf meine Titten spritzt.« Sie leckte über den Schaft, der feucht glänzte. Sie bewegte ihre Hand nur noch ein wenig auf und ab. Und als das Sperma in seinen

Hoden zu brodeln begann, löste sie ihre Finger von der Wurzel seines Schwanzes und beugte sich etwas vor, damit sein Saft sich auf ihre Brüste ergießen konnte. Die Kamera filmte, wie das Sperma auf ihre großen Titten spritzte.

»Scheiße, Nicky«, knurrte Dean, während Nicky noch immer kam. »Ich wusste nicht, dass du so ein Hengst bist. Vielleicht sollten wir unseren Kumpels den Film doch zeigen.« Schließlich sank Nicky erschöpft aufs Bett.

Als Carla vollständig angezogen vom Duschen zurückkam, hatte Dean die Kameraausrüstung bereits in den Koffern verstaut und auch Nicky hatte sich angekleidet. »Wir wollen uns den Film ansehen«, sagte Dean. »Bleibst du noch?«

»Nein, ich denke nicht. Ich kenne das Ende ja schon.«

Während Dean sich am DVD-Player zu schaffen machte, brachte Nicky Carla zur Tür. »Danke«, sagte er. »Ich glaube nicht, dass Dean den Film für sich selbst behalten kann. Das wird mir bestimmt einen gewissen Ruf bei unseren Freunden einbringen. Ich hoffe, es stört dich nicht, wenn dein Gesicht etwas herumgezeigt wird.«

»Überhaupt nicht – solange es nur im Freundeskreis passiert. Schließlich sollte ein Hengst wie du ein bisschen angeben dürfen.«

Nicky beobachtete, wie Carla zum Aufzug ging. »Hey, Carla«, rief er. »Danke noch mal.«

Dennis Stanton war ein alter Freund von Ronnie, und sie hatten schon so manchen unterhaltsamen Abend miteinander verbracht. Heute Abend jedoch schwebte ihm etwas sehr Außergewöhnliches vor. Da die Abendunterhaltung nicht ganz Ronnies Geschmack entsprach, hatte sie vorgeschlagen, dass er Carla anrufen sollte – und die hatte schnell zugestimmt, als sie von der Verabredung und natürlich von dem Honorar gehört hatte.

Um Punkt acht Uhr fuhr vor Ronnies Haus eine Stretchlimousine vor. Dennis half Carla beim Einsteigen. Er war um die fünfzig, hatte schokoladenbraune Augen und dunkles Haar mit grauen Schläfen. Er trug einen maßgeschneiderten mitternachtsblauen Smoking mit einer passenden Krawatte und einem Kummerbund.

»Schön, dich kennenzulernen«, sagte Dennis leise und fuhr die Trennwand hoch, damit der Fahrer ihr Gespräch nicht belauschen konnte. »Die Fahrt zu unserem Bestimmungsort ist kurz, also lass mich gleich zum Punkt kommen. Ronnie meinte, sie habe dir gesagt, was ich will.«

»Das hat sie, aber erklär es mir noch einmal. Ich will sicher sein, dass ich alles richtig verstanden habe.«

»Ich gehöre einem inoffiziellen Sexklub an. Wir sind ungefähr zwanzig Mitglieder, alles Männer, einige verheiratet, andere nicht. Einmal im Monat treffen wir uns und leben unsere gemeinsamen Leidenschaften aus. Einige von uns bringen Frauen mit – teils bezahlte Damen, teils nicht. Andere kommen allein. Die Frauen müssen selbstverständlich eine besondere Einstellung haben.«

»Ich weiß. Sie müssen unterwürfig sein.«

»Genau. Und wenn du Ronnie kennst, weißt du, dass das nicht ihre Art ist.«

Lächelnd nickte Carla. Sie konnte sich nicht vorstellen, wie Ronnie den Kopf neigte und sich kleinlaut fügte, während Männer ihren Körper benutzten. Für Carla jedoch war es eine unwiderstehliche Vorstellung.

»Nun«, fuhr Dennis fort, »ich habe noch nie eine Frau zu unseren Treffen mitgebracht … bis zum heutigen Abend. Wenn du bereit bist, natürlich.«

»Das bin ich, solange man sich vorher auf den Gebrauch von Kondomen und einem Safeword einigt.«

»Das ist die Regel«, erwiderte Dennis. »Keine Peitschen oder Ähnliches, außer die beteiligte Frau stimmt ausdrücklich zu. Das Wort ›Gelb‹ ist ein temporäres Safeword, falls man die Handlungen für einen Moment unterbrechen möchte, weil einem zum Beispiel der Fuß eingeschlafen ist oder so. ›Rot‹ ist das endgültige Safeword – und jeder, der es nicht beachtet, wird sofort aufgefordert, den Klub zu verlassen und darf auch nicht wieder zurückkehren.« Sein sanftes Lächeln ließ ihn ein bisschen wie Cary Grant aussehen. »Jedes Mitglied hängt aber viel zu sehr an dem Klub, um einen Ausschluss zu riskieren – wenn du also das Wort sagst, hören sie augenblicklich auf. Bist du damit einverstanden?«

Carla holte tief Luft und nickte. Es war schwierig, Dennis' hübsches, offenes Gesicht mit der dunklen Natur dieser speziellen Abendunterhaltung in Einklang zu bringen, doch als sie über die Sexparty nachdachte, an der sie gleich teilnehmen würde, erschauerte sie.

»Gut. Von jetzt an wirst du meinen Anweisungen ohne zu fragen Folge leisten. Du hältst den Blick gesenkt und sprichst nur, wenn du angesprochen wirst. Einverstanden?«

Carla wollte antworten, beschloss dann jedoch, gleich in ihre Rolle zu schlüpfen. Sie starrte auf den Boden der Limousine und nickte.

»Braves Mädchen«, brummte Dennis. »Trägst du die Sachen, die ich dir geschickt habe?« Sie nickte. »Dann zieh dein Kleid aus.«

Schnell streifte Carla ihr blaues Strickkleid ab. Darunter trug sie einen engen, im Schritt offenen dunkelblauen Body aus Satin. Im Brustbereich befanden sich Öffnungen, so dass ihre Nippel entblößt waren. Ein altmodischer Strumpfhalter aus blauweißer Spitze hielt ihre blauen Netzstrümpfe, und sie trug dazu blaue Satinpumps mit sehr hohen Absätzen. Sie legte ihr Kleid neben sich auf den Sitz, verschränkte die Hände im Schoß und starrte auf Dennis' Schuhe.

»Sehr schön«, sagte Dennis und betrachtete ihren leicht bekleideten Körper. »Deine Kleider warten hier auf dich, wenn du zurückkommst.« Er musterte sie sorgfältig. »Du bist umwerfend, und du scheinst die richtige Einstellung zu haben.« Er kniff hart in einen von Carlas Nippeln, und obwohl sie leicht zusammenzuckte, gab sie keinen Laut von sich und blickte auch nicht auf. »Ja, tatsächlich«, bemerkte Dennis. »Ich kann stolz sein, dich meinen Freunden präsentieren zu können.«

Sie wusste, dass es albern war, doch es freute sie irgendwie, dass er sie als geeignet für die Abendunterhaltung erachtete. »Und jetzt«, sagte Dennis, »ein paar Ergänzungen.« Er befestigte je eine Ledermanschette mit einem großen Metallring an Carlas Hand- und Fußgelenken. Eine etwas schmalere Manschette kam um ihren Hals, und Dennis schob sie herum, bis der Metallring hinten saß. Er brachte eine kurze Kette an dem Ring an, die kalt und schwer über ihren Rücken bis zu ihrer Taille hing. »Und nun«, sagte er, »vergiss nicht, dass ›Rot‹ das Safeword ist.« Er nahm ein kleines Vorhängeschloss aus seiner Tasche, drehte ihr die Arme auf den Rücken und fixierte die Ringe an ihren Handgelenken am Ende der Kette. Carla fühlte sich körperlich nicht unwohl, aber dadurch, dass ihre Hände auf dem Rücken gefesselt waren, war sie unsicher und befangen.

»Gut«, sagte Dennis, als der Wagen hielt. Er legte ein bodenlanges königsblaues Cape um Carlas Schultern und knöpfte es zu. Der Chauffeur öffnete die Tür, und sie stiegen gemeinsam aus. Schnell stellte Carla fest, dass sie trotz ihrer Unbeweglichkeit auf einen Beobachter wie eine ganz normale Frau wirkte, die auf eine feierliche Veranstaltung ging.

Mit gesenktem Kopf ließ sie ihre Augen unentwegt von links nach rechts wandern. Sie bemerkte, dass sie die Lobby eines exklusiven Hotels betraten, obwohl sie nicht genau wusste, welches Hotel es war. Dann stiegen sie in den Lift, mit dem sie zum Penthouse fuhren. »Nur Mitglieder und ihre Begleitung dürfen rauffahren. Wir haben für den Abend die komplette Etage gemietet.«

Die Aufzugtüren glitten auf. Sie traten in einen kleinen Vorraum. Die Augen auf den Teppich gerichtet, folgte Carla Dennis durch die einzige offene Tür in ein riesiges Wohnzimmer.

»Ah, Dennis«, sagte ein Mann. »Ich sehe, dass du eine junge Frau für uns mitgebracht hast. Wunderbar.«

Etwas an der Zusammenkunft ließ Carla vor Erregung erschauern. Obwohl sie in Magazinen über diese Menschen gelesen hatte, hatte sie nie für möglich gehalten, dass Klubs wie dieser tatsächlich existierten.

»Gentlemen«, sagte ein Mann und schlug mit einem Hammer auf einen kleinen Gong. »Jetzt, da alle da sind, erkläre ich die Versammlung für eröffnet. Bringt die Frauen nach vorne.«

Dennis schob Carla in die Mitte des Zimmers, wo sie mit gesenktem Blick neben zwei weiteren Frauen stand. Eine der Frauen war eine Blondine von klassischer Schönheit mit hellblauen Augen und dunkelroten Lippen, und die andere war eine zierliche Frau mit sehr kurzen lockigen Haaren und einer Hautfarbe wie Toffee. Die Frauen trugen Umhänge wie Carla, jedoch in anderen Farben. Carla sah sich um, ohne den Blick zu weit zu heben, und stellte fest, dass zwölf Männer verschiedenen Alters und unterschiedlicher Statur anwesend waren. Alle trugen festliche Kleidung.

»Wissen die Frauen, wie sie uns korrekt ansprechen?«, fragte der Anführer. Er war ein südländischer Typ mit sehr dunklen Haaren und Augen sowie olivenfarbener Haut.

»Meine nicht«, erwiderte Dennis. »Ich dachte, dass es deine Aufgabe wäre, sie zu unterweisen.«

»Ladys«, sagte der Anführer. »Für heute Abend bin ich der König, und ihr werdet mich mit ›Eure Majestät‹ oder ›Sire‹ ansprechen.«

»Ja, Eure Majestät«, murmelte Carla. Sie hörte, dass die anderen Frauen dasselbe sagten.

»Alle anderen Männer werden mit ›Mylord‹ angesprochen.«

»Ja, Sire.«

»Gehorsam ist eure oberste Pflicht. Ihr befolgt die Anweisungen jedes Mannes hier – ohne zu fragen. Die Safewords sind ›Rot‹ und ›Gelb‹. Sind diese Wörter erklärt worden?«

Carla hörte Stimmen, die dem Anführer versicherten, dass die Frauen informiert worden seien. »Ihr müsst verstanden haben, dass ihr die Wörter benutzen *müsst*, sobald ihr Unbehagen empfindet – egal, ob körperlich oder geistig. Ich betone das Wort ›müssen‹. Wenn wir herausfinden, dass ihr zu höflich wart, um das Safeword zu benutzen, obwohl ihr es hättet tun müssen, werden die Handlungen augenblicklich eingestellt und ihr werdet nach Hause gebracht. Und das wäre doch eine Schande.«

»Ja, Sire«, entgegnete Carla.

»Wollen die Gentlemen, die unsere Geschenke für heute Abend mitgebracht haben, diese bitte auspacken?« Mit großen Gesten wurden die Capes von den Schultern der Frauen gezogen. Carla konnte erkennen, dass die anderen beiden Frauen ebensolche Manschetten trugen und gefesselt waren wie sie und dass sie ebenfalls Bodys, Strümpfe und Schuhe anhatten, die zu ihren Capes passten.

Der Anführer startete bei der blonden Frau, die ein Cape und einen Body in zartem Rosa trug. »Vivian«, sagte er, »du bist so schön wie immer.« Der Anführer hob die Hand und schlug ihr hart auf den nackten Po.

»Danke, Sire«, erwiderte sie, und ein Lächeln umspielte ihre Mundwinkel.

»Für die zwei Männer, die heute Abend zum ersten Mal hier sind«, wandte der Anführer sich der Gruppe zu. »Vivian liebt es etwas härter. Manchmal gehorcht sie bewusst nicht und muss bestraft werden. Diejenigen, die auf solche Spielchen stehen, sollten für diesen Abend bei ihr bleiben.«

Er ging weiter zu der zierlichen dunkelhäutigen Frau. »Shanna, wir haben dich eine Zeitlang nicht gesehen. Und mir fällt auf, dass du dir die Haare hast schneiden lassen.«

»Ja, Sire. Ich hoffe wirklich, dass es Euch gefällt.«

Er vergrub seine Finger in ihren kurzen Locken, riss ihren Kopf nach hinten und küsste sie. »Das tut es«, sagte er schließlich. »Auf die Knie.« Shanna ließ sich – dank der Ketten etwas unbeholfen – auf den Boden fallen und legte ihre Stirn auf die Schuhe des Anführers. »Wie ihr seht, ist Shanna sehr gut abgerichtet und wird sehr gern tun, was auch immer ihr aufgetragen wird. Wir sind alle sehr froh, sie heute Abend hier begrüßen zu dürfen.«

Damit wandte er sich Dennis zu. »Diese Frau ist neu. Danke, dass du sie mitgebracht hast.« Zu Carla sagte er: »Hast du einen Namen?«

Carla warf Dennis aus dem Augenwinkel einen Blick zu. Als er nickte, antwortete sie: »Carla.«

»Carla, wie?«

Sie wusste, dass er nicht auf ihren Nachnamen anspielte. Leise, ohne die Augen zu heben, sagte sie: »Carla, Sire.«

»Sehr gut. Wirklich sehr gut.« Er richtete sich an die anwesenden Männer. »Verbindet ihnen die Augen.«

Jemand band ein weiches Stück Stoff fest um Carlas Kopf. Sie hörte das Rascheln und Scharren von Menschen, die sich im Zimmer bewegten, und gedämpftes Gemurmel. Plötzlich kniff jemand ihr in den linken Nippel, der aufgerichtet aus der Öffnung in ihrem Body blickte. Sie rang nach Luft, aber rührte sich nicht. »Hübsch«, sagte eine Stimme. Dann glitten viele Hände über ihre Brüste, ihre Beine und ihren Po. Die Empfindungen wurden noch dadurch verstärkt, dass Carla nichts sehen konnte. »Sehr hübsch«, erklang eine andere Stimme.

Carla erkannte die Stimme des Anführers. »Mark, ich nehme an, dass du und Harry Shanna nehmen wollt.« Es herrschte ein kurzes Schweigen, dann sprach er weiter. »Gut. Nehmt sie mit in Zimmer zwei. Paul, nimm Vivian mit rüber in den Flur.«

»Danke«, antwortete eine männliche Stimme.

»Ich selbst will unseren neuen Gast ausprobieren«, erklärte der Anführer. »Der Rest von euch«, er lachte, »sucht euch das Passende aus. Ihr habt drei reizende Ladys zur Auswahl.«

Carla fühlte sich geehrt, vom Anführer ausgewählt worden zu sein. Sie hatte keine Ahnung, wie viele andere Männer sich noch im Zimmer befanden. Jemand schob einen Finger zwischen ihre Beine. »Sie ist sehr feucht«, sagte ein Mann.

»Wunderbar«, erwiderte der Anführer. »Sie ist reizend, Dennis. Du hast eine wirklich gute Wahl getroffen.«

»Danke. Soll ich sie für dich ausziehen?«

Der Anführer hatte offenbar genickt, denn mit einem Mal löste jemand die Schleifen ihres Bodys und der weiche Stoff glitt von ihrem Körper. Überall waren Hände, erkundeten, streichelten.

»Sie hat fantastische Brüste«, erklang eine Stimme. »Darf ich sie haben?«

»Ich wüsste nicht, warum nicht, Chet. Bereitet sie vor.« Carlas Hände wurden von den Fesseln befreit, und ein Gürtel wurde um ihre Taille geschnürt. Dann wurden die Manschetten von ihren Handgelenken gelöst, über ihren Ellbogen wieder befestigt und an Ringen am Gürtel angebracht. Ihre Oberarme waren nun an ihre Seiten gefesselt, während sie ihre Unterarme frei bewegen konnte. Dann wurde sie zu Boden gebracht, so dass sie mit dem Gesicht nach oben auf einer Matte lag. Jemand drückte ihre Beine auseinander und schnallte die Manschetten an ihren Knöcheln fest. Mit gespreizten Beinen lag Carla auf dem Boden. Hände prüften, ob ihre Augenbinde noch immer hielt.

»Danke«, sagte der Mann namens Chet. Er setzte sich breitbeinig auf ihre Taille und massierte ihre Brüste. »Sie sind so groß und voll«, flüsterte er. »Ich muss sie haben.« Hände verstrichen etwas Kuhles und Glitschiges auf ihrer Brust.

»Chet schwebt auf Wolke sieben«, sagte jemand.

»Wenn er nicht vorsichtig ist, wird er kommen, bevor er überhaupt angefangen hat«, erklärte der Anführer lachend.

»Einhundert Dollar, dass er in weniger als zwei Minuten kommt.« Carla hörte Stimmen durcheinanderreden.

»Halt sie fest«, knurrte Chet, dem nicht bewusst zu sein schien, was um ihn herum passierte. Er ergriff Carlas Handgelenke und presste ihre Hände seitlich gegen ihre Brüste. »Ich sagte: Halt sie fest!«

Carla wusste nicht, was er vorhatte, aber sie gehorchte und hielt ihre Brüste so, wie er es wollte. Plötzlich spürte sie Chets harten Schwanz zwischen ihren Titten. Er fickte ihre Brüste, und stieß mit seinem Schwanz so hart zwischen ihre Titten, dass sie jeden Stoß an ihrem Kinn spürte. Da Carla verstanden hatte, was er wollte, presste sie ihren Busen fest zusammen und machte einen schmalen Schlitz für Chets harten Schaft. Er trieb seinen Schwanz immer wieder zwischen ihre Brüste, bis er aufschrie und sein heißes Sperma sich über ihr Kinn und ihre Brust ergoss.

»Eine Minute und zweiundvierzig Sekunden.« Die Männer klatschten.

Beinahe sofort wurde Chet von Carla gehoben, und ihre Brüste und ihr Gesicht wurden mit feuchten Tüchern abgewischt. »Du hast großartige Titten zum Ficken«, sagte der Anführer. »Wie sieht es mit deinem Mund aus?«

»Ich hoffe, ich bin es wert, Sire«, erwiderte Carla und leckte sich über die Lippen.

»Öffne dich für mich«, verlangte er. Als sie den Mund aufmachte, schob er seinen erigierten Penis hinein und füllte sie bis zum Rachen aus. Der samtige Schaft glitt in ihren Mund und wieder hinaus. Sie bedeckte ihre Zähne mit den Lippen und umschloss seinen harten heißen Schwanz noch fester.

»Er wird noch früher kommen als Chet«, sagte eine Stimme.

»Pack meine Eier, Schlampe«, knurrte der Anführer. Carla gehorchte und leckte und saugte, bis der Anführer kam. Gierig schluckte sie jeden Tropfen.

»Mein Gott, sie ist eine geile Schwanzlutscherin«, stieß der Anführer hervor, als er seine Stimme wiedergefunden hatte. Er rieb ihre nasse Muschi. »Und sie liebt es.« Leise Stimmen sagten Dinge, die Carla nicht verstehen konnte. Dann erklang wieder die Stimme des Anführers. »Dennis? Da du sie hergebracht hast, darfst du zuerst mit ihr spielen.«

Spielen?

»Wenn ihr keine Einwände habt, würde ich gern ihre Augenbinde entfernen«, sagte Dennis und löste ihre Arme.

»Wenn du magst.« Als die Augenbinde entfernt wurde, blinzelte Carla ein paarmal und blickte sich dann von der Matte, auf der sie lag, im Zimmer um. Ihre Knöchel wurden von zwei Männern festgehalten, die auf dem Boden hockten und einen Ausblick auf ihre weit geöffnete Muschi hatten. Ein anderer Mann saß in einem Sessel und betrachtete aufmerksam ihr Gesicht. Der Anführer lag auf Höhe ihrer Hüften und hatte den Kopf auf eine Hand gestützt. Sie konnte Dennis nicht sehen, bis er an ihre Seite trat. Er hatte etwas in der Hand.

»Carla, Darling«, sagte er. »Ich habe ein paar Sachen für uns, mit denen wir spielen können.« Dennis öffnete eine große Box aus schwarzem und rotem Lack und zeigte Carla den Inhalt. In der Box lag der Reihe nach angeordnet eine Auswahl von Dildos. Der kleinste war so schlank wie ihr kleiner Finger, der größte hatte einen Umfang von mindestens fünf Zentimetern. »Lass uns mal schauen, wie viel du vertragen kannst.« Er schob drei Finger in ihre feuchte Muschi und wählte dann den zweitgrößten Dildo.

Auf den ersten Blick sah er zu groß aus, um in sie zu passen. Doch als Dennis den Dildo in ihren erwartungsvollen Körper stieß, bemerkte Carla, dass er passte und sie vollkommen ausfüllte. »Ja, das ist gut.«

Carla schluckte schwer und versuchte, nicht vor all diesen Männern die Kontrolle zu verlieren. Sie beobachtete, wie Dennis einen Dildo mit dem Umfang seines Daumens aus der Box nahm. »Wie sieht es mit deinem Arsch aus?«, fragte er.

»Jungfräulich«, war die einzige Antwort, die ihr einfiel.

»Fantastisch«, sagte der Anführer. »Dennis, was hast du nur für ein Glück.«

Während Dennis etwas Gleitmittel auf den Dildo auftrug, schoben zwei Männer Carlas Körper ein Stück vor, so dass ihre Knie gebeugt waren. Einer der Männer strich kaltes, glitschiges Gel um ihr Loch, dann drang Dennis mit dem schlanken Dildo in ihren Anus ein, bis der Fuß des Analplugs an ihren Pobacken saß. Ein anderer Mann zog ein dünnes Stück Netzstoff aus dem hinteren Teil des Gürtels und führte den Stoff zwischen ihren Pobacken hindurch und über beide Dildos, um sie sicher zu fixieren. Der Halter wurde vorn am Gürtel befestigt.

»Wie fühlst du dich? Sag es uns, Carla.«

»Seltsam. Ausgefüllt und doch leer. Voller Begierde …«

»Ah, Dennis«, sagte der Anführer. »Ein Juwel.« Die Männer applaudierten leise – ob für sie oder für Dennis wusste sie nicht.

Dennis griff in die Box und nahm eine Stange in Form eines Bleistiftes heraus. Plötzlich erfüllte ein Summen den Raum, und Carla beobachtete, wie Dennis sich auf ein Kissen kniete und den Stab durch den Netzstoff hindurch zu dem Dildo in ihre Möse stieß. Wellen der Lust durchzuckten ihren Körper, und sie bewegte ihre Hüften so heftig, wie ihre gefesselten Knöchel es zuließen. Überrascht schrie sie auf.

Dennis ließ den Dildo in ihrer Muschi kreisen, so dass er ihr Innerstes überall berühren konnte. Während der eine Dildo gegen den anderen presste, setzten sich die Vibrationen durch ihre Möse in ihren Anus fort. Dennis zog den Stab heraus und strich mit der vibrierenden Spitze um ihre

Muschi herum, durch ihre nasse Spalte. »Schaut sie euch an, wenn sie jetzt kommt.«

»Das werden wir«, sagte der Anführer. »Ich liebe es, wenn eine Frau die Kontrolle verliert.«

Sie wollten zusehen, wie sie kam? Es war demütigend, aber auch erotisch. Sie schloss die Augen. »Nein«, sagte Dennis. »Du sollst zusehen, wie wir dich beobachten. Ich beherrsche deinen Körper und ich kann dir einen Orgasmus verschaffen, wann immer ich will. All diese Männer werden dich anschauen und sie werden genau wissen, wann du die Kontrolle verlierst.«

Ein Mann machte seinen Reißverschluss auf, holte seinen Penis heraus und streichelte über den immer steifer werdenden Schaft. Er fing Carlas Blick auf, grinste und leckte sich über die Lippen.

»Seid ihr bereit, Gentlemen?«, fragte Dennis.

»Bereit, Dennis.«

»Gut. Carla, du wirst jetzt kommen und du kannst nichts dagegen tun. Wir werden zusehen, wie du dich aufbäumst, und dein Gesicht betrachten, wenn der Orgasmus dich mitreißt. Wir werden alle wissen, dass du nicht widerstehen kannst.«

O Gott, dachte Carla. Sie war so heiß, dass ihr gesamter Körper zitterte. Obwohl es sich nicht richtig anfühlte, sich so beherrschen lassen zu wollen, war ihr klar, dass er recht hatte. Sie würde kommen, und Dennis wusste es.

Dennis legte den Vibrator an den Dildo in ihrem Anus und drang langsam ein. »Jetzt, Carla. Komm für uns.« Mit der anderen Hand reizte er ihre Klitoris. »Lass deine Augen offen und sieh zu, wie diese Männer zuschauen, während du die Kontrolle verlierst.«

Sie konnte nicht anders. Sie schrie laut auf, als einer der

stärksten Orgasmen, den sie je erlebt hatte, ihren gesamten Körper erfasste.

»O Scheiße«, rief eine Stimme. Carla blickte zu einem Mann auf, der seinen harten Schwanz massierte und sah, wie sein heißer Samen aus der Spitze schoss und sich über seine Hand und seine Hosenbeine ergoss.

Dennis schaltete den Vibrator ab, ließ ihn jedoch in Carlas Körper. Er zerrte seine Hose und seine Shorts herunter und warf die Sachen auf das Bett. »Fass deine Möse an und mach deine Hand nass.« Carla gehorchte, und Dennis nahm ihre feuchte Hand und legte sie an seinen steifen Schwanz. »Halt die Hand still, damit ich sie ficken kann. Tu es für mich, Carla.«

Sie hielt seinen Schwanz in der Hand und umschloss ihn fest. Dennis bewegte die Hüften und drängte seinen dicken Schaft durch ihre engen Finger. Obwohl sie die Hand nicht rührte, verstärkte sie ihren Griff in seinem Rhythmus und brachte ihn schnell dem Höhepunkt entgegen. »Oh, das ist so gut«, stöhnte er. »Aber es geht zu schnell.« Carla genoss es, ihn zu drängen, genoss es, ihn zum Kommen zu zwingen – so wie er sie gezwungen hatte. Sie wusste genau, wie sie ihn anfassen und massieren musste. Als er kam, konnte sie das Pulsieren in seinem Schwanz spüren.

Der Anführer streckte die Hand aus, löste den Netzstoff und zog die Dildos aus Carlas Körper. »Dreht sie um«, knurrte er. Die Männer lösten eilig die Fesseln, drehten Carla um und befestigten die Manschetten dann wieder. Sie lag mit dem Gesicht zum Boden auf der Matte. Der Anführer schob ein Kissen unter ihre Hüften, so dass ihr Po in die Höhe ragte. Dann spreizte er ihre Pobacken und verteilte noch mehr Gleitmittel um ihr Loch. »Also. Du bist noch nie in den Arsch gefickt worden?«, sagte er und streifte zuerst eines und dann ein zweites Kondom über seinen harten Schaft. Obwohl er nicht sehr groß war, hatte Carla etwas Angst.

»Nein, Sire«, entgegnete Carla angespannt. Sie war immer etwas misstrauisch gewesen, was Analsex betraf, und bisher hatte noch keiner ihrer Kunden danach verlangt. Dildos waren eine Sache, aber sie war sich nicht sicher, ob sie so weit gehen wollte. Der Anführer betrachtete ihr Gesicht, als sie nachdachte.

»Ich werde nicht in dir kommen«, sagte er behutsam. »Und ich bin immer sehr vorsichtig.«

Obwohl sie schon einen Orgasmus gehabt hatte, war Carla noch immer erregt und fasziniert von der Vorstellung, auf eine ganz neue und unbekannte Art und Weise genommen zu werden. Sie wusste, dass sie abbrechen konnte, wann immer sie wollte. Also entspannte sie bewusst ihre Muskeln und schloss die Augen.

Der Anführer spürte ihr stummes Einverständnis und presste seinen glatten, geschützten Schwanz gegen ihren Anus. Als ihr Körper sich kurz anspannte und dann löste, drängte er nach vorn und zwang seinen harten Penis langsam in ihr Loch.

»Oh, Sire«, flüsterte sie. »Das ist so seltsam.«

»Ist es gut?«

Sie zögerte. »Ja, Sire.«

Als er so tief in ihr war, wie er konnte, nahm der Anführer seinen Zeigefinger und reizte damit ihren Kitzler.

Verzehrende Hitze breitete sich in ihrem Körper aus, und ein Orgasmus drängte an die Oberfläche. Die Muskeln ihres Loches spannten sich im Rhythmus des Anführers an. »Ja! Ja!« Ihr Orgasmus dauerte an, lang und länger, bis sie nichts mehr zu geben hatte.

Der Anführer drängte sich an sie, während sie kam.

»Wundervoll.« Er zog seinen harten Schwanz aus ihrem Loch und streifte eines der Kondome ab. Und nachdem die Männer sie umgedreht hatten, trieb er seinen geschützten Schaft in ihre Möse. Tief und tiefer stieß er in sie, bis er plötzlich aufschrie und in ihr kam.

Später, als sie sich alle frisch gemacht hatten und nach Hause gehen wollten, küsste der Anführer Carla leidenschaftlich auf den Mund. »Du warst eine fantastische Zugabe zur Abendunterhaltung, Darling. Wir werden dir ganz sicher Bescheid geben, wenn wir uns wieder treffen. Fühl dich bitte frei, zu uns zu stoßen – ob Dennis nun Zeit hat oder nicht.«

»Danke, Sire«, erwiderte sie und schlang das dunkelblaue Cape um ihren nackten Körper.

Dennis legte einen Arm um ihre Taille. »Wenn sie herkommen kann, werde ich sie ganz sicher mitbringen.«

Carla lächelte, als sie in die Limousine stieg.

8. Kapitel

Ronnie und Carla saßen in Ronnies sonnendurchfluteter Küche und aßen die Reste eines großen Glases mit gefrorenem Schokolade-Minz-Joghurt. Herabfallende Schneeflocken bildeten auf der Fensterbank vor dem Fenster kleine Schneeverwehungen.

»Bedrückt dich etwas?«, fragte Carla.

»Jack ist zu Hause.«

»Das ist doch toll«, erwiderte Carla. Ronnies Ehemann war über einen Monat lang in Übersee gewesen. »Oder nicht?«

»Oh, es ist wundervoll, ihn zu sehen, wenn auch nur kurz.« Ronnie stellte ihr leeres Glas auf den Tisch und schwieg.

»Komm schon, raus damit«, sagte Carla. »Habt ihr Schwierigkeiten?«

Ronnie atmete tief durch. »Nein, nicht wirklich. Nichts, das ich benennen könnte. Es ist nur so … Wenn ich bedenke, was du und ich hier so machen, erscheint mir der Sex mit Jack so … gewöhnlich.«

»Gewöhnlich?«

»Du weißt schon … Wir vögeln schnell und gierig und dann erzählt er von seinem Geschäft: Öl, Felsformationen, dreidimensionale Computermodelle, Helikopterrundflüge, was auch immer. Wir sprechen nie über uns. Über unser Leben.«

»Das ist so, wenn man so oft getrennt ist. Ihr habt so wenig Alltag zusammen, dass ihr an ganz verschiedenen Punkten im Leben steht. Innerlich, meine ich. Als meine Eltern vor ein paar Jahren für kurze Zeit in Florida gelebt haben, bestand meine Mutter darauf, dass ich wenigstens einmal pro Woche anrufen sollte. Sie ist der Meinung, wenn man regelmäßig miteinander spricht, ist der alltägliche Kram von Bedeutung. Wenn man dagegen nur von Zeit zu Zeit redet, ist es schwer, überhaupt etwas zu finden, das sich zu erwähnen lohnt.«

»Das ist wahr, nehme ich an. Aber es ist auch der Sex.«

»Kein Gehetze zum Flughafen und hemmungsloses Vögeln auf dem Autorücksitz?«

Ronnies Lachen klang warmherzig und voll. »Doch. Sogar viel davon. Wir passen gut zusammen, aber es ist einfach irgendwie ... eingefahren und unspektakulär.«

»Das passt.«

»Wie?«

»Natürlich ist der Sex mit Jack gewöhnlich, eingefahren, unspektakulär, wenn du nicht hart daran arbeitest. Alles, was wir tun, ist aufregend. Ein erstes Mal mit einem neuen Mann, unbekannte Fantasien, Spielzeug, Rollenspiele, was auch immer. Aber er ist immer derselbe alte Jack. Nichts Neues.«

»Du hast vermutlich recht.«

»Hast du je eine Fantasie mit ihm ausgelebt?«

Ronnie dachte nach. »In letzter Zeit nicht.«

»Tja, dann beherzige deinen eigenen Ratschlag. Tu, was wir unseren Kunden immer raten. Lass deine Fantasie spielen. Du bist eine der talentiertesten Frauen, die ich kenne, wenn es darum geht, Männer und ihre sexuellen Begierden zu lesen und zu verstehen. Jetzt hör doch zur Abwechslung mal auf deine und seine Wünsche.«

»Du hast absolut recht.«

»Selbstverständlich habe ich recht. Ich war bei einer Expertin in der Ausbildung. Habt ihr beide denn jetzt Zeit füreinander?«

»Leider nicht. Nicht im nächsten Monat. Er ist schon wieder abgereist.«

Ronnie wirkte so niedergeschlagen, dass Carla schnell das Thema wechselte. »Ich habe in den vergangenen Monaten so viel gelernt, dass es jetzt an der Zeit ist, dass du mir von der wilden Kreuzfahrt erzählst, auf der du letzten Sommer warst.«

Ronnie leckte einen Rest Joghurt von ihrem Löffel und ließ ihn zurück in das leere Glas fallen. »Ja, ich denke, es ist an der Zeit. Gut. Du machst Kaffee, und ich erzähle dir alles.«

Carla erhob sich und holte den Kaffee aus dem Kühlschrank. Während sie den Filter vorbereitete, begann Ronnie mit ihrer Geschichte.

»Es begann alles vor fast vier Jahren mit Bob Skinner. Er blätterte mein Album durch. Als er mich in dem Kostüm der strengen Lehrerin sah, reagierte er sofort. Wir kamen hierher, und ich bestrafte den frechen kleinen Bobby, der seine Hausaufgaben schlampig erledigt hatte. Ein paar Wochen darauf wählte er das Foto von mir in dem Lederoutfit mit der Peitsche und sagte: ›Wären Sie sie für mich, gnädige Frau?‹ In dem Szenario nennt er mich ›Mistress Ronnie‹. Wir haben beide Fantasien regelmäßig ausgelebt, und es macht ihn unglaublich geil, geschlagen zu werden und gesagt zu bekommen, was er zu tun hat.«

»Und das hast du auf der Kreuzfahrt gemacht?«, fragte Carla und goss Wasser in den Kaffeebereiter. »Du warst seine Herrin, Mistress Ronnie, und hast ihn ausgepeitscht?«

»Wir haben schnell herausgefunden, dass es nicht der

Schmerz ist, der ihn anmacht – obwohl Bobby es liebt, wenn Miss Gilbert ihn mit dem Lineal schlägt. Doch noch mehr liebt er es, sich hilflos zu fühlen, zu wissen, dass er meine Befehle ohne zu fragen befolgen muss. Er ist die ganze Zeit über geil, bis ich ihm erlaube zu kommen. Manche Frauen gestatten es ihren Untertanen überhaupt nicht zu kommen, aber ich achte darauf, dass Bobby jedes Mal, wenn wir zusammen sind, schließlich auch zum Höhepunkt kommt.«

»Ich bin so neugierig«, entgegnete Carla und setzte sich Ronnie gegenüber an den Tisch, während der Duft von frischem Kaffee den Raum erfüllte. »Erzähl mir von der Kreuzfahrt. Wie arrangiert man so etwas? Sind nicht noch andere Leute an Bord?«

»Zwei Paare haben diese Gruppe gegründet«, erklärte Ronnie. »Und sie bereiten jede Kreuzfahrt vor. Wir buchen jedes Jahr auf demselben Schiff, der *Atlantic Voyager*. Es ist ein kleines Schiff, und es gibt einen speziellen Bereich für uns – abgeschottet von den anderen Passagieren. Wir haben einen privaten Speisesaal, einen abgeschiedenen Platz an Deck und so weiter. Und unsere Kabinen befinden sich ebenfalls in einem separaten Teil des Schiffes. Die Crew weiß über uns Bescheid. Und es dürfen nur diejenigen dort arbeiten, die sich einverstanden erklärt haben, zu ignorieren, was wir tun.« Sie seufzte. »Das hat dieses Mal zu einer ungewöhnlichen Situation geführt … Aber dazu komme ich später.«

»Wie viele Leute machen diese Reise?«

»Es sind für gewöhnlich ungefähr dreißig Paare. Die meisten sind wie Bob und ich, das heißt eine dominante Herrin und ihr Diener. Ein paar Pärchen bestehen aus Männern mit devoten Frauen. Wir benutzen Menschenverstand und Regeln – wie du und ich im Umgang mit unseren Kunden. Jeder gibt und empfängt Freude, und das ist alles, was für uns zählt.«

Carla nickte. Seit sie Macht- und Kontrollfantasien ausgelebt hatte – zuerst mit Bryce und dann mit Dennis und dem Sexklub –, verstand sie viel besser, wie erotisch Dominanz und Unterwürfigkeit sein konnten.

»Einige der Paare praktizieren heftigere Rituale als Mistress Ronnie und Bob. Bei ihnen geht es um Schmerzen und Peitschen, darum, Schuhe zu lecken und andere Dinge zu tun, die Bob nicht mag. Aber jeder von uns kennt den Geschmack und die Wünsche des Partners und geht darauf ein – auch zum eigenen Vergnügen. Und wir benutzen immer Safewords.«

»Gibt es viele … Professionelle wie uns an Bord?«

»Einige sind stundenweise zusammen, wie Bob und ich, andere sind miteinander verheiratet oder liiert und leben ihre dominanten Fantasien entweder dauerhaft oder ab und zu gemeinsam aus. Aber beide Partner mögen ihre Rollen und genießen die Möglichkeit, für eine Woche in diese Welt der Erotik einzutauchen.«

»Gut«, sagte Carla und schenkte den dampfenden Kaffee in zwei Becher. »Erzähl mir alles.«

»Als wir ankamen, packte Bob unsere Kleidung weg, während ich unseren Teil des Schiffes erkundete. Ich traf einige Frauen, die ich schon vom Vorjahr kannte, und wir setzten uns an Deck und sprachen über einige besondere Handlungen, die wir geplant hatten. Ich muss sagen, dass mich das Gespräch über die bevorstehende Woche geil machte. Ich konnte es kaum erwarten, in die Kabine zurückzukehren. Als ich in unsere Kabine kam, war Bob schon vorbereitet …«

»Alles ist fertig, Mistress«, sagte Bobby, als Ronnie in die aufgeräumte Kabine zurückkehrte. Er hatte die Schränke sorgfältig einsortiert, und Ronnies Kleidung war aufgehängt oder ordentlich zusammengefaltet. Seine eigene Kleidung hatte er ganz unten in eine Schublade gelegt. Er hatte zwei leichte Schläger auf den kleinen Tisch gelegt. Ein paar in braunes Packpapier eingeschlagene Pakete lagen auf der Kommode, wo er sie hatte hinlegen sollen. Er hatte keine Ahnung, was sich darin befand, doch da er wusste, wie kreativ Ronnie war, hatte sein Schwanz sich schon begierig aufgerichtet.

»Sehr schön«, sagte sie, und Bobby strahlte vor Stolz. »Bist du auch bereit?«, fragte Ronnie. Sie trug eine zartrosa ärmellose Bluse und einen tiefblauen ausgestellten Bauernrock. Dazu hatte sie hochhackige Sandalen an den nackten Füßen. Ihre Zehennägel waren wie ihre Fingernägel in einem dunklen Rot lackiert.

»Ja, Mistress«, erwiderte er und starrte auf den Fußboden. Ronnie ging um Bobby herum und betrachtete sein Outfit. Er hatte sich umgezogen und hatte nun sehr enge Shorts aus Spandex an, in denen sich seine Erektion abzeichnete. Um seinen Hals hatte er ein Halsband befestigt, und er trug ein grünes Band um seinen rechten Bizeps, das zeigte, dass er devot war. Seine Füße waren nackt, und er blickte auf seine Zehen.

Ronnie tätschelte die Beule in seiner Hose. »Mein Gott. Hast du über die rätselhaften Pakete nachgedacht? Hast du dich gefragt, was wohl darin sein mag?«

»Ja, Mistress.«

»Tja, das werden wir herausfinden.« Wieder tätschelte sie seinen steifen Penis. »Und du wirst sehr erfreut sein.«

»Danke, Mistress. Kann ich irgendetwas für Sie tun?«

»Ja. Ich denke, du könntest mich vor dem Abendessen etwas verwöhnen.«

»Danke, Mistress. An was hatten Sie dabei gedacht?«

Ronnie funkelte ihn an. »Du solltest nicht fragen müssen. Du solltest mittlerweile wissen, was mir gefällt.« Sie ging zu einem Stuhl und setzte sich. »Nachdem du deine Aufgabe erledigt hast, werde ich dich für deine Gedankenlosigkeit bestrafen müssen.«

Bobby wusste, dass in diesem Moment jede seiner Antworten falsch gewesen wäre, aber die Strafe war Teil des erregenden Spiels. Und die Vorfreude auf die Bestrafung kam dazu. Doch jetzt würde er seiner Herrin erst einmal Lust bereiten und sie befriedigen – und es gab nichts Besseres als das.

»Auf die Knie«, sagte sie, und Bobby ließ sich auf Hände und Knie sinken und kroch zu ihr. »Ich brauche eine Fußmassage.«

Vorsichtig zog Bobby Ronnie die Schuhe aus und stellte sie unter einen Tisch in der Ecke der Kabine. Dann setzte er sich zu Ronnies Füßen auf den Boden und drückte mit den Fingerspitzen tief in die Fußsohlen – so, wie sie es liebte. Er massierte jeden Fuß und Unterschenkel und widmete sich dann jedem Zeh, bis seine Finger schmerzten. Allmählich entspannte Ronnie sich. »Mistress, darf ich weitergehen?«, fragte er. Er wusste, dass er ihr jetzt besser nicht in die Augen blickte.

»Ich denke schon«, erwiderte sie. Bobbys unterwürfiges Verhalten erregte sie. »Aber zieh mir zuerst das Höschen aus.« Als er nach ihrem Slip greifen wollte, hielt sie ihn zurück. »Mit den Zähnen.«

Er wirkte überrascht, gehorchte jedoch. »Ja, Mistress.« Er schob Ronnies Rock bis zu ihrer Taille hoch. Als er mit den

Zähnen das elastische Bündchen ihres Slips fasste, konnte er ihren Moschusduft wahrnehmen. Sie wollte ihn, und das freute ihn. Er zerrte am Stoff des Höschens.

»Au!«, zischte Ronnie und schlug ihm hart auf die Schulter. »Sei vorsichtig.«

»Es tut mir leid, Mistress.« Behutsam zog er am Bündchen, wechselte dann die Seiten und zog wieder. Ronnie schob ihr Becken vor, so dass er ihr Höschen langsam über ihre Hüften, über ihre Knie und dann ganz ausziehen konnte. Mit den Zähnen hob Bobby den Slip aus dunkelblauer Seide auf und legte ihn sorgfältig aufs Bett. Er betrachtete Ronnies Möse, frisch rasiert und seinen Blicken ausgeliefert. Eine rasierte Möse hatte etwas Forderndes, und es erregte Bobby so sehr, dass sein Schwanz sich in den Shorts noch eingeengter anfühlte. Doch selbstverständlich wusste er, dass dies nicht Mistress Ronnies Problem war.

Bobby massierte Ronnies Unter- und Oberschenkel und genoss ihre Entspannung und das gleichzeitige Anwachsen ihrer Lust. »Mistress, darf ich?«, fragte er und streckte seine verkrampften Finger.

Ronnie rutschte an die Kante des Stuhls und nickte. Bobby strich über die Innenseite ihrer Schenkel und näherte sich ihrer nackten Muschi, ohne sie jedoch zu berühren. Dann fuhr er mit den Fingerspitzen über Ronnies äußere Lippen, bevor er mit der Zungenspitze darüberleckte. »Bitte, Mistress.«

»Bitte, was?«

»Mistress, darf ich Ihre Klit lecken?«

»Also gut«, schnurrte sie.

Bobby wusste, wie er seine Mistress befriedigen konnte. Er leckte und saugte wie ein Besessener. Seine Zunge und seine Fingerspitzen schienen überall zu sein. Mit zwei Fingern glitt er tief in ihre Muschi und bewegte sie rein und raus. Als er einen dritten Finger hinzunahm und gleichzeitig an ihrem aufgerichteten Kitzler saugte, spannten sich ihre Muskeln mit einem Mal an. »Das ist so gut«, stöhnte sie. »Hör nicht auf.«

Er lächelte. Sie wusste, dass er nicht eher aufhören würde, bis er ihre Lust gestillt hatte. Er leckte und streichelte und passte seinen Rhythmus ihrer Erregung an. Als sie kam, ließ er die Finger ruhig in Ronnies Körper, bis die Wellen des Orgasmus nachließen. Erst dann löste er sich von ihr.

»Darf ich Ihnen ein Glas Wasser holen?«, fragte er.

Als sie nickte, öffnete er eine Flasche Quellwasser, die er in einen Kühler gestellt hatte, und schenkte ihr ein Glas ein.

»Das war sehr gut«, sagte Ronnie, nahm einen tiefen Schluck und tätschelte Bobbys Kopf, als wäre er ein Haustier. »Aber deine Strafe steht noch immer aus.«

»Ja, Mistress.«

»Da du mit der Zunge so geschickt warst, darfst du dir für deine Bestrafung das Instrument aussuchen, das du magst.«

»Danke, Mistress«, erwiderte Bobby, nahm einen der Tischtennisschläger und reichte ihn Ronnie. »Meine Hose, Mistress?«

»Du kannst sie anlassen.«

Ohne ein weiteres Wort legte Bobby sich auf den Schoß seiner Herrin. Sein Po war bereit für Ronnies geschickte Handhabung des Schlägers. »Da ich gute Laune habe«, sagte sie, »glaube ich, dass zehn Schläge für den Augenblick reichen.«

»Danke, Mistress.«

Die ersten drei Schläge waren leicht, und unter dem Stoff

seiner Hose spürte Bobby nur ein Prickeln. Die nächsten drei Schläge waren heftiger, und sein Körper zuckte bei jedem Mal zusammen. Schlag Nummer sieben und Nummer acht waren noch stärker, brannten auf dem Hintern. Ronnies harter Schwanz presste gegen Ronnies Oberschenkel. Ronnie zog seine Hose herunter und plazierte die letzten beiden Schläge so fest es ging auf seinen nackten Po. Dann zog sie seine Hose wieder hoch und tätschelte seinen wunden Hintern.

»Mistress, bitte«, sagte Bobby und zitterte.

»Bitte, was?«

»Bitte, ich will kommen. Ich bin so erregt.«

»Bist du mein braver Junge?«, fragte Ronnie und bewegte sich, so dass ihre Schenkel an seinem aufgerichteten Penis rieben.

»Ja, Mistress.«

»Was, wenn ich nein sage?« Für gewöhnlich ließ sie ihn erst ein paar Stunden leiden, bevor er kommen durfte. Die Frauen mochten es, wenn ihre Diener dauernd erregt und bemüht waren zu gefallen, um endlich den erlösenden Höhepunkt auskosten zu dürfen.

»O Gott«, knurrte Bobby, und Schweiß rann von seiner Stirn.

Ronnie schob ihre Hand unter ihn und drückte seinen Schwanz. »Ist das besser?«

»Ja, Mistress«, erwiderte er, obwohl sie beide wussten, dass das eine Lüge war.

»Du darfst kommen«, erklärte Ronnie.

»Meine Shorts?«

»So ein Pech. Nachdem du gekommen bist, werden sie ganz klebrig sein.« Sie lächelte. »Natürlich wirst du für den Rest des Tages bei jedem Schritt an meine Großzügigkeit erinnert werden.«

»Danke, Mistress.«

»Fass ihn an.«

Bobby stand vor Ronnies Stuhl und rieb durch den Stoff seiner Hose hindurch seinen harten Schaft. Als sie spürte, dass er kurz davor war zu kommen, nahm Ronnie den Schläger und schlug ihm damit hart auf den Po. Schreiend kam Bobby.

Den Rest des Nachmittags war Bobby gefügig. Er saß zu Ronnies Füßen, als sie sich mit anderen Frauen unterhielt, holte Getränke und Snacks für sie und ihre Freundinnen und beobachtete, wie die anderen Frauen ihre Sklaven behandelten. Ihm wurde klar, wie glücklich er sich schätzen konnte, dass Mistress Ronnie genau wusste, was ihm gefiel.

Beim Dinner an dem Abend schnitt er Ronnies Fleisch klein, fütterte sie und wartete, bis sie mit dem Essen fertig war, bevor er etwas zu sich nahm. Die Mannschaft ignorierte diskret, was vor sich ging. Nur eine Hilfskraft starrte Ronnie sehnsüchtig an.

Nach dem Dinner unterhielten drei Frauen und ihre Sklaven die anderen mit einer Show. Die Männer tanzten, zogen sich langsam aus und schließlich wurde einer der Männer unter Aufsicht der Frauen von den anderen beiden ausgepeitscht.

Bobby nahm an einem Wettbewerb teil, welcher von vier Männern am längsten den sexuellen Verführungskünsten einer Frau widerstehen konnte, die mit ihren riesigen Brüsten und der schmalen Taille aussah wie eine fleischgewordene Barbiepuppe. Die Frau, deren Sklave den Wettkampf verloren und sein Sperma über die Bühne verspritzt hatte, zerrte den unglücklichen Mann zurück in ihre Kabine – zweifelsohne, um ihm eine Lektion in Selbstbeherrschung zu erteilen. Ronnie lobte Bobby dafür, dass er sich zusammenreißen konnte, und zur Belohnung durfte er sie mit einem großen Dildo bedienen.

Am nächsten Morgen packte Bobby die Pakete aus, die Ronnie mitgebracht hatte. In einem fand er einen Analplug und in dem anderen ein Geschirr, um einerseits seinen Schwanz zu kontrollieren und andererseits den Analplug zu fixieren. Ronnie verteilte Gleitmittel auf dem Plug und stieß ihn Bobby in den Anus. Dann legte sie ihm mit Hilfe der Schnallen das Geschirr an, das seine Hoden fest umschloss, seinen erigierten Penis ungehindert zur Schau stellte und den Analplug tief in seinem Anus verankerte. Den gesamten Nachmittag über trug er nur dieses Geschirr, so dass jeder in ihrem Teil des Schiffes seinen Körper betrachten und mit anderen darüber diskutieren konnte, wie erregt er war.

Inzwischen waren sie vier Tage unterwegs. Bobby fütterte gerade Ronnie, als sie bemerkte, wie der Aushilfskellner sie wieder einmal anstarrte. Er war Ende zwanzig, mittelgroß, hatte schulterlanges, von der Sonne ausgeblichenes blondes Haar, das er im Nacken zu einem Pferdeschwanz zusammengebunden hatte, und blassblaue Augen, die ihre Hände nicht aus dem Blick ließen.

Als Ronnie so darüber nachdachte, fiel ihr auf, dass er sie schon seit Beginn der Reise beobachtete. Während er sie anblickte, goss sie ganz bewusst den Rest ihres Wassers in eine leere Tasse neben sich. Als Bobby das Glas wieder auffüllen wollte, wies sie ihn zurück.

»Junger Mann«, rief sie und deutete auf den Aushilfskellner. »Ich brauche neues Wasser.« Die anderen beiden Paare am Tisch starrten sie an und waren offensichtlich gespannt darauf, was jetzt kam.

»Sicher«, sagte der Hilfskellner und nahm die Kanne. Bobby wirkte niedergeschlagen, und Ronnie sagte: »Ich weiß, dass du mich gern bedienst, aber mach dir keine Sorgen. Du wirst später dafür belohnt.« Sie zeigte auf einen Platz am Boden, und Bobby setzte sich hin.

Mit der Wasserkanne in der Hand trat der Aushilfskellner an ihren Tisch. »Schenk ganz langsam ein, und verschütte keinen Tropfen«, sagte Ronnie gebieterisch.

»Ja, gnädige Frau.«

»Du hast mich beobachtet«, sagte sie, während der junge Mann ihr einschenkte. Seine Hand zitterte leicht.

»Ja, gnädige Frau.« Das Glas war halbvoll.

»Hör nicht auf einzugießen«, sagte sie und machte den Reißverschluss seiner schwarzen Hose auf. Sein harter Schwanz sprang heraus und reckte sich ihr ungeduldig entgegen. Sie umschloss ihn mit ihren Fingern und hielt ihn fest. Die Hand des Kellners zitterte inzwischen so stark, dass er Wasser verschüttete. »Du hast gekleckert«, sagte Ronnie.

»Es tut mir furchtbar leid, gnädige Frau«, entgegnete der junge Mann.

»Wie heißt du?«, fragte Ronnie und hielt noch immer seine Erektion umfangen.

»Mike«, antwortete er und starrte auf Ronnies gefülltes Wasserglas.

»Nun, Mike, du warst sehr unachtsam.« Ronnie blickte die beiden anderen Frauen und ihre Sklaven an, die die Szene aufmerksam verfolgten. »Was sollten wir mit so unachtsamen Kellnern wie dir machen, Mike?«

»Sie sollten bestraft werden.«

»Das sehe ich auch so«, erwiderte Ronnie. »Wie sind deine Dienstzeiten heute Nachmittag?«

»Ich habe um zwei Uhr frei und muss erst zum Dinner wieder antreten.«

»Oh, du wirst schon vorher wieder dienen müssen.«

Ronnie sah auf ihre Uhr. Viertel vor zwei. »Gut. Sei pünktlich um eine Minute nach zwei wieder hier.«

»A… a… aber ich muss mich umziehen. Das dauert wenigstens f… fünf Minuten.«

»Eine Minute nach zwei. Und ich warte nicht gern.« Sie drückte seinen Schwanz ein letztes Mal.

Mike machte seine Hose zu und ging davon.

»Dürfen wir bleiben und uns die Show ansehen?«, fragte eine der Frauen.

»Selbstverständlich«, antwortete Ronnie. Die beiden Frauen setzten sich ans andere Ende des Tisches, die Männer zu ihren Füßen. Ronnies Herz schlug wild. Sie genoss den Nervenkitzel einer ersten Begegnung mit einem Mann, der dominiert werden wollte. Sie blickte zu Bobby, der ruhig neben ihr auf dem Boden hockte. Da er für die Woche bezahlte, musste sie sichergehen, dass er damit einverstanden war. »Ja?«, flüsterte sie. Angesichts des Lächelns auf seinem Gesicht wusste sie, dass es für ihn in Ordnung war.

Um Punkt drei Minuten nach zwei kam Mike in den kleinen Speisesaal. Er trug eine Jeans und ein T-Shirt. Und er war außer Atem – entweder weil er gerannt oder erregt war. Streng sah Ronnie auf ihre Uhr. »Du bist zwei Minuten zu spät.«

»Ich habe so schnell gemacht, wie ich konnte.«

»Lass uns mal ein paar Dinge klarstellen. Erstens: Ich bin Mistress Ronnie, und du wirst mich jederzeit so ansprechen.«

Mike fuhr sich mit den Handflächen über die Jeans und schluckte schwer. »Ja, Mistress Ronnie.«

»Gut. Zweitens: Du wirst mir niemals in die Augen sehen. Dein Blick darf nie höher gehen als bis zu meiner Taille.« Mike ließ den Blick sinken. »Drittens: In meiner Gegenwart wirst du von der Taille aufwärts und von den

Knöcheln abwärts niemals etwas tragen – außer ich befehle es dir.« Als Mike sich nicht rührte, fragte sie: »Hast du ein Problem damit?«

»Nein, Mistress.« So schnell er konnte, zog er sein Sweatshirt aus, schlüpfte aus seinen Schuhen und den Socken.

»Ich liebe nackte Zehen. Bewege deine Zehen für mich.«

Er gehorchte.

»Warst du jemals mit jemandem wie mir zusammen?«

»Ja, Mistress.« Er zögerte, und Ronnie gab ihm ein Zeichen, fortzufahren. »Ihr Name war Mistress Gail, und sie war vor etwa einem Jahr für einige Monate meine Nachbarin. Wir waren nur ein paarmal zusammen.«

»Das reicht. Dann weißt du ja, was von dir erwartet wird.« Ronnie streckte den Arm aus und fasste Mike zwischen die Beine. »Warum ich?«

Mike erschauerte. »Sie sind sehr stark und sehr hübsch ...«

»Und?«

»Und Sie behandeln Ihren Sklaven so, wie ich gern behandelt werden würde.«

Ronnie zog ihre Bluse aus, und Mike starrte auf ihren BH, der Reißverschlüsse an der Vorderseite der Cups hatte. »Mach den Reißverschluss mit den Zähnen auf.«

Zögerlich kniete Mike nieder und nahm den Reißverschluss zwischen die Vorderzähne. Behutsam zog er daran, bis ein aufgerichteter brauner Nippel aus der Öffnung schaute. »Bobby«, sagte Ronnie. »Den anderen.«

Schnell gehorchte Bob. Ronnie legte je eine Hand in den Nacken der Männer und zwang sie dazu, ihre Brüste in den Mund zu nehmen. »Saugt«, befahl sie. »Und vielleicht belohne ich denjenigen, der es am besten macht.« Ronnie lehnte sich zurück und tauchte in die Empfindungen ein, zwei Münder auf ihrem Körper zu spüren. »Schön«, hauchte sie. »Ihr macht es beide gut.«

Ronnie sah zu den beiden Frauen, die die Szene aufmerksam verfolgt hatten. Jede von ihnen hatte ihre Brüste entblößt und ließ den Diener ihre Nippel lecken.

»Bobby«, sagte Ronnie und scheuchte die beiden Männer fort. »Du weißt, wie gern ich geleckt werde. Bring Mike bei, wie ich es mag.« Sie schob ihren Po auf dem Stuhl bis nach vorn zur Kante. Dann spreizte sie die Schenkel, und die Männer sahen, dass sie kein Höschen trug.

Als Mike sich zwischen ihre Beine kniete, sagte Bobby: »Schau, wie feucht sie ist. Riecht sie nicht fantastisch?«

Bobby zeigte Ronnies neuem Sklaven, wie er ihre inneren Oberschenkel streicheln musste, wie er mit der Zunge über ihre geschwollenen Lippen streichen und seine Finger benutzen musste, um ihre Lust ins Unermessliche zu steigern.

Bobby deutete auf ihre Klitoris. »Und jetzt reib sie dort – gerade so fest, dass sie es spürt.«

»Mhm«, schnurrte Ronnie. »Das ist gut.«

Für Bobby war die Situation eigenartig und unglaublich erotisch. Er war im Moment weder Sklave noch Herr. Und er war begierig darauf, dem neuen Sklaven zu zeigen, wie er seine Herrin befriedigen konnte.

»Du machst das gut«, sagte Bobby und war etwas neidisch auf Mikes Fähigkeiten, Ronnies Erregung zu steigern. »Sie will drei Finger in ihrer Muschi, wenn sie kommt.« Er zögerte. »Mistress? Darf ich Sie auch berühren?«

Ronnie nickte, und Bobby nahm ihre Nippel zwischen die Finger und zupfte an den aufgerichteten Spitzen. Mit Bobbys Händen auf ihren Titten und Mike, der ihre Muschi leckte und seine Finger tief in ihre Möse gesteckt hatte, kam

Ronnie. Sie bäumte sich vor Lust so heftig auf, dass die beiden Männer Schwierigkeiten hatten, sie nicht loszulassen.

»Oh, fantastisch«, sagte Ronnie, als ihr Atem sich wieder normalisiert hatte. Lächelnd betrachtete sie die beiden Frauen, deren Muschi jeweils von ihrem Sklaven bedient wurde. »Seid ihr sehr geil?«, fragte sie ihre Sklaven.

»Ja, Mistress«, erwiderten sie einstimmig.

»Dann zieht euch aus. Schnell.«

Als sie nackt waren, sagte sie: »Wendet euch einander zu.« Die Männer gehorchten und standen so nahe voreinander, dass die erigierten Penisse sich beinahe berührten. »Jetzt packt euch gegenseitig an den Schwanz.«

Sie zögerten.

»Los! Jetzt!«, befahl Ronnie.

Mit einem Aufstöhnen streckte jeder Mann seinen Arm aus und umfasste den Schaft des anderen. Ronnie erinnerte sich an eine Unterhaltung, die sie vor Monaten mit Bobby geführt hatte. Damals hatte er zugegeben, dass er davon träumte, den Schwanz eines anderen Mannes zu halten und auch von ihm angefasst zu werden. Sie hatte beschlossen, diese düstere Fantasie nun Wirklichkeit werden zu lassen.

»Mistress, bitte, zwingen Sie mich nicht dazu«, stöhnte Bobby. Sein Körper hingegen ließ keinen Zweifel daran, dass er nicht davon abgehalten, sondern dazu gezwungen werden wollte.

»Ruhig«, zischte Ronnie und sah Mike aufmerksam an. »Und du, Mike?«

Er neigte den Kopf. »Ich werde tun, was auch immer Ihnen gefällt. Wenn es Ihnen gefällt, mir bei dieser Sache zuzuschauen, dann kann ich nur gehorchen.«

»Tja dann, Mike: Hol Bobby einen runter.«

»Bitte, nein, Mistress«, keuchte Bobby.

Ronnie sah ihn mit hochgezogenen Augenbrauen an.

»Es tut mir leid, Mistress«, flüsterte er.

»Gut. Jetzt macht beide, was ich gesagt habe. Bringt euch gegenseitig zum Orgasmus, während ich euch zusehe.«

Die beiden Männer massierten den harten Schwanz des anderen, beobachteten ihre Hände und atmeten schnell und abgehackt. »Konzentriert euch«, sagte Ronnie, und die Männer fügten sich.

»Nehmt die Eier des anderen in die Hand und streichelt sie. Benutzt beide Hände!« Während die kleine Gruppe ihnen zusah, lebten die beiden Männer ihre geheimsten Gelüste aus.

Es dauerte nur wenige Momente, bis sich heißes Sperma auf die Hände der Männer ergoss. Eine der Frauen schrie vor Lust auf, als ihr Sklave ihr einen Höhepunkt verschaffte. Die andere kam leise.

»Der Rest der Kreuzfahrt war sehr erfreulich«, erzählte Ronnie ihrer Freundin Carla und nahm einen Schluck frischen Kaffees. »Mike verbrachte jeden Nachmittag mit einer anderen Frau.«

»Woher wusstest du von Bobs Wunsch, den Schwanz eines anderen Mannes zu berühren?«

»Er hat es mir mal erzählt, als ich ihn dazu gezwungen habe, seine dunkelste Fantasie zu enthüllen, und seine Körpersprache an dem Nachmittag hat mehr gesagt als tausend Worte.«

»Du scheinst immer den gewissen Kick zu kennen. Wie machst du das?«

»Ich habe keine Ahnung. Ich glaube, ich kann mich irgendwie in meine Freunde einfühlen.« Sie tippte sich an die Stirn. »Und ich vergesse nichts.«

»Ich hoffe, dass ich eines Tages auch so gut sein werde.«
»Das wirst du«, sagte Ronnie. »Das wirst du.«

Jeffrey DeLancy III war ein extrem würdevoll wirkender Mann Mitte vierzig mit Augen, die unglaublich blau waren, und mit sorgfältig geschnittenem graumeliertem Haar und Vollbart. Der Anwalt einer namhaften Firma war zu Besuch in New York. Sein dreiteiliger Anzug war maßgeschneidert, und er trug am Ringfinger der rechten Hand einen breiten Goldring mit drei eingelassenen Saphiren. Als sie sich trafen, hatte Carla eine Bemerkung über seinen durchtrainierten Körper fallenlassen, und er hatte ihr erzählt, dass er, so oft es ging, Racquetball und Tennis spielte.

Als Carla nun von der Damentoilette zurückkehrte, starrte Jeff auf das Foto der Frau in dem Nachthemd, die die Bettdecke bis zur Brust hochgezogen hatte und verängstigt jemanden ansah, der hinter der Kamera zu stehen schien. Carla setzte sich, und Jeff schlug das Buch zu. »Lass uns zu dir fahren«, sagte er, nahm seine Kaffeetasse und stellte sie wieder hin, ohne etwas getrunken zu haben. »Diese ganze Sache mit den Fantasien ist doch albern.«

»Wir können fahren, wenn du willst«, entgegnete Carla. »Aber ich glaube, dass du mir etwas sagen möchtest.«

»Das glaube ich nicht.« Er gab dem Kellner ein Zeichen, die Rechnung zu bringen.

»Jeff«, flüsterte Carla und legte ihre Hände auf seine. »Sag es mir. Darum bin ich doch hier.«

»Wir wissen beide, warum du hier bist. Also, lass uns zu dir fahren und es tun.«

»Du musst mir nicht erklären, was dich aufwühlt, aber ich bezweifle, dass es so schlimm ist, wie du denkst.« Schweigend saß Jeff da und starrte in seinen Kaffee. »Ich habe das Bild gesehen, das dich anmacht. Das ist Bethann, und sie hat geschlafen, als ein Einbrecher in die Wohnung eingedrungen ist. Weißt du, was er nun vorhat?«

Jeffs Hand unter ihrer begann zu zittern, als sie mit ihrer Geschichte fortfuhr. »Er wird sie festhalten, wird ihren Kampf spüren, wird sie zwingen, sich seinem Willen zu beugen. Sie hat Angst, dass sie ihn nicht abwehren kann.« Sie fand das Szenario ebenso erregend wie Jeff.

»Du redest von Vergewaltigung«, knurrte er.

»Ja. Aber dies ist eine Fantasie-Vergewaltigung – niemand wird verletzt, und es wird auch nichts getan, was Bethann nicht möchte.«

»Fantasie-Vergewaltigung, reale Vergewaltigung. Wie man es dreht oder wendet: Es ist falsch.«

»Nichts, das nur in deinem Kopf stattfindet, kann schlecht sein.«

Langsam hob Jeff den Blick und sah Carla an. »Ich wünschte, ich könnte das glauben.«

»Du hast eine Fantasie. Du willst eine Frau vergewaltigen ... Also, nicht direkt vergewaltigen, denn du willst ihr nicht weh tun. Du willst nur, dass sie so tut, als würde sie sich wehren, damit du sie unterdrücken, Macht ausüben kannst. Richtig?«

Der Kellner brachte die Rechnung, nahm Jeffs Kreditkarte und verschwand wieder.

»Mehr Menschen, als du dir vorstellen kannst, haben Vergewaltigungsfantasien«, fuhr Carla fort. »Tatsächlich habe ich mir immer gewünscht, einmal mit Gewalt genommen zu werden. Festgehalten zu werden, so dass ich mich nicht rühren kann.«

Jeff sah Carla in die Augen. »Das ist dein Ernst, oder?«

»Mein voller Ernst. Während das Foto gemacht wurde,

habe ich über den Mann nachgedacht, der Bethann die Kleider vom Leib reißt.«

»Wird Bethann sich gegen den Einbrecher wehren?«, fragte er leise.

»Sie wird sich mit aller Macht wehren.«

»Sie wird wissen, dass er ihr nicht weh tun wird, und doch wird sie sich wehren? Kämpfen und versuchen zu flüchten?«

»Ja«, flüsterte Carla. »Wir sollten nur zwei Dinge klarstellen. Erstens: ›Popcorn‹ ist das Safeword. Wenn einer von uns beiden das Wort sagt, werden sofort alle Handlungen abgebrochen. Und zweitens: Du wirst ein Kondom benutzen, auch wenn es nicht zur Rolle passt.«

Jeff sah ihr in die Augen und begann zu glauben, dass seine Fantasie tatsächlich wahr werden könnte. »Popcorn. Sofortiger Abbruch.« Er holte seine Brieftasche hervor und legte fünf Hundertdollarscheine in den Umschlag aus schwarzem Leder. »Ich habe verstanden.«

Schweigend fuhren sie zu Ronnies Haus, und Carla gab Jeff ein Zeichen, unten zu warten. Sie rannte zum Schrank und dann wieder die Treppe hinunter, um Jeff eine bequeme Jogginghose und einen schwarzen Rollkragenpullover zu geben. »Wenn das Licht ausgeht, liegt Bethann schlafend im Bett. Noch nie wurde bei ihr eingebrochen, aber Angst hat Bethann davor schon immer gehabt.«

Carla hastete wieder nach oben und zog sich aus. Da sie wussten, dass es viele Männer gab, die von einer Vergewaltigung träumten, hatten Ronnie und sie einige Negligés präpariert, so dass sie auseinanderrissen, wenn jemand daran zerrte. Sie schlüpfte in ein speziell präpariertes leuchtend grünes Nachthemd aus Trikotstoff, kletterte ins Bett, zog die Decke bis unters Kinn und löschte das Licht.

Minuten später sah sie eine dunkle Gestalt, die durch den Türspalt ins Zimmer schlich. Plötzlich erhellte Licht den Raum. Eine Hand legte sich auf ihren Mund und dann wurde sie auf die Matratze gedrückt. »Schrei nicht«, zischte die Stimme. Mit dem anderen Arm glitt der Eindringling über ihren Bauch und hielt sie fest. »Ich will nur deinen Schmuck.«

Sie kämpfte, versuchte, sich zu befreien, aber er war zu stark. Sie musste sichergehen, dass er die Regeln verstanden hatte. »Popcorn«, murmelte sie. Zögerlich löste er seine Hand von ihrem Mund und stand auf. Carla blickte Jeff in die Augen, die sich dunkelblau gegen den schwarzen Rollkragen abhoben. »Du hast es verstanden.«

Er nickte, und sie lächelte.

Dann kroch sie über das Bett, weg von ihm. »Tu mir nichts«, wimmerte sie. »Ich sage ja, wo mein Schmuck ist.«

Er beobachtete ihren Brustkorb, der sich schnell hob und senkte. »Ich habe meine Meinung geändert«, knurrte er bedrohlich. »Ich will den Schmuck nicht mehr. Ich will dich.«

»Nein, bitte«, wisperte Carla und schlüpfte allmählich in ihre Rolle. Auch wenn es nur ein Spiel war, fühlte die Gefahr sich unglaublich real und erregend an. Ihr Herz schlug heftig, als sie die Bettdecke nahm und sich an die Brust drückte.

Jeff durchquerte das Zimmer und schloss nachdrücklich die Tür. »Du kommst hier nicht raus, aber du kannst es natürlich versuchen …«

»Tu mir nichts«, sagte Carla mit leiser Stimme.

»Ich werde dir nichts tun – außer du leistest Widerstand.« Er ergriff Carlas Handgelenk und zog sie über die Matratze zu sich. Dann vergrub er seine Hand in ihrem kurzen Haar und riss ihren Kopf zurück.

Mit großen Augen starrte Carla ihn an. Sein Griff war schmerzhaft, doch der Schmerz erregte sie. Sie versuchte, ihren Kopf zu drehen, um Jeffs Mund auszuweichen, der sich ihr langsam näherte, aber seine Hand in ihrem Haar ließ kaum eine Bewegung zu. Sie schlug ihm mit den Fäusten gegen die Brust, doch es war, als würde sie gegen eine Wand schlagen. Sein Mund fing ihren ein und flüssige Hitze strömte durch ihre Lippen. Es war nicht nur ein Kuss, es war eine Besitzergreifung.

Jeff kletterte aufs Bett, setzte sich breitbeinig auf Carlas Hüften und hielt sie so auf dem Bett gefangen. Er beugte sich vor, presste seine Arme auf ihre und hielt mit seinen Händen in ihrem Haar ihren Kopf fest. »Du gehörst mir«, brummte er. »Ob du es willst oder nicht.«

»Bitte, lass mich gehen. Ich werde auch niemandem von dem Einbruch erzählen.« Echte Tränen sammelten sich in ihren Augenwinkeln. »Bitte.«

»Keine Chance, Lady«, erwiderte Jeff. Mit dem Mund strich er über ihr Gesicht, leckte über ihre Augenlider und knabberte an ihren Ohrläppchen. »Ich kann alles tun, was ich will, und du kannst nichts dagegen unternehmen.« Er packte ihr grünes Nachthemd und zog daran. Der Stoff zerriss, und Carla war nackt.

Sie musste weg. Sie entspannte sich einen Moment lang, bevor sie mit aller Kraft ihren Rücken durchdrückte und ihre Arme befreite. Während Carla keuchend auf dem Bett lag, verspürte Jeff mit einem Mal das Bedürfnis, aus seinen Kleidern zu schlüpfen. Er zog sich den schwarzen Rollkragenpulli aus und warf ihn auf den Fußboden. Die Hose und die Shorts folgten. Ungeduldig aufgerichtet kletterte er wieder auf sein Opfer. »Du hattest genug Zeit, um dir Gedanken darüber zu machen, was nun passiert.«

Wieder ergriff Jeff ihre Handgelenke und hielt ihre Arme über ihrem Kopf fest. Er verschlang ihren Mund, zwang seine Zunge zwischen ihre Lippen, rieb mit seiner nackten behaarten Brust über ihren Busen. »Schön«, knurrte er. Er ließ ihre Handgelenke los und hielt ihren Kopf fest, als er ihr Gesicht und ihren Hals küsste.

»Nein!«, schrie Carla und kratzte mit ihren Fingernägeln über Jeffs Rücken. »Lass mich los!«

»Eine echte Wildkatze«, murmelte er. Er nutzte sein Gewicht, um Carla aufs Bett zu drücken, und schlug ihr dann hart auf den Schenkel.

Der Schlag schmerzte zwar, aber er verstärkte noch die Hitze zwischen ihren Beinen. Es war schwierig, sich gegen die Vergewaltigung zu wehren, wenn von ihm beherrscht zu werden doch genau das war, was Carla wollte.

Wieder und wieder schlug er Carla, bis seine Hand zu brennen begann. »Hast du genug?«, fragte er.

Carla nickte und blinzelte. »Aber zwing mich nicht dazu … du weißt schon. Ich bin ein anständiges Mädchen. Ich war nur mit meinem Ehemann zusammen. Zwing mich nicht. Bitte.«

»Ach, aber genau das habe ich vor.« Er rollte ein Kondom über seinen erigierten Penis und hielt seinen harten Schwanz dann an die Öffnung von Carlas Muschi. Sinnlich ließ er den Schaft über ihre Klitoris gleiten. »Du sagst, dass du mich nicht willst. Ich bin ein Vergewaltiger und zwinge dich, mir gefällig zu sein, doch du bist ganz feucht. Du musst sehr böse sein.«

»Ich bin nicht feucht. Ich will dich nicht.« Sie wand sich und kratzte über seinen Rücken und seine Schulter. Leuchtend rote Striemen erschienen auf seiner Haut.

»Dein Körper sagt etwas anderes.« Er führte seine Erektion an ihre Öffnung und zwang die Spitze hinein. »Und du kannst mich sowieso nicht aufhalten.« Er presste seine Hüften vor und glitt mit seinem Schwanz tief in sie. »Du bist feucht und weit geöffnet, so dass ich dich ficken kann.« Seine Fantasie war so real, dass er die Kontrolle verlor, wie besessen in sein Opfer stieß, bis er den Rücken durchdrückte und seinen heißen Samen in ihre pulsierende Muschi spritzte. Keuchend sackte er über ihr zusammen.

Carla strich ihm über den Rücken und fuhr mit ihren Fingern durch sein Haar. »Das war so gut«, flüsterte sie.

»Es war unglaublich«, erwiderte er, sein Körper schwach und erschöpft.

Die Kratzer auf seinem Rücken brannten. Er rollte sich auf die Seite, und Carla ging nackt ins Badezimmer. Sie kehrte mit einem Desinfektionsmittel zurück und gab etwas davon auf seinen Rücken und seine Schulter.

Er betrachtete einen geschwollenen Kratzer auf seiner Brust. »Die Spuren werde ich mir noch einige Tage mit Genuss anschauen«, brummte er und fuhr mit der Fingerspitze über den Kratzer.

»Das freut mich. Ich habe mir Sorgen gemacht, dir weh zu tun.«

»Und es tut mir leid, wenn ich dich zu hart geschlagen habe.«

»Das hast du nicht.«

Jeff zog sich an. »Danke für einen fantastischen Abend«, sagte er. »Darf ich dich wieder anrufen?«

»Selbstverständlich. Bethann wird immer hier sein – genau wie jede andere Frau, mit der du gern zusammen sein möchtest.«

»Sehr schön. Du wirst von mir hören.«

Als der Winter sich dem Ende zuneigte, verbrachten Carla und Ronnie mindestens einen Tag in der Woche damit, sich auszutauschen – schließlich hatten sie nur einander, um über ihr florierendes Unternehmen sprechen zu können. Jeden Montag schickte Carla die Jungs in die Schule, räumte das Haus nach dem Wochenende auf und fuhr dann in die Stadt. Ronnie hatte ein *R&Rs* Gourmetrestaurant entdeckt, das auch Essen zum Mitnehmen anbot. Jede Woche holte sie ein üppiges Mittagessen, das meist aus einem Pasta-Salat und dem köstlichen Brot bestand, für das *R&R* berühmt war. Wenn sie in das Sandsteingebäude zurückkehrte, holte sie eine Flasche Wein aus dem Keller und achtete darauf, dass er auch die richtige Trinktemperatur hatte.

Eines Montags nach einem besonders feudalen Essen mit luftgetrocknetem Schinken und Melone, einem Salat aus Nudeln und Pilzen und dazu knusprigem warmem Sesambrot zogen Carla und Ronnie sich die Schuhe aus und streckten sich an den gegenüberliegenden Enden des Sofas im Wohnzimmer aus. Ihre nackten Füße legten sie auf den Kaffeetisch. »Das war ein ausgezeichneter *Sauvignon Blanc*«, bemerkte Carla.

»Vor sechs Monaten hättest du nicht gewusst, dass es ein *Sauvignon* ist. Du hast viel dazugelernt, weißt du das eigentlich?«

»Ich weiß. Manchmal lasse ich meiner Mutter gegenüber bestimmte Bemerkungen fallen, und sie sieht mich dann ganz seltsam an. Mit so einem ›Ich habe dir das nicht beigebracht, also woher kannst du das wissen‹-Blick.«

»O ja, den kenne ich gut.« Ronnie nippte an ihrem zweiten Glas des vollmundigen Weines. »Carla, ich muss mit dir reden.«

»Sicher, schieß los.« Carla stellte ihr Glas ab und schaute ihre Freundin gespannt an.

»Ab und zu macht mir einer meiner Freunde einen Vorschlag, den ich ihm nicht erfüllen kann.« Sie spielte mit dem Stiel ihres Weinglases.

»Zierst du dich etwa vor mir?«, fragte Carla.

»Nein, aber es ist ein bisschen ungewöhnlich, und es schließt dich mit ein.« Hitze stieg Ronnie in die Wangen.

»Du wirst ja rot. Ich glaube es nicht.«

Ronnie lachte. »Ich auch nicht. Also, ich komme seit Jahren ungefähr einmal im Monat mit einem besonderen Freund zusammen. Er wählt gern erotische Geschichten aus Magazinen aus, Szenen aus Romanen und Ähnliches und liest sie mir vor. Dann leben wir sie aus. Er ist sehr kreativ, und ich habe eine Menge von ihm und durch seine Geschichten gelernt.« Sie nahm einen Schluck von ihrem Wein.

»Du musst gerade all deinen Mut zusammennehmen, Ronnie, das kann ich sehen. Vergiss nicht: Nichts von dem, was du mich fragst oder mir sagst, wird etwas an unserer Freundschaft ändern.«

»Danke. Er hat mir eine Geschichte über zwei Frauen vorgelesen, die Teil eines heißen Liebesspiels sind. In der Geschichte sieht der Mann zuerst zu und gesellt sich dann zu ihnen.«

»Oh«, brachte Carla hervor und fühlte sich mit einem Mal unwohl.

»Ich wusste wirklich nicht, wie ich anfangen sollte. Über diese Art von Sex haben wir schließlich noch nie gesprochen. Wenn es dich nicht anmacht, können wir das Thema gleich wieder vergessen.«

»Du hast seinen Vorschlag aber offensichtlich nicht abgelehnt, denn sonst würden wir jetzt nicht darüber reden.«

Ronnie seufzte. »Nein, das habe ich nicht.«

»Warst du jemals mit einer Frau zusammen?«, fragte Carla leise.

»Ja«, antwortete Ronnie. »Auf dem College. Obwohl wir beide uns ein Zimmer geteilt haben, hast nicht einmal du davon gewusst.«

»Nein«, stieß Carla überrascht hervor. »Mit wem?«

»Erinnerst du dich an Evelyn Sage?«

»Die umwerfende Blondine mit den tollen Augen und der wundervollen Haut? Sie hatte fantastische Brüste, wenn ich mich recht entsinne. Ich habe mich immer gefragt, ob sie echt waren oder aus Silikon.«

Ronnie lachte. »Sie sah überall fantastisch aus, oder? Die Brüste waren echt. Jedenfalls nahmen wir an einigen Kursen gemeinsam teil, und ab und zu haben wir zusammen gelernt. Irgendwann im ersten Jahr sagte sie mir ganz beiläufig, wie attraktiv sie mich fände und dass sie sich gefragt hätte, ob ich dasselbe über sie denken würde. Eins führte zum anderen … Wir waren nur ein paarmal zusammen, bevor ich Sid kennengelernt habe.«

»Ich erinnere mich an ihn. Es war eine Zeitlang ziemlich ernst mit euch beiden.«

»Das stimmt. Er hatte eine Schwäche für alles, was mit Haut zu tun hat. Er hat mich unglaublich gern mit duftenden Ölen massiert. Als wir zusammen waren, habe ich Evelyn nicht mehr gesehen, und als Sid und ich uns trennten, war sie mit jemand anders zusammen.«

»Hast du den Sex mit ihr genossen?«, wollte Carla wissen.

»Sehr sogar«, antwortete Ronnie. »Es war neu und anders und sehr sinnlich. Ich war seitdem mit einigen Frauen zusammen, aber es waren immer nur kurze Affären. Ich nehme an, dass du noch nie so etwas getan hast.«

»Noch nie«, erwiderte Carla und nippte an ihrem Wein. »Es ist schwer zuzugeben, aber ich war immer neugierig.«

Ronnie blickte Carla in die Augen. »Ich würde es dir gern zeigen, aber ich will unsere Freundschaft nicht gefährden.«

»Wäre sie denn gefährdet?«, entgegnete Carla, die die Vorstellung immer reizvoller fand.

»Ich weiß nicht. Ich hoffe, nicht.« Sie sah sie an. »Aber falls dir was nicht behagt, sag es und ich höre sofort auf.«

»Sagen wir das nicht jedem, mit dem wir spielen?«

»Du hast recht.« Ronnie stellte ihr Glas auf den Tisch, beugte sich vor und flüsterte Carla ins Ohr: »Es wird wundervoll. Ich habe von dir geträumt. In meiner Fantasie bist du hier – genau so wie jetzt.«

Ronnies Atem auf ihrem Ohr zu spüren ließ Carlas Herz noch heftiger schlagen, und sie atmete unwillkürlich schneller. Ihre Zweifel lösten sich auf, und sie entspannte sich.

»Schließ die Augen und genieße es einfach.« Ronnie beobachtete, wie Carla die Augen zumachte. »Gut. Genau so. Rühr dich nicht. Spüre nur.« Ronnie legte die Fingerspitze an Carlas Mund und sah, wie sie die Lippen öffnete. »Deine Lippen sind so zart. So feucht und glatt.« Sie berührte Carlas Zähne und strich mit dem Fingernagel über Carlas Zungenspitze. »Kitzelt das?«

Eine Welle von Empfindungen überrollte Carla. Es hatten keine sexuellen Handlungen stattgefunden, und doch prickelte ihr Körper, und ihre Muschi war geschwollen. Doch sie hatte es nicht eilig. Sie schloss die Lippen um Ronnies Finger und saugte leicht.

»O ja«, flüsterte Ronnie ihr ins Ohr. »Saug an meinem Finger.« Sie erlaubte es Carla, ihren Finger in den Mund zu nehmen, und zog ihn dann langsam wieder heraus. Rein und raus schob sie den Finger und ahmte damit die Bewegung beim Sex nach, die sie beide in der letzten Zeit so oft erlebt hatten. Der Rhythmus war pur und zutiefst sinnlich. Ronnie tauchte ihre Zungenspitze in Carlas Ohr und imitierte die gemeinsamen Bewegungen.

Carla hätte nie für möglich gehalten, dass so einfache Dinge so unglaublich sinnlich sein konnten. Sie saugte an Ronnies Finger, während ihre Freundin ihre Zunge immer wieder in ihr Ohr gleiten ließ. Plötzlich hatte sie das Gefühl, dass ihre Bluse störte. Sie wollte, dass ihre Brüste frei waren.

Carla wollte nach den Knöpfen greifen, aber Ronnie hielt sie zurück. »Rühr dich nicht. Überlass alles mir.« Mit einem letzten zärtlichen Biss in Carlas Ohrläppchen zog Ronnie ihren Finger aus dem gierigen Mund ihrer Freundin und knöpfte ihre Bluse auf. »Deine Nippel sind so geschwollen. Ist der BH nicht unbequem? Wollen sie meinen heißen Mund spüren?«

»O ja«, stöhnte Carla.

Ronnie machte Carlas Bluse auf und streichelte durch den seidigen Stoff des BHs hindurch die aufgerichteten Nippel ihrer Freundin. »Ich kann spüren, wie hart sie sind. Gefällt dir meine Hand?« Carla stöhnte wieder auf. »Ja, hab ich recht? Du willst mehr, ich weiß es. Dein Herz schlägt heftig, und du scheinst kaum genug Luft in deine Lunge zu bekommen.«

Ronnie beugte sich vor und nahm einen Nippel zwischen die Zähne. Obwohl das Gefühl durch den Stoff des BHs etwas gedämpft wurde, brachten die kleinen Bisse Carla beinahe um den Verstand.

»Mir gefällt es, dass der BH den Verschluss vorn hat«, murmelte Ronnie. »So kann ich ihn aufmachen, ohne dass du dich bewegen musst. Und ich will nicht, dass du dich bewegst. Nicht mal ein bisschen.« Mit geschickten Fingern öffnete Ronnie Carlas BH und streifte die Cups zur Seite, so dass ihre Brüste entblößt waren. »So wundervolle Brüste, Baby«, flüsterte Ronnie. »Ich habe dich schon so oft nackt gesehen, und jedes Mal habe ich mich gefragt, wie wohl deine fantastischen Nippel schmecken mögen.«

Ronnie umschloss Carlas große Brüste und wog sie in den Händen. »Schwer und voll. Und begierig. Fleisch kann begierig sein, weißt du das? Es kann sich nach meiner Berührung sehnen.« Die Brüste in den Händen ließ sie ihre Finger darübergleiten, ergriff die Nippel und zupfte sacht daran. Wieder und wieder machte sie dieses Spielchen, bis Carla glaubte, vor Lust wahnsinnig zu werden.

»Ich will dich«, sagte Carla. »Und ich brauche dich.«

»Wofür brauchst du mich? Um Lust zu verspüren? Das kannst du haben. Brauchst du mich, um dich noch heißer zu machen? Oh, Baby … ja …« Ronnie beugte sich vor und leckte mit der Zunge über einen aufgerichteten Nippel. Als sie sich löste, blies sie sacht über die feuchte Spitze. Abwechselnd benetzte sie die harte Knospe und kühlte sie dann mit ihrem Atem. »Macht dich das wild?«, fragte sie, als Carla begann, die Hüften zu bewegen.

»*Du* machst mich wild«, murmelte Carla. »Meine Muschi explodiert gleich.«

»Nein, das wird sie nicht, und das ist das Wunderbare. Deine Muschi wird heißer und heißer, aber du wirst nicht kommen, bis wir beide bereit dazu sind. Und es wird so intensiv werden, dass ich es spüren und mit dir teilen kann.« Ronnie zog Carla hastig Jeans und Höschen aus und streifte dann ihre eigenen Kleider ab. »Ich will so nackt sein wie du.«

Carla streckte die Hand aus, um Ronnies nackte Haut zu berühren. »Noch nicht«, entgegnete Ronnie. »Es geht jetzt nur um dich. Ich will nicht, dass du irgendetwas tust. Später kannst du mich anfassen, aber im Augenblick geht es nur um dich.« Carla ließ die Hand sinken. »Braves Mädchen. Spüre nur.«

Ronnie leckte wieder über Carlas Nippel und nahm ihn dann in den Mund. Sie saugte fest, und das Gefühl breitete sich von Carlas Brüsten bis in ihre Muschi aus. Es kam ihr vor, als würde das Saugen sich einen Weg durch ihren Körper suchen, und Carla konnte das Ziehen zwischen ihren Beinen spüren.

»Ist deine Muschi feucht?«, fragte Ronnie.

»Ja«, murmelte Carla. »Ich bin so erregt, dass ich nicht weiß, was ich tun soll. Ich bin kurz davor zu kommen.«

»Ich kann dir einen Orgasmus verschaffen«, hauchte Ronnie. »Und jetzt spreiz die Beine, damit ich deine wundervolle Muschi sehen kann. Spreiz sie weit. Stell deine Füße auf die Tischkante und öffne deine Schenkel für mich.«

Carla tat, was Ronnies tiefe rauhe Stimme von ihr forderte. Sie öffnete sich, während Ronnie sich auf den Teppich zwischen Carlas gespreizte Beine kniete.

Ronnie konnte sehen, wie Carlas nasse Muschi vor Erregung zuckte. Wie lange konnte sie ihre Freundin am Rande des Orgasmus halten, ohne dass sie kam? Sie konnte ihr so viel Vergnügen bereiten. Sie neigte den Kopf und strich mit dem Haar über die Innenseiten von Carlas Schenkeln. Das Haar glitt über Carlas weiße Haut, kitzelnd und erregend. Ronnie blies über den anderen Schenkel.

Carla hatte das Gefühl, den Verstand zu verlieren. Sie war sich sicher, in eine Million Teilchen zu zerspringen, ohne überhaupt die Explosion zu spüren. »Du quälst mich«, flüsterte sie und packte Ronnies Kopf, um ihn zwischen ihre Beine zu drücken.

»Tu das nicht, Baby«, sagte Ronnie und legte Carlas Hände neben sie aufs Sofa. »Halt still und lass mich dir zeigen, wie gut es sich anfühlen kann. Sei geduldig.«

»Es macht mich wahnsinnig.«

»Ist das schlecht?«

Carla zögerte. »Nein. Es ist wundervoll.«

»Ich verspreche dir, dass ich dich nicht zu lange warten lasse.« Damit nahm sie einen Finger jeder Hand, um Carlas äußere Lippen zu öffnen und erkundete dann jedes Fältchen mit der Zunge. »Du schmeckst köstlich«, sagte sie, ohne mit der Erforschung aufzuhören. Dann fand ihre Zungenspitze Carlas Klitoris. »Du darfst gleich kommen«, wisperte sie und strich mit der Zunge über die geschwollene Knospe. »Und dein Orgasmus wird so stark sein, dass ich ihn mit dir teilen kann.«

Ronnie nahm einen Finger und drang damit in Carlas Muschi ein, während sie mit der anderen Hand zwischen ihre eigenen Beine ging und ihren Kitzler reizte. Sie steckte einen weiteren Finger in Carlas Muschi. Während sie die Muschi ihrer Freundin ausfüllte, leckte sie über die Klitoris und streichelte sich selbst.

»O Gott«, schrie Carla. »O Gott!«

»Lass es kommen, Baby«, sagte Ronnie. »Sag kein Wort. Konzentriere dich einfach auf das, was ich mit deinem Körper mache. Rühr dich nicht. Halt still, damit du meine Finger und meine Zunge genießen kannst.« Sie blies heißen Atem über Carlas innere Lippen. »Ja. Teile deinen Orgasmus mit mir.« Mit der Zunge strich sie über Carlas Muschi, und ihre Finger bewegten sich hinein und wieder hinaus.

Druck breitete sich in Carlas Bauch aus. Wellen der Lust durchströmten sie. »Hör nicht auf«, schrie Carla. »Hör nicht auf!« Ronnie leckte weiter über die Klitoris ihrer Freundin.

Dann fuhr sie über die inneren Lippen, um ihre Finger herum. Sie öffnete Carla weiter und verwöhnte sie noch intensiver mit ihrer Zunge.

Und dann kam Carla. Ihre Muskeln zogen sich rhythmisch zusammen – länger als Carla es für möglich gehalten hätte. Es war ein Höhepunkt, wie Carla ihn noch nie erlebt hatte. Anders. Er war nicht heftig und kurz, wie sie ihn erlebte, wenn sie masturbierte. Er war auch anders, als wenn der harte Schwanz eines Mannes sie ausfüllte. Dieser Orgasmus kam von tief innen, und er war wundervoll anders.

Ronnie verlangsamte ihre Bewegungen, bis Carla sich beruhigt hatte. Sie legte sich zu Carla aufs Sofa, nahm ihre Hand und führte sie behutsam an ihre eigene Möse. »Streichele vorsichtig, so wie du gern berührt wirst.« Carla drehte sich etwas, so dass sie ihre Finger sehen konnte, während sie Ronnies heißes, feuchtes Fleisch erkundeten und massierten. Ronnie hielt Carlas Hand fest und benutzte sie, um sich selbst zum Orgasmus zu bringen. »Genau so«, schrie sie. »Ja, genau so!« Eine Welle der Lust riss sie mit sich.

Eine ganze Weile herrschte Stille im Wohnzimmer. »O Gott, das war fantastisch«, brachte Ronnie schließlich hervor.

»Es war magisch«, entgegnete Carla. »Und irgendwie anders.«

»Ich weiß«, erwiderte Ronnie, während ihre Atmung sich allmählich wieder normalisierte. »Aber das ändert nichts an meiner Lust am Sex mit einem Mann. Das liebe ich noch genauso wie immer.«

»Ich bin froh, dass du das sagst. Ich hatte Angst, dass es dich verletzen könnte, wenn ich es sage. Das war ein echter Leckerbissen, aber ich stehe noch immer auf Männer.«

»Und falls es sich ergibt, wärst du dann interessiert daran, es zu tun, während jemand zusieht und dann selbst teilnimmt?«

»Ja, ich denke schon. Du weißt, wie sehr ich es genieße, dabei beobachtet zu werden. Der passive Teil zu sein macht mich an.«

»Und ich liebe es, das Sagen zu haben. Wir sind füreinander und für dieses Geschäft gemacht.«

»Tja«, sagte Carla. »Das wäre dann abgemacht.« Sie nahm ihr Weinglas in die Hand. »Auf neue Erfahrungen. Vor allem solche, die sich auszahlen.«

Ronnie nahm einen großen Schluck Wein. »Salute.«

9. Kapitel

Im Laufe der Monate hatte Ronnie Carla oft zu Hause in Bronxville besucht. Da sie keine eigene Familie hatte, war sie für Carlas Jungs »Tante Ronnie« geworden, und Carlas Eltern hatten sie in den Schoß der Familie aufgenommen. Jedes Mal, wenn ihr Unternehmen zur Sprache kam, wichen die beiden Frauen den Fragen aus und erklärten vage, dass sie im Bereich Public Relations, also Werbung und Kontaktpflege, tätig seien, für Firmenkunden arbeiteten und dass sich das Geschäft gut entwickeln würde.

Eines Abends, als die Jungs in ihren Zimmern waren und angeblich ihre Hausaufgaben erledigten, entspannten Ronnie und Carla sich im Wohnzimmer von Carlas bescheidenem Haus. »Ich beneide dich«, sagte Ronnie wehmütig. »Manchmal wünschte ich mir, Jack und ich hätten Kinder.«

»Manchmal wünschte ich mir, ich könnte sie dir für ein paar Monate ausleihen. Hat BJ sich eigentlich für das Geburtstagsgeschenk bedankt? Ronnie, ihm sein eigenes Telefon zu kaufen war echt übertrieben. Die Rechnungen werden ins Unermessliche gehen.«

»Er hat sich bedankt, und die Rechnungen werden nicht über einen gewissen Betrag hinausgehen, auf den wir uns geeinigt haben. Außerdem mache ich das gern für ihn. Übrigens, erzähl Mike nichts davon, aber zu seinem Geburtstag nächsten Monat werde ich ihm einen eigenen Fernseher schenken.«

»Das ist zu viel.« Carla seufzte. »Du bedauerst es, keine eigenen Kinder zu haben, stimmt's?«

»Das ist wahr. Aber ich denke auch oft, dass Jack und ich vermutlich keine guten Eltern geworden wären. Wir sind zu egozentrisch. Wir haben zu viel Spaß an leiblichen Genüssen – und an Ruhe und Privatsphäre.«

»Weiß Gott, davon bekommt man wenig, wenn drei heranwachsende Jungs im Haus sind. Wie geht es Jack?«

»Ihm geht's gut. Er ist in der ehemaligen Sowjetunion, in irgendeinem Land, das auf -istan endet, glaube ich. Ich habe vor ein paar Tagen mit ihm gesprochen.«

Carla bemerkte den wehmütigen Ausdruck auf Ronnies Gesicht. »Er fehlt dir.«

»Ja, du hast recht. Manchmal wünschte ich mir, er würde das Reisen aufgeben. Dann könnten wir vielleicht ein ganz normales Leben führen.«

»Würdest du dein Geschäft aufgeben, wenn er jeden Abend nach Hause kommen würde?«

»Ich weiß nicht. Was ist mit dir? Du triffst dich oft mit Bryce. Ist es etwas Ernstes zwischen euch?«

»Das weiß ich auch nicht. Er war letztes Wochenende hier.«

»Nein! Mit deinen Eltern und den Jungs?«

»Ja. Wir sind mit den Jungs Schlittschuh gelaufen, und anschließend gab es ein Familienessen.« Sie lachte. »Ich dachte, meine Eltern würden stehenden Fußes anfangen, Heiratspläne zu schmieden. Meine Mutter hat mich seitdem schon ein paarmal darauf angesprochen. ›Er ist gut situiert und er mag die Kinder‹, sagt sie immer.«

»Und …«

»Und nichts. Er ist ein netter Mann, und wir haben viel Spaß zusammen.« Sie senkte die Stimme. »Im Bett und auch sonst. Aber das reicht nicht, um ein gemeinsames Leben aufzubauen.«

»Gib euch Zeit«, sagte Ronnie.

»Davon habe ich genug. Und übrigens macht mir die Arbeit im Bereich *Public Relations* viel zu viel Spaß.«

Ein paar Wochen später hatten Carla und Ronnie zum ersten Mal ein Doppeldate. Glen Hansmann war Manager einer Filmproduktionsfirma. Ronnie hatte ihn schon einige Male getroffen, und sie hatten beide viel Spaß gehabt. Eine Woche zuvor hatte Glen angerufen und seinen Namen auf dem Anrufbeantworter hinterlassen.

»Ronnie, Babe«, sagte er, als sie zurückrief. »Ich weiß, dass ich dich das schon oft gefragt habe, aber besteht die Möglichkeit, dass wir uns mal zu viert treffen? Mein Freund Vic O'Keefe, der an der Westküste lebt, ist geschäftlich in der Gegend, und ich würde mich gern mit dir und einer Freundin zum Dinner verabreden. Du verstehst schon. Ein Dinner und etwas Unterhaltung.«

»Ich habe eine Freundin. Ihr Name ist Carla, und sie verlangt das gleiche Honorar wie ich.«

»Das ist toll«, erwiderte Glen. »Und das Honorar ist kein Problem. Passt es euch nächsten Dienstagabend?«

»Ich weiß nicht, ob Carla Zeit hat«, entgegnete Ronnie. »Aber wenn sie an dem Abend noch nichts vorhat, sehe ich keinen Grund, warum es nicht klappen sollte.«

»Gut. Sprich mit ihr und ruf mich dann zurück. Und wenn sie auch nur annähernd so ist wie du, kann ich es kaum erwarten.«

Ronnie rief Carla umgehend an und erklärte ihr die Situation. »Was hältst du von einem Doppeldate? Ich weiß nicht, was die beiden sich vorstellen, aber ich denke, wir sind für alles gerüstet. Und es ist ein Dienstag.«

»Das klingt gut. Warte einen Moment und lass mich

nachsehen, ob nächsten Dienstag etwas ansteht.« Carla blätterte durch die Seiten in ihrem Terminkalender. »Ob du es glaubst oder nicht, der nächste Dienstag ist der einzige freie Abend im gesamten kommenden Monat. Das muss Schicksal sein.«

Glen Hansmann war ganz anders, als Carla es erwartet hatte. Er war Ende vierzig, ein Mann der leisen Töne und mit den hellen Augen und dem Grübchen im Kinn ziemlich süß. Das dunkelbraune Haar reichte ihm fast bis zu den Schultern und lockte sich auf dem Kragen seines hellblauen Anzughemdes. Carla fiel auf, dass er wunderschöne Hände mit langen, schlanken Fingern und perfekt manikürten Nägeln hatte. Bis auf eine schlichte Armbanduhr trug er keinen Schmuck.

Vic O'Keefe dagegen entsprach dem typischen Hollywood-Klischee. Seine Sonnenbräune war zu perfekt, was die etwas helleren Lachfältchen um seine Augen noch unterstrichen. Er hatte einen Rubinring an der rechten Hand und eine schwere *Rolex* aus Gold und Stahl am linken Handgelenk. Seine Stimme war zu laut, genauso wie seine Krawatte zu schrill war. Die erste Stunde des Abends verbrachte er damit, die beiden Frauen beeindrucken zu wollen, indem er hier und da einen berühmten Namen fallenließ und erzählte, wo er auf der Welt schon überall gewesen war. Irgendwann fing Carla Ronnies Blick auf – und der sprach Bände. Es würde ein langer Abend werden.

Schließlich hatte Glen genug. »Vic«, sagte er, als sein Freund kurz innehielt, um Luft zu holen. »Du bist doch sonst nicht so. Vergiss nicht, dass die Frauen uns heute Abend gehören. Du musst sie nicht beeindrucken.« Ungeduldig trommelte er mit den Fingern auf dem Tischtuch.

Vic schwieg einen Moment lang und blickte dann entschuldigend in die Runde. »Es tut mir wirklich leid. Ich nehme an, dass ich mich so an die Leute in Hollywood gewöhnt habe, dass ich es glatt verlernt habe, mich mit normalen Menschen zu unterhalten. Ich kenne die Abmachung. Ihr beide seid nur so attraktiv, dass ich es für einen Moment vergessen habe.«

»Dass wir gekauft sind und bezahlt werden?«, fragte Ronnie mit einer leichten Schärfe in der Stimme. Der Abend drohte, ein Desaster zu werden.

Mit einem entwaffnenden Lächeln sagte Vic: »Zeig mir ein Fettnäpfchen, und ich springe hinein. Aber ich bin echt kein so übler Kerl.« Sein reuevolles Lächeln wirkte aufrichtig. »Wie wäre es, wenn wir meine Taktlosigkeit einfach vergessen und noch einmal von vorn beginnen?« Damit stand er auf, ging um den Tisch herum und setzte sich wieder. »Hi, alle zusammen. Mein Name ist Vic.«

Langsam erstrahlte ein Lächeln auf Ronnies Gesicht. »Hi. Ich bin Ronnie.«

Und dann verflog die Zeit im Nu – vorangetrieben durch gute Unterhaltung und feinen Humor. Als die vier beim Kaffee saßen, sagte Vic: »Ich kann mich nicht erinnern, wann ich zum letzten Mal ein so unterhaltsames Dinner hatte.« Er sah auf seine Uhr. »Und Glen und ich haben eine besondere Überraschung arrangiert, die euch hoffentlich gefallen wird.«

»Genau«, erklärte Glen. »Für den Rest des Abends gehören der Spa-Bereich, der Pool und der Whirlpool in Vics Hotel ganz allein uns. Für gewöhnlich schließt der Wellnessbereich um neun Uhr, aber ich habe dem Concierge ein bisschen Bares zugesteckt und kann den Schlüssel an der Rezeption abholen.«

»Das klingt nach Spaß«, sagte Ronnie und warf einen Blick auf ihre Uhr. »Und es ist schon halb zehn. Wir sind fertig, wenn ihr wollt.«

Die beiden Paare, Ronnie und Vic sowie Glen und Carla, fuhren zu Vics Hotel. Die drei warteten, während Glen den Schlüssel zum Spa-Bereich holte. Zusammen schlüpften die vier durch eine unscheinbare Tür in den hinteren Flur. Kichernd folgten sie Glen durch eine weitere Tür und fanden sich in einem Fitnessraum mit allerlei Trainingsgeräten wieder. »Nett«, sagte Carla. »Das bietet einige Möglichkeiten.«

»Lasst uns ein paar Sachen ausprobieren«, schlug Vic vor. Schnell hatten die beiden Männer sich bis auf die Boxershorts ausgezogen. »Nur Unterwäsche«, rief Vic. Also streiften Ronnie und Carla die Kleidung ab, bis sie nur noch BH und Höschen anhatten. »Hat jemand von euch schon einmal Zirkeltraining gemacht?«, fragte er weiter und musterte die beiden wundervollen Körper in den knappen BHs und Höschen.

»Ich mache Aerobic, wenn ich die Zeit dazu finde«, antwortete Carla.

»Und ich bin eine eingefleischte Couch-Potato«, fügte Ronnie hinzu.

»Ich kann euch zeigen, wie man die Geräte benutzt. Ich trainiere viel«, sagte Vic.

Ronnie betrachtete Vics wohlgeformten Körper, seine breiten Schultern, die muskulösen Arme, den flachen Bauch und die festen Pobacken und lächelte. »Darauf wette ich.«

Carla trat hinter Glen und ließ ihre Hände über seinen starken Rücken gleiten. »Ich bin sicher, dass du auch schon oft im Fitnessstudio warst«, flüsterte sie. Sie lächelte, als sie spürte, wie seine Muskeln sich anspannten und er die Schultern straffte.

»Von Zeit zu Zeit«, murmelte er und zog den Bauch ein.

Vic klopfte auf den Sitz eines Gerätes für die Armmuskulatur. »Lass uns mal sehen, wie du dich auf diesem Gerät machst«, sagte er zu Ronnie. Sie nahm Platz, und Vic legte ihre Arme auf die gepolsterten Hebel. »Jetzt drück mit den Armen gegen den Widerstand des Gerätes nach unten und lass sie dann langsam wieder hochkommen. So trainierst du deinen Bizeps und den Trizeps.« Während sie presste, beobachtete er, wie ihre Brustmuskeln sich anspannten und ihre Brüste sich hoben. Als sie die unterste Stellung der Maschine erreicht hatte, streckte er die Arme aus und strich mit seinen Fingern über Ronnies Nippel. Lächelnd löste sie die Spannung, und die Maschine ging in die Ausgangsposition zurück.

Glen zeigte Carla indessen, wie man in Rückenlage auf dem Sitz einer Beinpresse Platz nahm. Er stellte ihre Füße auf der Fußauflage ungefähr dreißig Zentimeter auseinander und zeigte ihr, wie sie den Quadrizeps nutzte, um ihre Beine zu strecken. Einige Male passte er die Gewichte an, so dass es keinen allzu großen Kraftaufwand brauchte, um die Beine durchzudrücken.

»Jetzt«, sagte er, »versuch, deine Beine gestreckt zu halten.« Als sie ihre Beine durchgebogen hatte, bemühte sie sich, die Fußauflage so weit von ihrem Körper entfernt zu halten, wie sie konnte. Glen schob einen Stuhl neben die Maschine, setzte sich und rieb mit den Fingern über den Stoff ihres Höschens.

»Hey«, sagte Carla lachend. »Das macht es nicht gerade einfacher.« Während sich in ihrem Körper Wärme ausbreitete, musste sie sich konzentrieren, um die Beine gerade zu halten.

»Ja, das stimmt.« Er legte je eine Hand auf ihre Schenkel

und presste leicht gegen ihre Haut. »Gut. Jetzt lös die Spannung und drück die Beine dann wieder durch.« Als Carla die Beine zuerst anzog und dann streckte, spürte Glen die Bewegungen ihrer Muskeln unter seinen Händen. Carla geriet zusehends ins Schwitzen, als sie die Beinübungen wieder und wieder machte.

Ronnie war von dem Gerät für die Armmuskeln zu einer Vorrichtung gewechselt, die laut Vic die Adduktoren trainieren sollte. Vic plazierte sie auf einem gepolsterten Sitz und legte ihre Beine, die er im 45°-Winkel spreizte, in die Halterungen. Er stellte das Gewicht ein. »Versuche, deine Beine zu schließen«, sagte er.

Ronnie bemühte sich mit aller Kraft, ihre Schenkel zu schließen. »Keine Chance«, erwiderte sie.

»Gut«, entgegnete Vic, ging um das Gerät herum und kniete sich zwischen ihre weit gespreizten Beine. Er zupfte an den Löckchen ihres Schamhaars, die aus dem Schritt ihres Höschens hervorschauten, und hörte, wie Ronnie aufkeuchte. Schnell beruhigte er die schmerzende Haut, um dann wieder an den Härchen zu ziehen. Ronnie gab den Versuch auf, ihre Beine zu schließen, machte die Augen zu und genoss die Empfindungen, die Vic heraufbeschwor. »Das macht dich verrückt, oder?«

»Gott, das weißt du doch.« Ronnie erschauerte.

Vic grinste. »Sicher weiß ich das.« Er presste seinen Mund in den Schritt ihres Höschens und knabberte an der Haut und den Löckchen darunter. Sein heißer Atem wärmte ihre feuchte Muschi.

»Siehst du, was Vic da macht?«, fragte Glen Carla. Sie drehte sich um und sah Vics Gesicht zwischen Ronnies Schenkeln. »Jetzt mach die Beine gerade«, sagte Glen.

Carlas Muskeln wurden allmählich müde, aber sie stemmte sich mit Kraft gegen die Fußauflage. Glen legte eine Hand an ihre Muschi und zwickte mit der anderen ihre Nippel. Carla wollte sich dem sinnlichen Vergnügen hingeben, doch sie musste sich darauf konzentrieren, die Beine gestreckt zu halten.

»Scheiße, Vic«, knurrte Glen, »ich hätte mir nicht träumen lassen, was man mit diesen Geräten alles anstellen kann.«

»Genug für den Moment«, sagte Vic und half Ronnie aus dem Gerät. »Ich bin für den Whirlpool.«

Glen half Carla beim Aufstehen. Sie streckte sich, und nachdem sie ein paar Minuten herumgegangen war, fühlten sich ihre Beine wieder stärker an.

Die vier gingen in den schwach beleuchteten Bereich, wo sich das Schwimmbecken und der Whirlpool befanden. Glen blieb neben dem verlockend dampfenden Wasser des Whirlpools stehen und schlang die Arme um Carla. Während er ihren Rücken streichelte, presste er seine Lippen auf ihren Mund und drückte ihre Brüste an seinen starken Oberkörper.

Vic und Ronnie saßen indes auf einer Bank, und Vic liebkoste Ronnies Gesicht mit seinen Fingern und seinen Lippen. Einige Minuten lang küssten die beiden Paare sich und heizten ihre sexuelle Begierde noch weiter an.

Schließlich löste Vic sich von Ronnie und stellte die Luft- und Wasserdüsen für den Whirlpool an. »Wer als Letzter drin ist, ist ein faules Ei.« In Unterwäsche stiegen die vier in das blubbernde Wasser, während ihre Hände und Münder einander noch immer erkundeten.

Glen machte Carlas BH auf und warf den nassen Stoff durch den gekachelten Raum. Er neigte den Kopf und fuhr mit der Zunge über den oberen Teil von Carlas Brüsten, die halb im Wasser waren. »Du schmeckst nach Chlor«, brummte er.

Ronnie legte eine Hand auf Vics Schulter und flüsterte ihm etwas ins Ohr. »Du machst genau das, was Glen macht. Beobachte ihn aufmerksam und ahme ihn nach, Schritt für Schritt.« Sie spürte, wie er die Schultern straffte und leicht erschauerte.

Vic blickte zu Glen und sah, wie die Zunge seines Freundes über Carlas Brüste glitt. »Es fühlt sich komisch an, ihm zuzusehen.«

»Mach dasselbe mit mir«, verlangte Ronnie. Vic zog Ronnie den BH aus und leckte über ihre feuchte Haut.

Glen hob eine von Carlas Brüsten an und wollte mit den Lippen ihren Nippel umschließen. Bewusst ließ Carla sich ein Stück ins Wasser sinken, so dass er bei dem Versuch, ihren rosigen Nippel in den Mund zu nehmen, Wasser ins Gesicht bekam. Sie lachten und balgten, bis Glen seine Arme um Carlas Taille schlang und sie so im Wasser festhielt, dass ihre Brüste herausschauten.

Vic küsste und liebkoste Ronnies Hals, als sie flüsterte: »Schau, was die anderen gerade machen, Vic. Du siehst einfach nicht aufmerksam genug zu.« Sie griff nach unten in das wirbelnde Wasser und drückte heftig seinen Schwanz.

»Au«, schrie Vic auf, und ihm stockte der Atem. Der Schmerz schien seinen Schwanz nur noch härter zu machen.

»Dann pass besser auf.«

Hastig brachte Vic Ronnies Körper in dieselbe Stellung wie Carla und saugte an ihren Brüsten. Sein Atem ging schnell und stoßweise. Ronnie lächelte, denn sie wusste, dass sie den perfekten Weg gefunden hatte, um seine Lust noch zu steigern.

Noch immer hielt Glen Carlas Oberkörper mit einem Arm fest und hob dann ihre Beine auf den gekachelten Rand der Wanne. Mit sanftem Druck brachte er sie dazu, ihren Körper an den Hüften zu beugen. Vollkommen unerwartet schoss nun ein Strom warmen Wassers aus einer der Düsen direkt auf ihre geschwollenen Lippen. »O Gott«, schrie Carla auf. »Das ist wundervoll.«

»Ich will, dass du auch mit dem Wasser spielst«, sagte Ronnie zu Vic, »aber ich will, dass es gegen deinen Schwanz spritzt. Knie dich hierher.« Sie forderte ihn auf, sich im Wasser auf den Vorsprung zu knien, auf dem man normalerweise saß. Dann presste sie ihre Hand gegen seinen Rücken. Seine Erektion drängte sich nun gegen den Stoff seiner Shorts vor einer Düse in einen anderen Warmwasserstrom. »O Scheiße, Baby«, knurrte er. »Ich komme gleich, wenn du so weitermachst.«

»Und wenn du kommst«, entgegnete Ronnie, »dann müssen wir eben noch einmal von vorn beginnen.« Sie hielt Vic vor dem warmen Wasserstrahl fest, bis sie spürte, wie er erschauerte. Eilig griff sie um ihn herum und hielt seinen Schwanz in der Hand, als Vic im Wasser kam. Sein Sperma fühlte sich im Stoff seiner Hose dickflüssig und klebrig an.

Carla war ebenfalls kurz davor zu kommen. Glen saugte an ihrer Brust und reizte mit einem Finger ihren Anus, während das Wasser gegen ihre Muschi spritzte. Der Orgasmus kam so schnell und intensiv, dass sie selbst überrascht war.

»Oh, Baby«, knurrte Glen. »Du bist heiß. Ich will dich richtig ficken, aber ich habe kein Gummi dabei.«

»Setz dich hierher«, erwiderte Carla und wies auf den Rand des Whirlpools. »Ich kümmere mich darum.« Während er hinaufkletterte, zog sie ihm die Shorts herunter, so dass sein erigierter Penis ungeduldig aus seinem Schoß emporragte, als er sich gesetzt hatte.

»Schau dir den harten Schwanz an«, flüsterte Ronnie Vic ins Ohr und spürte, wie auch er wieder steif wurde. »Weißt du, was sie jetzt macht?«

»Ja«, murmelte er.

»Du wirst zusehen. Hast du jemals zugesehen, wie eine Frau einen Schwanz gelutscht hat? So nah, dass du sie berühren könntest?« Vic schüttelte den Kopf. »Gut«, schnurrte Ronnie. Sie und Vic gesellten sich im Wasser zu Carla. »Und jetzt schau genau hin«, hauchte Ronnie. »Schau ihren Mund an, während sie Glen Vergnügen bereitet.«

Carla leckte durch Glens Kniekehle und küsste und biss in die Innenseiten seiner Oberschenkel, während Ronnie jede ihrer Bewegungen kommentierte. »Sie leckt über sein Bein«, raunte Ronnie Vic ins Ohr und strich mit dem Fingernagel über seine Haut. »Genau hier.«

Carla schob ihre Hand zwischen Glens Schenkel und ergriff seine schweren Hoden. Ronnie tat dasselbe mit Vic. »Ich wette, seine Eier fühlen sich fest und hart an. Siehst du seinen Schwanz? Er ist steif und pulsiert.« Ronnie zog Vic unter Wasser die Shorts aus und legte den feuchten Stoff auf Glens Knie. »Hey, Glen«, sagte Ronnie. »Du sollst wissen, dass Vic unter Wasser nackt ist und ich seinen Schwanz in der Hand halte.«

Carla umschloss Glens Schaft. »So etwa?«, fragte sie Ronnie.

»Genau so.«

»Und wenn ich mit den Fingern bis zum Ende gleite?«, fragte Carla Ronnie.

»Dann mache ich unter Wasser dasselbe mit Vics Schwanz.«

»Und wenn ich seine Eier massiere?«

»Ja«, seufzte Ronnie.

Glen und Vic stöhnten gleichzeitig auf. Carla streichelte die empfindliche Haut zwischen Glens Hoden und seinem Anus. »Sein Loch ist eng.«

»Vics auch, aber ich glaube, ein Finger passt hinein. Das warme Wasser macht es leichter.« Ronnie rieb um sein enges Loch herum und drang dann mit der Spitze ihres Fingers ein.

»Nein«, keuchte Glen indes. »Das wird weh tun.«

Da sie wusste, dass Glen das Safeword kannte, konnte Carla sich sicher sein, dass er nicht wollte, dass sie aufhörte. »Ja, es wird weh tun«, flüsterte Carla. »Aber es wird sich gut anfühlen.« Als Carlas Finger in Glens Anus eindrang, sagte sie zu Ronnie und Vic: »Seht nur, wie hart es ihn macht. Sein Schwanz zuckt und bewegt sich von selbst.«

Carlas Hände und ihre Stimme erregten Glen. Er wusste, dass die lebhaften Beschreibungen seiner Reaktionen ihm eigentlich unangenehm sein müssten, doch er war zu weit, um sich darum zu kümmern. Carla ließ ihren Finger in seinem Loch, ohne ihn zu bewegen.

Vic bemerkte, wie Ronnies Finger tiefer in ihn glitt.

»Vic kann mehr aushalten«, erklärte Ronnie, »weil er gerade erst gekommen ist. Ich schiebe meinen Finger weiter hinein. Ich kann vor- und zurückgleiten und seinen Anus reizen. Ich ficke seinen Arsch, und Vic zittert. Sein Schwanz wird wieder hart.«

Carla sah in Glens Gesicht und wusste, dass es ihm schwerfiel, nicht zu kommen. Sie leckte mit der Zunge über die Spitze seines Penis und schluckte den Lusttropfen, der hervorgetreten war. »Mhm, er schmeckt gut.« Sie schürzte die Lippen und nahm Glens harten Schwanz in den Mund.

»Schau, Vic«, sagte Ronnie, deren Finger noch immer tief in seinem Anus steckte. »Carla hat Glens Schwanz im Mund. Berühre ihren Kopf, während sie saugt. Los.«

Sofort streckte Vic die Hand aus und umfasste Carlas nassen Hinterkopf. »Drück«, befahl Ronnie. Er drückte ihren Kopf herunter, und sie nahm Glens Schwanz noch tiefer in den Mund. »Lass los«, forderte Ronnie nun. Vic lockerte den Griff, und Carla zog sich zurück, bis sie nur noch die Spitze von Glens Schwanz im Mund hatte. »Noch mal«, sagte Ronnie, und Vic drückte Carlas Kopf wieder nach unten.

Glen beobachtete, wie Vic Carlas Mund auf seinem Schaft hoch und runter bewegte. Es war das Erotischste, was er je gesehen hatte. Er riss sich zusammen, bemühte sich, nicht zu schnell zu kommen, aber es war unmöglich. Sein Samen ergoss sich in Carlas Mund.

»Braves Baby«, sagte Ronnie zu Vic. »Du hast das so gut gemacht, dass du eine Belohnung verdient hast.« Den Finger noch immer tief in seinem Anus schob sie ihn hoch, bis sein steifer Penis aus dem Wasser ragte. »Mach es ihm, Carla.« Carla legte ihre Brüste um Vics Schwanz und presste sie zusammen. Beinahe augenblicklich kam Vic. »O Scheiße«, schrie er auf, als sein Sperma in die Luft spritzte.

»Was ist mit euch?«, sagte Glen zu Ronnie. »Ihr seid noch nicht gekommen. Ich denke, ihr zwei solltet …«

»Würdet ihr mir und Carla gern zusehen?«

Schweigend starrten Glen und Vic die beiden Frauen an. Ronnie stieg aus dem Whirlpool und setzte sich, die Füße im Wasser, an den Rand. »Komm her, Baby«, sagte sie zu Carla.

Eifrig vergrub Carla ihr Gesicht in den Löckchen ihrer Freundin und leckte und saugte an ihrem köstlichen Fleisch.

»Ist sie geil?«, fragte Vic vorsichtig.

»O ja«, erwiderte Carla. »Fühle es.« Sie nahm Vics Finger und legte ihn an Ronnies Muschi. »Du auch«, forderte sie Glen auf.

Die beiden Männer streichelten ihre Muschi, bis Ronnie bereit war zu kommen. »Wisst ihr, was ihr Spaß machen wird?«, fragte Carla. »Sie liebt es, wenn man an ihren Titten saugt.« Während Glens Mund eine Brust verwöhnte und Vic die andere, leckte Carla über Ronnies geschwollene Klitoris.

»Macht weiter!«, schrie Ronnie. »O ja. Das ist so gut!« Ihr gesamter Körper spannte sich an, als der Orgasmus sie mit sich riss. »O ja, das ist so gut.«

Später lagen die vier schweigend auf Handtüchern auf dem Boden. »Ich glaube, dass es Seismographen in Kalifornien gibt, die das aufgezeichnet haben.« Ronnie lachte.

»Ich habe nie eine befriedigendere Erfahrung gemacht«, flüsterte Vic.

»O ja«, stimmte Glen ihm zu. Glen und Vic flüsterten sich kurz etwas zu. »Hört zu, ich glaube, ich kann die Leute an der Westküste überreden, dass Vic noch eine Woche bleiben muss. Können wir uns am Wochenende treffen? Wir vier?«

Carla dachte darüber nach. Für gewöhnlich verbrachte sie die Wochenenden immer mit ihren Kindern, aber BJ und Tommy übernachteten bei Freunden und sie war sicher, dass sie Mike zu ihren Eltern bringen konnte. Und sie fühlte sich geschmeichelt. Jedes Mal, wenn ein Kunde sie wieder anrief, fühlte sie sich wundervoll. Das war das größte Kompliment für sie und für Ronnie. Diese beiden Männer wollten eine Wiederholung.

»Ich glaube, ich kann es einrichten«, sagte Carla.

»Ich auch«, stimmte Ronnie zu.

Am darauffolgenden Samstagabend waren die vier zusammen in Vics Hotelzimmer. Glen und Vic saßen im Wohnbereich der luxuriösen Suite auf dem Sofa, und Ronnie und Carla hatten jeweils in einem Sessel Platz genommen. Sie alle trugen lässige Kleidung – die Männer Hose und Sporthemd, Ronnie ein zartrosa Wollkleid mit einem passenden Oberteil und dazu hohe Stiefel aus schwarzem Lackleder, und Carla eine schwarze Hose und eine königsblaue Seidenbluse.

»Wir haben schon beim Zimmerservice für uns vier Essen bestellt«, sagte Vic. »Glen und ich haben über diesen Abend gesprochen, und wir haben einige aufregende Ideen.«

Carla streckte ihre langen Beine aus. »Und die wären?«

Glen öffnete eine Flasche Champagner und goss vier Gläser voll. Er reichte Vic zwei Gläser und behielt zwei selbst in der Hand. »Vic und ich mochten es, wie Ronnie an unserem ersten Abend die Kontrolle übernommen hat. Es war erotisch, dass uns befohlen wurde, was wir sagen oder wohin wir sehen sollten. Für den Moment haben wir beschlossen, die Führung zu übernehmen. Wir werden alles tun und uns an diesem Abend um euch kümmern. Ihr entspannt euch einfach und tut, was wir euch sagen.« Er hielt das Glas an Carlas Lippen. »Nimm einen Schluck«, forderte er sie auf und neigte das Glas. Während sie trank, sah sie, dass Vic Ronnie das Glas ebenfalls entgegenhielt.

Nachdem sie das erste Glas Champagner ausgetrunken hatten, erschien ein Kellner in weißer Jacke. Er schob einen Tisch auf Rollen in die Mitte des Raumes, zog zusätzliche Tischplatten aus und verteilte Teller mit Essen darauf. »Der Hauptgang befindet sich in dem Warmhalteschränkchen unter dem Tisch«, sagte er und zeigte Vic, wie man ihn öffnete. »Und seien Sie vorsichtig. Die Teller sind heiß.«

Vic gab ihm ein stattliches Trinkgeld, unterschrieb die Rechnung und schloss die Tür hinter dem Kellner. »Wir werden ein Spiel spielen«, sagte Glen. »Wir lassen euch raten, was ihr esst.« Ronnie und Carla spürten, wie ihnen Augenbinden angelegt wurden. »Die Vorspeise«, verkündete Glen.

Glen presste etwas Kaltes und Glattes an Carlas Lippen. »Mach den Mund auf und streck die Zunge heraus«, verlangte er. Er legte etwas Rundes auf Carlas Zunge, und sie nahm es in den Mund. »Eine Traube«, sagte sie.

Sie hörte Ronnies Stimme. »Ein Stück Käse.«

»Gut. Beide richtig.« Carla aß noch ein paar Trauben, gefolgt von dem Käse, den Ronnie genossen hatte.

Plötzlich spürte Carla, wie ihr etwas auf die Lippen gerieben wurde. Als sie die Creme ableckte, wusste sie es sofort. »Blauschimmelkäse-Dressing.«

»Ich schmecke Italian Dressing«, sagte Ronnie.

Carla biss auf knackigen Salat, kühle, frische Stückchen einer Gurke und Tomatenviertel, alles mit dem Dressing versehen. »Meine Finger sind ganz klebrig. Leck sie ab, ja?«, flüsterte Glen.

Glen legte seine Finger nacheinander an Carlas Lippen, und sie leckte das Dressing ab. Sie nahm jeden Finger tief in den Mund, um auch den letzten Rest zu erwischen. Schließlich tupfte Glen ihr den Mund mit einer weichen Serviette ab. »Bist du durstig?«

»Ja«, antwortete sie. Glen hielt das Champagnerglas an ihre Lippen, und Carla trank.

»Ich hoffe, du magst Austern«, sagte er und hielt ihr einen Happen entgegen.

»Ich liebe sie«, erwiderte Carla, als der Bissen in ihren Mund rutschte. Es war nicht im Geringsten sexuell, doch das ganze Erlebnis war unglaublich sinnlich, und die Augen verbunden zu haben verstärkte die Empfindungen noch.

»Willst du etwas trinken?«, fragte Glen.

»Ja«, entgegnete sie. Sie spürte Glens Lippen, feucht und kühl, die er auf ihren Mund drückte. Ein Rinnsal kühler Flüssigkeit floss von seinen Lippen in ihren Mund. Aus seinem Mund zu trinken machte den Champagner noch prickelnder, und er kitzelte auf ihrer Zunge.

»Mehr?«

»Mhm, ja«, flüsterte sie, und sie teilten noch ein paar Schlucke.

Vic und Glen fütterten die beiden Frauen mit dem Hauptgang – Seezunge mit Mandelkruste, kleine geröstete Kartoffeln und feine Erbsen mit Perlzwiebeln.

»Was gibt es zum Dessert?«, wollte Ronnie wissen. Ihre Stimme klang sinnlich und rauh.

Vic fuhr mit den Fingern durch die Mousse au Chocolat und hielt ihn an Ronnies Mund. Langsam leckte sie jeden Finger ab und hörte, dass Carla dasselbe tat.

»Was ist mit euch?«, fragte Ronnie. »Habt ihr von dem Dessert gekostet?« Sie machte ihre Augenbinde ab, nahm etwas von der Mousse und gab sie Vic. Er lächelte sie an, aß aus ihrer Handfläche und küsste den Rest der Schokolade ab. »Das war schön«, hauchte sie, »aber du hast eine Stelle vergessen.« Er leckte die Mousse von ihrem Daumen.

Glen löste Carlas Augenbinde, und sie bot ihm etwas Mousse von ihren Fingern an. Als die Mousse au Chocolat verspeist war, gingen die beiden Frauen ins Bad, um sich frisch zu machen, während Glen und Vic den Tisch nach draußen rollten.

Carla stand vorm Badezimmerspiegel und kämmte sich.

»Sie warten auf etwas, Carla«, sagte Ronnie, die ihren Lippenstift nachzog.

»Das sehe ich auch so. Du bist immer so schnell in diesen Dingen. Hast du eine Ahnung, *was* sie wollen?«

»Ich denke, sie wollen, dass ich wie beim letzten Mal wieder die Führung übernehme. Ist das okay für dich?«

»Sicher. Wenn du bis jetzt nicht weißt, was mich anmacht, weiß es niemand.«

»Hast du je Schmerz ausprobiert, um die Lust zu steigern?«

»Ein- oder zweimal«, erwiderte Carla. »Ich bin ein paarmal geschlagen worden. Einmal ging es so weit, dass ich dem Kerl sagen musste, dass er aufhören soll.«

»War es schlimm?«

»Nicht wirklich«, entgegnete Carla. »Eigentlich war es bis zu einem bestimmten Punkt sogar sehr erotisch.«

»Großartig. Bist du bereit, noch einen Versuch zu wagen, wenn die Sache sich so entwickelt, wie ich denke?«

»Klar. Bist du dir sicher, dass sie das im Sinn haben?«

»Ich bin mir nicht hundertprozentig sicher, aber über die Jahre habe ich in diesen Dingen einen sechsten Sinn entwickelt. Ich lasse es langsam angehen und achte auf die Zeichen. Vergiss nur nicht das Safeword.«

Carla nickte. »Ich werde es sagen, wenn es nötig wird.«

Sie gingen wieder in den Wohnbereich der Suite. »Schenk allen ein Glas Champagner ein, Carla«, sagte Ronnie. »Und ihr zwei«, sie sah die Männer an, »setzt euch hin.«

Die beiden Männer ließen sich in die Sessel sinken, während Carla einschenkte. »Ihr hattet bisher das Sagen«, erklärte Ronnie. »Jetzt bin ich dran.« Als keiner der beiden antwortete, wusste Ronnie, dass sie ins Schwarze getroffen hatte. »Ihr schließt nun die Augen. Stellt euch den Rest des Abends vor. Spielt den Abend wie einen Film vor eurem geistigen Auge ab – malt ihn euch genau so aus, wie ihr ihn euch wünscht. Glen, du zuerst. Erzähl mir, was du siehst.« Als Glen zögerte, wurde Ronnie deutlicher. »Los jetzt.«

»Das ist sehr schwierig …«

Carla trat hinter Glens Sessel, schmiegte ihre Brüste an seinen Hinterkopf und strich mit den Händen über sein Hemd. »Ich weiß, dass es das ist, Baby«, murmelte sie. »Erzähl es mir. Schlafen wir miteinander? Ficken wir richtig?«

»Ja, aber vorher …«

»Erzähl es mir, Baby.« Sie beugte sich über seine Schulter und flüsterte ihm ins Ohr. »Sag es mir ins Ohr.«

»Ronnie befiehlt mir, Dinge mit dir zu machen.« Die Worte brachen aus ihm heraus, und er begann zu zittern.

»Was für Dinge? Sag es mir, Baby«, hauchte Carla.

Als er schwieg, ergriff Ronnie das Wort. »Du musst es uns sagen, Glen. Tu es.«

»Oh, Carla. Ronnie zwingt mich dazu, dich zu schlagen. Und sie zwingt Vic dazu, alles mit anzusehen.«

Ronnie kniete sich vor Vic, der noch immer die Augen geschlossen hatte und sich den Abend vorstellte. Sie legte ihre Hände auf seine Schenkel. Sein Körper würde ihr alles verraten, was sie wissen wollte, selbst wenn seine Worte es nicht könnten. »Was siehst du, Vic? Was machst du?« Vic schwieg. »Du musst es mir sagen«, beharrte Ronnie. Sie hatte gehört, was Glen gesagt hatte. »Zwinge ich dich dazu zuzuschauen? Wirst du geil?« Vic schwieg weiterhin. »Schlage ich dich auch?«, drängte sie weiter.

»Nein«, wisperte er.

Ronnie wusste, dass da noch mehr war, aber Vic war nicht in der Lage, es ihr zu offenbaren. »Vic, komm ganz nah an mein Ohr. Jetzt flüstere. Sag: ›Bitte, zwing mich nicht dazu, …‹ und beende den Satz.«

Sie spürte, wie er erschauerte, als er ihr ins Ohr flüsterte. Jetzt wusste sie es. »Ist schon gut, Baby«, hauchte sie. »Ich kümmere mich darum.«

Carla starrte ihre Freundin an. Sie hatte keine Ahnung, wie Ronnie solche Dinge ahnte und Männer dazu brachte, ihre dunkelsten sexuellen Fantasien zuzugeben, doch sie spürte, wie die Spannung im Raum von Sekunde zu Sekunde zunahm.

Ronnie ging zum Kleiderschrank. Sie nahm einen Kleiderbügel aus Holz und schlug ihn gegen ihren hohen Stiefel. Dann zog sie ihren Pullover und ihren Rock aus. Zum Vorschein kamen ein Body aus schwarzem Satin und schwarze Strümpfe. Sie machte es sich auf dem Sofa gemütlich und schlug die Beine übereinander. Während sie sprach, klatschte der Kleiderbügel immer wieder gegen ihren Stiefel. »Glen und Vic, Hemden, Schuhe und Socken aus. Sofort!« Die Männer beeilten sich zu gehorchen.

Carla begriff, dass Ronnies Stiefel kein Zufall gewesen waren – genauso wenig wie ihre Unterwäsche. Irgendwie hatte Ronnie es gewusst.

»Vic, setz dich hierher«, sagte Ronnie und deutete auf den Platz neben sich auf dem Sofa, »und Glen, du schließt deine Augen und stellst dich Carla gegenüber. Jetzt berühre Carlas Gesicht. Beschreib es mir. Sag mir, wie es sich anfühlt, wie es duftet und schmeckt.«

Glen blickte Carla an, schloss dann seine Augen und fasste sacht ihr Gesicht an. »Ihre Haut ist so weich. Sie duftet nach Parfüm, exotisch, orientalisch.« Er fuhr ihr mit der Zungenspitze über die Wange. »Ihre Haut schmeckt nach Salz und Gewürzen.« Behutsam strich er mit dem Finger über ihre Lippen. »Ihre Lippen sind weich und warm.«

»Jetzt mach die Augen auf, Glen, und entkleide Carla. Tu es langsam und beschreibe ihren Körper, während du es tust. Zuerst die Bluse.«

Bedächtig knöpfte Glen Carlas Bluse auf und schob sie

über ihre Arme. »Ihre Haut ist seidig und blass. Es gibt keine Spuren von Sonne, nur weiße Haut.« Mit der Zungenspitze berührte er den Puls an ihrem Hals. »Ihr Hals ist schlank, sie schmeckt zart und fühlt sich unter meiner Zunge auch so an.«

»Willst du ihr den BH ausziehen? Willst du ihre Titten schmecken und fühlen?«

»Ja«, flüsterte Glen.

»Dann mach es.«

Glen öffnete Carlas BH und zog ihn ihr aus. »Ihre Brüste sind umwerfend. Ich habe ihren Körper schon am ersten Abend gesehen, aber mir war nicht klar, wie wunderschön ihre Titten sind.« Er nahm eine ihrer großen Brüste in die Hand und wog sie. »Sie sind schwer und füllen meine Hand aus. Ihre Nippel sind verlockend«, er fuhr mit der Zunge um den Warzenhof, »und so samtweich.«

»Werden sie hart, wenn du daran saugst?«, fragte Ronnie und strich träge über Vics Brust.

Glen nahm einen Nippel in den Mund und saugte daran. »Ja. Hart und warm.«

»Nimm deinen Champagner, um ihnen Geschmack zu geben«, sagte Ronnie.

Glen lächelte und nahm sein Glas. Langsam ließ er das prickelnde Getränk über eine von Carlas Brüsten tröpfeln und leckte es dann von ihrem aufgerichteten Nippel. »Vic«, sagte Ronnie, »übernimm du die andere Brust.«

Vic sprang auf, tropfte Champagner über Carlas andere Brust und leckte ihn ab. Carla stockte der Atem, und ihre Knie wurden weich. Lust durchzuckte sie.

Ronnie klopfte mit dem Holzbügel auf das Sofa. »Vic, hierher.« Gehorsam setzte er sich neben sie. »Das ist gut«, sagte Ronnie. »Und jetzt zieh ihr die Hose und das Höschen aus, Glen.«

Glen öffnete Carlas Hose und zog sie mit dem Slip zusammen herunter. »Erzähl uns von ihrem Körper, Glen«, forderte Ronnie ihn auf.

»Ihr Bauch ist flach, und ihr Nabel ist sehr tief.« Er tauchte mit der Zungenspitze in ihren Nabel. »Er schmeckt rauchig. Und ich kann den Duft ihrer Muschi riechen.«

»Fass ihre Muschi an. Ist sie bereit, genommen zu werden?«

Glen fuhr mit den Fingern durch ihre Löckchen. »Ja, sie ist nass.«

»Das bedeutet, dass wir bereit sind für den nächsten Schritt.« Ronnie erhob sich und drehte einen der Stühle vom Tisch um, so dass er der Gruppe gegenüberstand. »Setz dich hierher, Glen. Und Carla, du weißt, was du zu tun hast. Dann nehmt eure Positionen ein, wie man so schön sagt.«

Glen setzte sich auf den Stuhl, und Carla legte sich über seine Schenkel. Er streichelte über ihre Pobacken, die so einladend auf seinem Schoß lagen und seine Erektion herunterdrückten.

»Schlag ihr auf eine Backe. Fest«, verlangte Ronnie. Glen hob die Hand und plazierte einen Schlag auf Carlas Po. »Noch einmal.« Er gehorchte. »Und noch einmal.«

Nach ein paar Minuten flüsterte Carla: »Popcorn.«

»Oh, arme Carla«, sagte Ronnie leise. »Ihr armer Hintern ist ganz wund. Glen, sorg dafür, dass es ihr wieder bessergeht.«

Glen streichelte Carlas geröteten Po und liebkoste ihre Pobacken.

»Fühlt sich das gut an?«, fragte Ronnie.

»Ja, sehr zart und sehr heiß.«

»Macht ihr Hintern dich auch heiß?«

»Absolut«, erwiderte er. »Ich will sie ficken.«

»Noch nicht!« Ronnie griff nach unten und umfasste Glens Schwanz. »Weder Carla noch ich sind bis jetzt gekommen. Leg dich auf den Boden.«

Als Glen ausgestreckt auf dem Teppich lag, ließ Carla sich auf seinen harten Schwanz sinken und Ronnie hockte über seinem Gesicht. Während er mit dem Schwanz die eine Frau befriedigte, bediente er mit dem Mund die andere. Vic drückte Ronnies Brüste mit der einen und streichelte Carlas Klitoris mit der anderen Hand. Die beiden Frauen kamen beinahe gleichzeitig, und auch Glen schrie auf, als er kam.

»Du warst so geduldig«, sagte Ronnie zu Vic. »Jetzt bekommst du deine Belohnung.« Sie schnipste mit den Fingern, und Vic legte sich aufs Sofa. Carla leckte über die eine Seite von seinem erigierten Penis und Ronnie über die andere. Die beiden Frauen verwöhnten ihn gemeinsam mit dem Mund, bis sein heißes Sperma aus seinem Schwanz spritzte.

Vic sah Ronnie an und lächelte. »Heilige Scheiße.«

»Genau«, stimmte Glen ihm zu.

Später, als Ronnie und Carla gehen wollten, standen Vic und Glen an der Tür. »Treffen wir uns, wenn ich das nächste Mal in der Stadt bin?«, fragte Vic.

»Liebend gern«, erwiderte Carla.

»Ruft einfach an«, sagte Ronnie. »Ihr kennt beide die Nummer.«

10. Kapitel

Ich hatte vor einigen Wochen einen Katalog in der Post«, sagte Bryce zu Carla, als sie eines Abends im Frühling in das vertäfelte Schlafzimmer gingen. »Und ich habe etwas eingekauft.« Er stellte einen großen Karton auf eine der Holzbänke.

An der freudigen Erwartung in seiner Stimme erkannte Carla, dass er vermutlich nicht von neuen Hemden oder günstigen Bücher-Schnäppchen aus einer Restauflage sprach. »Und?«

»Und ich habe uns ein paar Spielzeuge besorgt. Ich weiß, dass Ronnie eine Menge Zeug hat, aber ich wollte etwas Eigenes für uns. Warum ziehst du dich nicht aus?« Während Carla sich bis auf die Unterwäsche auszog, öffnete Bryce den Karton und nahm seine erste Errungenschaft heraus: zwei Paar Handschellen. »Komm her.« Er küsste Carla leidenschaftlich auf den Mund, packte ihren Po und streichelte ihn. Während er dann an ihrem Hals knabberte, schloss er je ein Paar Handschellen um ihre Handgelenke. »Mal sehen …«

Carla hatte eine Ahnung, was nun kommen würde. Sie und Bryce hatten hier schon oft gespielt, und einige ihrer Fantasien lebten sie regelmäßig aus. Sie hatten gelernt, dem anderen ihre Wünsche mitzuteilen. Oft begann der Abend mit einer Fantasie und entwickelte sich dann im Laufe der Nacht in eine ganz andere Richtung. Aber egal, welche Szene sie auch spielten – am Ende waren sie immer glücklich und befriedigt.

Bryce drängte Carla gegen die Wand und befestigte die Handschellen an Haken, so dass ihre Arme über ihrem Kopf weit ausgestreckt waren. »Schön. Ich liebe es, dich so zu sehen – offen und verletzlich.« Er nahm einen Schluck von seinem Wein. »Heute Abend wirst du eine neue sexuelle Lektion lernen.«

»Und was könnte das sein?«, fragte Carla. Sie war schon heiß und feucht und bereit für was auch immer Bryce ihr beibringen wollte.

»Geduld«, entgegnete er.

»Was soll das bedeuten?«

»Heute Abend werde ich sehen, wie weit ich dich bringen kann. Es ist ein Spiel, bei dem wir beide gewinnen werden. Wie sie so dramatisch in den Liebesromanen sagen, die du so magst: ›Ich werde dich so weit bringen, dass du mich anflehst, dich zu lieben.‹«

»Ich werde jetzt schon flehen. Ich will dich, und das weißt du. Und du willst mich auch.«

»Natürlich will ich dich, aber heute Abend findet ein Wettbewerb statt. Ich will dich dazu bringen, dass du mich willst wie nie etwas zuvor. Ich will dein Verlangen so weit steigern, wie es geht. Und dann will ich es wieder abkühlen – allerdings nur, um das Feuer anschließend *noch weiter* anzufachen.«

»Das sollte kein Ausdauer-Wettbewerb sein«, erwiderte Carla.

»Ein Ausdauer-Wettbewerb könnte aber Spaß machen.« Bryce holte seine Brieftasche hervor, zählte zehn Hundertdollarscheine ab und legte sie aufs Bett. Dann zog er einen Timer aus der Tasche und stellte ihn auf fünfzehn Minuten ein. »Ich stelle ihn hierher«, sagte er und plazierte die Uhr auf einer Bank. »Wenn du es aushältst, bis der Wecker klingelt, gehört das Geld dir.«

»Das ist verrückt«, entgegnete Carla. Doch sie war fasziniert. »Du hast mich für den Abend schon bezahlt.«

»Ich weiß, aber das ist ein Wetteinsatz. Ich wette mit dir, dass ich dich so geil machen kann, dass du ›Fick mich!‹ sagst, noch bevor die Zeit abgelaufen ist. Und wenn du vorher einen Orgasmus bekommst, hast du selbstverständlich auch verloren.«

»Warum tust du das?«, wollte Carla verwirrt wissen.

»Ich liebe es, mit dir zu schlafen«, erwiderte er. »Aber ich spüre immer, dass du so damit beschäftigt bist, mich zu befriedigen, dass du deine eigenen Grenzen nie erreichst. Ich will diese Grenzen austesten und dich bis zum Äußersten bringen.« Er grinste die wunderschöne Frau an, die mit ausgestreckten Armen an die Wand gefesselt war. »Gilt die Wette?«

»Noch mal zum Mitschreiben: Wenn ich es schaffe, dich nicht zu bitten, mich zu ficken, bis die Uhr klingelt, habe ich tausend Dollar gewonnen?«

»Ja.«

»Und wenn ich es nicht schaffe?«

»Dann bekommst du den besten Fick, den du je hattest.«

»Das klingt zu gut, um es auszuschlagen.«

Bryce strich über die Innenseite von Carlas Oberschenkeln, über den Rand ihrer Strümpfe und streichelte über den Schritt ihres Höschens. »Du bist schon feucht«, murmelte er und streichelte weiter. »Soll ich dich jetzt schon ficken?«

»Ich kann warten«, entgegnete Carla und spürte die Erregung, die ihren Körper immer durchzuckte, wenn Bryce sie berührte. Sie mochte Bryce sehr und hätte sich auch ohne die Bezahlung mit ihm getroffen, doch er bestand darauf, sie zu bezahlen. Er hatte versucht, ihr zu erklären, dass es die Sache für ihn einfacher machte. Und ob sie seine wahren Beweggründe nun verstand oder nicht – Carla wusste, dass er sich ihre regelmäßigen Rendezvous leisten konnte, und sie sah gern dabei zu, wie der College-Fonds für ihre Jungs anwuchs.

Bryce, der noch immer angezogen war, schmiegte seinen Körper an Carla, verschlang ihre Hände miteinander und legte seinen Mund an ihr Ohr. Er fuhr mit der Zungenspitze über ihre empfindliche Haut und flüsterte: »Vergiss nicht: Sag einfach ›Fick mich!‹, wenn du bereit bist.« Er biss sacht in ihr Ohrläppchen und hauchte dann eine Spur heißer Küsse von ihrer Wange bis zu der Stelle an ihrem Hals, an der ihr Puls sichtbar wurde.

»Da musst du dir schon etwas Besseres einfallen lassen.«

»Wenn das eine Herausforderung sein soll, nehme ich sie an.« Er öffnete den Karton und nahm ein Glas heraus. »Das Zeug heißt *Slippery Stuff*. Es ist ein Gleitmittel.« Er schraubte das Glas auf und probierte etwas. »Erdbeergeschmack.« Sorgfältig verteilte er etwas von der schmierigen Masse auf Carlas Nippeln und holte dann eine weitere Packung aus dem Karton. »Das sind Brustwarzenpumpen. Ich wollte zuerst Klemmen nehmen, aber ich weiß, dass du nicht auf echten Schmerz stehst, und die Klemmen tun wirklich weh. Aber diese hier sollen – laut Gebrauchsanweisung – ›die erotischen Empfindungen des Saugens simulieren‹. Mal sehen.«

»Das ist nicht fair«, stieß Carla hervor und spürte, wie sich Hitze in ihrem Bauch ausbreitete.

»Es ist mein Spiel, und ich entscheide, was fair ist und was nicht.« Er hielt die Pumpen so, dass sie sie sehen konnte, und setzte eine auf jeden aufgerichteten Nippel. »Sind sie eng? Fühlen sie sich wie mein Mund an?«

»Nicht wirklich«, erwiderte Carla. »Aber sie machen mich genauso scharf.«

Bryces Finger glitten über ihre Brüste, während die Pumpen ihre Empfindungen noch steigerten. »Deine Haut ist schon gerötet«, sagte er. »Soll ich die Dinger wieder abnehmen?«

Ohne dass sie es wollte, hatten Carlas Hüften angefangen, sich zu bewegen. »Auf keinen Fall.«

»Gut.« Wieder holte er eine Verpackung aus dem Karton. »Hier haben wir ein Paar vibrierende Ben-Wa-Kugeln. Auf der Packung steht: ›Garantiert maximale vaginale oder anale Stimulation.‹ Du wirst dich freuen zu hören, dass ich sogar daran gedacht habe, Batterien mitzubringen.« Quälend langsam legte Bryce die Batterien ein und führte die zweieinhalb Zentimeter großen Kugeln tief in Carlas Vagina ein. »Mal schauen, wie das funktioniert.« Er betätigte den Schieberegler, und die Kugeln begannen zu vibrieren.

Die Schwingungen erfüllten ihren Körper. »Scheiße, Bryce«, keuchte Carla. »O Gott.«

»Noch etwas«, sagte Bryce und holte noch ein Spielzeug aus dem Karton. »Ein Analplug.« Er packte das Gerät aus. »Wir haben schon früher damit gespielt, aber das ist jetzt dein eigener – ganz allein für deinen süßen kleinen Arsch gemacht.« Er hielt den beinahe fünf Zentimeter dicken Dildo vor Carlas Gesicht. »Siehst du, wie groß er ist?« Er rieb den dicken Phallus durch die empfindliche Spalte zwischen ihren Brüsten.

»Der wird nicht passen«, sagte Carla und wand sich. Noch immer erfüllten Vibrationen ihre Möse, und die Pumpen an ihren Nippeln machten sie so empfindlich, dass es kaum noch auszuhalten war.

»Das wollen wir doch mal sehen«, entgegnete er. »Mach

ihn nass.« Er presste die Spitze an Carlas Lippen. »Mach auf«, knurrte er. Carla nahm den dicken Plastikschwanz in den Mund und strich mit der Zunge über das Material.

»Gut«, sagte Bryce. »Ich frage mich, wie es sich anfühlen mag, dieses Ding von hinten gegen die vibrierenden Kugeln in deiner Muschi zu drücken.« Mit ein wenig Druck drängte Bryce den Dildo in Carlas Anus.

»O Gott«, schrie Carla auf. »Zu viel.«

»Vergiss nicht, dass du verlierst, wenn du kommst.«

Carla biss die Zähne zusammen und dachte an kalte Duschen oder Zahnarztbesuche. Es half nicht.

Plötzlich klingelte der Timer, und Carla atmete auf.

»Braves Mädchen«, sagte Bryce. »Du hast gewonnen. Wie wäre es mit fünfzehn weiteren Minuten? Doppelt oder nichts?«

Carlas Augen wirkten glasig, und sie war sich nicht sicher, ob sie es länger würde ertragen können. »Abgemacht«, brachte sie hervor, entschlossen, es auszuhalten – oder es wenigstens zu versuchen.

»Wunderbar.« Er erhob sich und holte eine DVD aus seiner Tasche. »Dieses Spielzeug ist etwas ungewöhnlich. Erinnerst du dich an zwei Männer, mit denen du vor einigen Monaten einen Film gedreht hast? Dean und Nicky?«

»Ich erinnere mich«, stieß sie zwischen zusammengebissenen Zähnen hervor. Sie stand in Flammen, und es bedurfte all ihrer Konzentration, sich der Lust nicht hinzugeben.

»Tja, als du mir davon erzählt hast, war ich neugierig. Ich habe Tim angerufen, der mir den Kontakt mit Dean hergestellt hat. Von ihm habe ich eine Kopie des Films bekommen.« Er schwenkte die unbeschriftete DVD-Hülle. »Jetzt will ich mir den Film ansehen.«

Er stellte den Fernseher an und schob die DVD in den

DVD-Player. Vertraute Bilder tauchten auf dem Bildschirm auf. Einige Minuten lang strich Bryce mit den Händen über Carlas Körper, während auf dem Bildschirm zu sehen war, wie Nicky sie auf der Couch in der Hotelsuite küsste. Als die Szene im Schlafzimmer weiterging, wurden Bryces Berührungen fordernder. Und plötzlich, beinahe wütend, entfernte Bryce die Spielzeuge aus ihrem Körper, löste ihre Fesseln und zerrte sie zum Bett.

Ungeduldig zog er seine Jeans und seine Shorts herunter und zwängte seinen harten Schwanz in ihren Mund. »Mach es mir, wie du es ihm gemacht hast. Halt meinen Schwanz genau so mit deiner freien Hand fest.«

Carla umschloss die Wurzel von Bryces erigiertem Penis und seine Hoden, wie sie es bei Nicky getan hatte, und hielt ihn so davon ab zu kommen. Während sie auf den Fernseher sah, saugte sie an seinem Schwanz. »Jetzt«, schrie er, und sie ließ los, so dass sein heißes Sperma ihren Mund füllte. Als er kam, endete der Film.

Kurz darauf ertönte der Timer. »Du hast gewonnen«, knurrte Bryce und vergrub sein Gesicht zwischen ihren Schenkeln. »Komm für mich, Baby.« Er leckte über ihre Klitoris und fickte ihre Muschi mit seinen Fingern, bis auch sie kam.

Obwohl ihr Orgasmus wundervoll gewesen war, war Carla enttäuscht, dass Bryce das Spiel so schnell aufgegeben hatte. Als er schweigend neben ihr lag, wurde ihr klar, dass etwas nicht stimmte. »Rede mit mir«, sagte sie leise, schlang ihre Arme um seine Taille und legte ihren Kopf an seine Schulter.

»Es ist nichts.«

»Bryce, das ist nicht fair. Wenn es etwas gibt, über das du nicht reden willst, ist das in Ordnung – dann sag es einfach.

Aber beleidige mich nicht, indem du behauptest, es wäre nichts.«

Bryce seufzte und strich ihr übers Haar. Schließlich atmete er tief durch. »Dich so zu sehen geht mir doch näher, als ich angenommen hätte.«

»Es tut mir leid, dass es dich durcheinanderbringt.«

»Ich glaube, du bist mir wichtiger, als ich gedacht hätte. Und das überrascht mich und macht mir Angst.« Carla schwieg. »Könntest du dir vorstellen, das alles aufzugeben?«, fuhr er fort.

»Was?«

»Mir ist plötzlich klargeworden, dass du mir wichtiger bist, als ich dachte, und die Vorstellung, dass du mit anderen Männern zusammen bist, macht mir zu schaffen.«

»Aber …«

Bryce legte ihr den Finger auf die Lippen. »Lass mich ausreden. Ich habe ein paar Tage mit deinen Eltern und deinen Jungs verbracht, und ich mag sie alle sehr. Wenn alles klappt, könnten wir eines Tages heiraten. Du weißt, dass ich sehr reich bin, und ich würde dafür sorgen, dass deine Jungs zum College gehen könnten. Du würdest das hier nicht mehr machen müssen, um Geld zu verdienen.«

»Das ist nicht der Grund, warum ich es mache«, erwiderte Carla. »Sicher, das Geld ist ein angenehmer Nebeneffekt … Aber ich bereite einfach wahnsinnig gern Vergnügen und entdecke neue Spiele, die man im Bett zusammen spielen kann. Und wenn die Männer, mit denen ich zusammen bin, feststellen, dass ihre dunkelste Fantasie gar nicht so furchtbar ist, dann fühle ich mich … nützlich.«

»Wir haben Spaß zusammen, und es gibt nichts, das wir nicht zusammen machen könnten – im Bett und auch sonst.«

Carla streichelte Bryces Hand. »Ich weiß das. Trotzdem – ich will das hier im Augenblick weitermachen.«

»Aber ich liebe dich. Ich will für immer ein Teil deines Lebens sein.«

»Liebe?«

»Natürlich. Ich habe es nur bis jetzt nicht begriffen.« Er küsste sie. »Ich liebe dich«, flüsterte er. »Ich brauchte einfach nur einen Anstoß wie diesen Film, um es zu kapieren.«

»Oh, Bryce«, sagte Carla und küsste ihn. »Ich liebe dich.« Aber das hier liebe ich auch, fügte sie in Gedanken hinzu.

»Denk darüber nach. Bitte.«

Am folgenden Montagmorgen saßen Carla und Ronnie einander im Wohnzimmer von Ronnies Haus gegenüber. »Bryce hat mir letzten Donnerstag einen Antrag gemacht«, erzählte Carla.

»Das ist großartig!« Ronnie sprang auf, schlang die Arme um ihre Freundin und drückte sie. »Was hast du geantwortet? Soll ich eine Flasche Champagner aufmachen?«

Carla seufzte. »Ich habe ihm gesagt, dass ich ihn liebe, aber jetzt bin ich mir nicht mehr so sicher. Ich glaube, ich habe es gesagt, weil er es gesagt hat. Weil ich ihn sehr mag. Doch ich weiß nicht, ob es Liebe ist. Sein Angebot ist reizvoll: Sicherheit, Zuneigung und guter Sex. Aber obwohl er es mir gesagt hat, bezweifle ich, dass er mich liebt – jedenfalls jetzt noch nicht.«

»Wie kommst du darauf?«

»Weil wir zum Beispiel seit vergangenem Donnerstag nicht mehr miteinander gesprochen haben. Man sollte doch meinen, dass er sich am Wochenende meldet. Aber nichts. Ich glaube, die Liebeserklärung war eine Art nachträglicher Einfall, und seine plötzliche Entscheidung, Ernst zu machen, beruht auf dem, was ich tue. Die Vorstellung, dass ich mit anderen Männern zusammen bin, macht ihm schwer zu schaffen.«

»Wenn er dich liebt, ist das verständlich.«

»Eifersucht und der Wunsch, jemanden besitzen zu wollen, sind keine Liebe. Jack liebt dich, und er versteht, was du machst. Ich glaube, dass Bryce sagen will: ›Ich will, dass du mich so sehr liebst, dass du aufhörst, für Geld mit anderen Männern zu schlafen.‹« Carla erzählte Ronnie von dem Video, das Bryces Heiratsantrag vorausgegangen war. »Bryce ist ein wunderbarer Mann, doch je länger ich darüber nachdenke, desto stärker wird die Gewissheit, dass ich ihn nicht liebe. Vielleicht ändert sich das irgendwann einmal, aber im Augenblick ist es so. Und ich mag unseren Job einfach zu sehr.«

»Ich weiß.«

»Es ist eine schwierige Entscheidung.«

»Ich glaube nicht, dass es das wäre, wenn du ihn aufrichtig lieben würdest.«

»Da könntest du recht haben.«

»Ich habe ein ähnliches Problem«, sagte Ronnie. »Jack ist wieder zu Hause.«

»Toll. Für wie lange?«

»Er ist für immer zurückgekommen. Er kam Samstagabend ganz aufgeregt nach Hause, um mich zu überraschen. Er hat ein Angebot von einer Computer-Softwarefirma, ein Programm über geologische Formationen in 3-D zu entwickeln. Er hat einen kleinen Vorschuss erhalten und wird einen hübschen Lizenzvertrag bekommen, wenn es sich verkauft. Sein alter Boss TJ Sorenson wollte schon längst, dass er wieder hierherkommt, aber es gab nicht genug zu tun, um ihm einen Vollzeitjob anzubieten. Jetzt ist sich Jack sicher, dass er drei Tage die Woche mit TJ zusammenarbeiten und den Rest der Zeit dann am Computer verbringen kann.«

»Ronnie, das ist doch großartig!«

»Ja, schon.«

»Was soll das heißen?«

»Ich habe mir ein eigenes Leben aufgebaut, mit dem Geschäft und allem. Ich weiß nicht, ob Jack sich wünscht, dass ich die ganze Zeit zu Hause bin, und ich weiß nicht, ob ich das hier aufgeben will. Und manchmal frage ich mich, ob Jack und mich genug verbindet, um ständig zusammen zu sein. Als er die meiste Zeit unterwegs war, da war es leicht anzunehmen, dass zwischen uns noch etwas war.«

»Du hast mir oft genug erzählt, dass euer Sexleben nicht sehr aufregend ist.«

»Ja. Heiß und triebgesteuert, aber vorhersehbar. Gestern haben wir den ganzen Tag wie die Kaninchen gefickt … aber mir gefällt eben die kreative Seite unserer Arbeit.«

»Weiß er genau über das Bescheid, was du tust? Die Fantasien und das alles? Hast du ihm je *Black Satin* gezeigt?«

Ronnie schüttelte den Kopf.

»Vielleicht hätte er Interesse daran, eine deiner Figuren kennenzulernen.«

»Meinst du? Es ist albern, aber irgendwie ist es leichter, diese Seite von mir mit einem Fremden zu teilen als mit meinem eigenen Ehemann.«

»Nach allem, was du mir über Jack erzählt hast, wäre es möglich, dass er deinen Kunden gar nicht so unähnlich ist. Er hat vielleicht selbst Fantasien, die er nicht mit dir teilen kann. Vielleicht solltest du ihm die Chance geben.«

»Und vielleicht solltest du noch einmal über Bryce nachdenken. Ich kenne ihn seit Jahren, und er ist ein ganz besonderer Mensch.«

»Du lenkst vom Thema ab.«

»Ich weiß, aber es ist trotzdem wichtig.«

»Also gut. Ich verspreche dir, dass ich zu Hause darüber nachdenken werde. Morgen Abend habe ich ein Treffen mit einem Kunden. Ich glaube irgendwie, dass ich in mancher Hinsicht Klarheit haben werde, wenn es vorbei ist. Aber versprich du mir auch, dass du ernsthaft mit Jack reden wirst.«

Der Abend mit ihrem Kunden war wie immer aufregend und äußerst befriedigend gewesen ...

Nachdem der Mann gegangen war, sammelte Carla ihre Requisiten ein und ging nachdenklich nach oben. Sie war zufrieden, wie tief ihr Kunde mit ihrer Hilfe in seine Fantasie eingetaucht war. Sie hatte ihm einen wundervollen Abend beschert und fünfhundert Dollar verdient.

Und sie hatte tatsächlich Klarheit gewonnen.

Es ist erstaunlich – bisher bin ich Teil beinahe jeder Fantasie geworden, die ich gespielt habe, und bis jetzt haben sie mir auch alle gefallen, dachte sie. Sie zog sich aus und warf ihre Kleider in den Wäschekorb.

In der Badewanne nahm sie den Massageduschkopf und ließ den Strahl über ihre Muschi gleiten, während sie an die vergangenen Stunden dachte. Es dauerte nicht lange, bis sie kam. Gebadet und entspannt kletterte Carla ins Bett.

Ronnie hatte ihre Kunden immer als Freunde bezeichnet, und nun verstand Carla, warum. Diese Männer waren ihre Freunde – wenigstens für einen Abend. Sie mochte alle Männer, mit denen sie zusammen gewesen war, und sie hatte unglaublichen Spaß daran, sie zu befriedigen und damit auch sich selbst.

Nein, dachte sie und ein Lächeln erstrahlte auf ihrem

Gesicht, obwohl ich Bryce sehr mag und sein Angebot schmeichelhaft ist, will ich das Vergnügen nicht aufgeben, das ich mit meinen Freunden erlebe. Wenigstens im Augenblick noch nicht.

Wenn Bryce ihre Beziehung so weiterführen konnte wie bisher, wäre es wunderbar. Und wenn er es nicht konnte, würden sie getrennte Wege gehen müssen. Sie würde ihn furchtbar vermissen, doch nicht genug, um all das hier aufzugeben.

Damit kuschelte sie sich unter die Decke, die sie bis zu den Ohren hinaufzog, und schlief beinahe sofort ein.

In Hopewell Junction saß Ronnie mit Jack im Wohnzimmer und nippte an einem Glas Diät-*Pepsi*. Sie hatte ihrem Ehemann gerade ausführlich von dem Lebensstil erzählt, den sie und Carla gemeinsam führten. »Ich genieße es, wenn ich meinen Freunden dabei helfen kann zu verstehen, dass ihre Fantasien nichts anders sind als die Träume, die jeder von uns ab und an einmal hat.«

»Ich wusste natürlich ungefähr, was du tust. Aber ich hatte keine Ahnung, wie viel es für die Männer zu entdecken und zu erleben gibt.«

»Es macht Spaß, Jack«, entgegnete Ronnie. »Und die Männer bezahlen viel Geld, um ihre Fantasien mit mir ausleben zu dürfen.«

»Wirst du mit dem Job weitermachen?«

»Wie denkst du darüber?«

»Da ich in Zukunft immer in New York sein werde«, erwiderte er, »würde es mir wahrscheinlich etwas ausmachen, wenn du mit anderen Männern zusammen wärst. Natürlich würde ich Carla gern kennenlernen. Ihr zwei scheint inzwischen sehr gute Freundinnen zu sein.«

»Das sind wir wirklich. Aber wenn ich den Job aufgebe … Was soll ich den ganzen Tag über machen, damit ich vor Langeweile nicht umkomme?«

»Mein Job erfordert sehr viel Schreibarbeit. Es wird Benutzerhandbücher und Anleitungen und Unmengen von Belegmaterial geben. Ich hasse diesen Schreibkram, und du kannst das so gut.«

»Aber was weiß ich schon über geologische Modelle?«

»Hey, Babe. Du hast einen College-Abschluss in Schreiben, und du bist klug. Ich werde dir beibringen, wie die Modelle funktionieren, und du kannst es den Lesern auf dem Papier erklären. Ich kenne dich – du wirst dir sehr schnell das erforderliche Wissen aneignen.«

»Meinst du wirklich?«

»Ich würde mir wünschen, dass du es wenigstens versuchst.«

Ronnie zwinkerte ihrem Mann zu. »Ich glaube, ich würde es gern probieren.«

»Und du würdest das Geschäft aufgeben?«

»Nur, wenn ich stattdessen mit dir spielen kann.«

»Mit mir spielen?«

»Die Männer haben mir eine Menge Geld bezahlt, um Rollenspiele zu spielen. Würde dir das nicht auch gefallen? Ein paar neue Ideen, um frischen Wind in unser Sexleben zu bringen?«

»Es stimmt, wir haben nie etwas Ausgefallenes ausprobiert. Aber es war doch auch so immer gut.«

»Ich weiß. Aber die Abwechslung ist großartig. Hast du keine geheime Fantasie, die du gern mit mir ausprobieren würdest?«

»Ich weiß nicht. Was für eine Fantasie denn?«

Ronnie griff in die Papiertüte, die sie neben die Couch

gestellt hatte, und holte *Black Satin* heraus. Sie setzte sich neben Jack, legte das Album auf seinen Schoß und schlug es auf.

»Bist *du* das?«, fragte Jack. Er blätterte um. »Das *bist* du. Heilige Scheiße.«

Ronnie lächelte und schmiegte sich an ihren Ehemann. »Das ist Marguerite, die Stripperin.« Er blätterte weiter. »Und das ist Nita, die Haremsdame. Und auf der nächsten Seite ist Miss Gilbert, die gern freche Schüler bestraft. Und es gibt noch so viele andere. Willst du spielen?«

»Heilige Scheiße«, murmelte Jack und schlug die Seite um. »Heilige Scheiße.«

CATE NOBLE / E. C. SHEEDY /
SHANNON MCKENNA

Lust und Gefahr

Erotische Phantasien

Seit Jahren ist Robin in den sexy Detective Jon verliebt. Doch da sie die Schwester seines besten Freundes ist, war sie für ihn tabu – bis sie ihm nun in eine einsame Jagdhütte folgt. Beide ahnen nicht, dass auch ein Killer es auf Jon abgesehen hat …

KNAUR TASCHENBUCH VERLAG

Fiona Mitchell

Feuerwellen

Ein erotischer Roman

Phoebe ist Geschäftsführerin einer Berliner Galerie und lebt ihr Singleleben in erotischer Hinsicht voll aus. Als sie Dariuz, einem jungen Künstler, begegnet, erkennt sie sofort sein Talent – und Dariuz ihren Hunger nach Sex. Sie werden ein gutes Team, in der Galerie genauso wie im Bett. Bis Phoebes größter Konkurrent Falk versucht, ihren Shootingstar abzuwerben. Phoebe ist jedes Mittel recht, um Dariuz zu halten – was Falk schamlos ausnutzt …

KNAUR TASCHENBUCH VERLAG